수평선 여기 있어요

수평선 여기 있어요

이명훈 소설집

북마크

CONTENTS

먹물 잡부의 눈길

불에 달군 쇠가 빗물에 닿을 때 하얀 김을 뿜으며 쉭-쉭 소리를 내듯 그는 물에 젖은 불쇠였다. 그가 남은 세 손가락으로 철근을 뿌리 뽑듯 들어올릴 때 나도 손가락이 셋이면 힘이 더 붙을 것 같았다. 셋이 다섯보다 힘이 쎄 보였다. 그는 목소리에도 불구의 모가지를 비트는 듯한, 발악이나 괴팍, 깡을 넘어선 말하자면 몇 갈래가 꼬인 철근 같은 힘이 있었다. 잡부 동료였던 그. 절단기에 손이 딸려들어갔다는 식의 얘기는 듣지 못했다.

그는 이야기를 파는 사람도, 즐기는 사람도 아니었다. 세 손가락으로 무거운 걸 움켜쥐고 빼는지 보니 팔뚝의 힘줄과 목의 힘줄까지 삐뚜름하게 드러났다. 그가 짧게 끊어 비틀어 쓰는 억양도, 그의 삶도 그 모양새를 닮았다. 똘끼 셋은 어중간한 다섯, 열, 서른보다 쎄다. 비가 내

린다. 스물넷의 나이엔 한 여자와 키스만 두 시간 하던 나. 그 마음에
도 쉬-쉬 쇠가 우는 소리 난다. 손가락 셋씩인 그와 함께 데모도 하며 지
은 집. 병점 외곽에서 지금 비 맞고 있을 것이다.*

사람이라고 쳐주지도 않아 개잡부라고 스스로를 비하하는 잡부 시장,
마흔다섯 살에 나는 그 세계로 들어섰다.

강식, 용호, 대규, 나 이렇게 잡부 네 명으로 이루어진 팀이 현장에 도
착하자 작업이 진행되고 있었다. 기계 설비와 배관들로 빽빽한 가운데
빨간 파이버를 쓴 도비공 두 명이 느릿느릿 움직였다. 지금껏 겪어온 아
시바, 곰방, 하스리 현장들과 색달랐다. 쿵쿵쿵쿵 소리가 들려왔다. 소
리 나는 쪽으로 고개를 돌렸다. 다른 도비공이 손에 긴 쇠파이프를 쥐
고 있었다.

커다란 기계의 밑으로 그것을 집어넣고는 위로 밀어 올렸다. 쿵, 소
리와 함께 기계가 조금 떠밀렸다. 지렛대. 까마득히 잊고 있던 그것이
머릿속에 신선한 바람을 일으켰다. 쇠파이프가 지렛대로 쓰인 것이었
다. 쿵쿵쿵쿵 소리와 함께 그는 느린 동작으로 큰 기계를 천천히 이동
시키고 있었다.

"삼층으로 올라가!"

격한 소리가 내게 퍼부어졌다. 낡은 철제 계단을 타고 급히 올라갔다.
일층과 달리 삼층은 텅 비다시피 했다. 천장엔 빔들이 나란히 붙어있었
다. 빔마다 묵중한 기계들이 달려 있었다. 또 다른 도비공이 이동용 쇠
난간에 올라 그것을 뜯어내느라 비지땀을 흘리고 있었다.

"쿠사리 가져와!"

당황스러웠다.

"쿠사리 몰라? 빨리 안 가져와!"

곧 이은 거친 소리에 놀라 쇠난간을 잡고 있는 용호에게 눈짓으로 도움을 청했더니 큭 웃으며 바닥에 놓인 쇠사슬을 가리켰다. 재빨리 걸어가 어깨에 멨다. 이삼 미터는 족히 넘는 것으로 무거웠다.

"초짜구먼. 씨발."

욕을 뱉으며 쿠사리로 묵중한 기계를 묶었다. 그다음엔 손잡이가 달린 뭔가를 쇠난간에서 집어 들어 쿠사리와 연결했다. 손잡이를 천천히 돌리자 꿈쩍도 안 할 것 같은 기계가 움직이기 시작했다.

지렛대에서 일었던 홍분이 커지고 있었다. 손잡이가 달린 기계는 도르래였다. 초등학교 시절 발음하는 순간 혀가 입 안에서 도르르 굴러가는 기분이 들던 도르래. 까마득히 잊고 있던 그것과도 마주친 것이었다. 쿠사리를 나르고 빔에 달린 기계에서 떨어져나온 볼트들을 마대에 쓸어 담는 등 잡다한 일들을 마무리하고 일층으로 내려왔다.

"팔레트를 부숴!"

쉴 틈도 없이 고함이 쩌렁쩌렁 울렸다.

팔레트는 내게 부술 물건이 아니었다. 나무판자들을 짜맞춰 그 위에 뭔가를 올려놓거나 이동하기 위한 도구일 뿐이었다. 팔레트 위에 사 미터도 넘을 원통형 기계가 중심을 잡지 못해 기우뚱거리고 있었다. 쓰러지면 큰일날 것이었다. 사람이 깔리면 즉사할 것 같고 다시 일으켜 세우기도 만만치 않다. 균형 잃은 기계는 팔레트 위에서 위험한 춤을 춰 댔다. 그것을 잡느라 고함을 지른 작달막한 키의 사람과 용호말고도 몇 명이 온 힘을 쏟고 있었다. 부술 물건이 아닌 팔레트를 어떻게 부수라는 건지, 손으로 잡아 뜯으라는 건지 발로 내리 차라는 건지 머릿속에 아무 런 그림이 그려지지 않은 채 나는 얼른 달려가 기계 한쪽을 잡았다. 이 를 악물고 버티기를 하고 있었다.

"팔레트를 부수라니까!"

더 격해진 고함이 고막을 찢는 듯했다. 용호가 원통형 기계에서 조심 스럽게 손을 떼더니 공구가 있는 천막으로 달려갔다. 톱을 가져왔다.

아하! 느낌이 왔다. 악으로 원통형 기계를 붙잡고 서 있는 동안 톱질 소리가 아련했다. 톱질이 어느 정도 되자 묵중한 기계가 팔레트의 나무 판자들을 부수며 툭 내려앉아 용하게 균형이 잡혔다. 허술하게 묶여있 던 철끈이 끊기고 무너져내린 팔레트와 기계가 다시 철끈으로 강하게 조여지며 안정이 되었다. 팔레트와 한몸이 된 기계는 크레인에 의해 대 기 중인 십 톤 트럭에 실렸다. 트럭이 가는 길을 눈길로 쫓으니 군대의 연병장처럼 넓은 공장부지 한쪽에 어마어마하게 큰 임시 막사가 지어 져 있었다.

날이 저물고 있었다. 부수고 뜯고 빼내는 일의 연속이었다. 드넓은 부 지 안의 수많은 건물에선 어느 정도 철거가 끝났고, 우리 잡부 넷은 작 업 끝 무렵에 투입된 것 같았다.

나는 도비가 뭔지 몰랐다. 도비 현장에서 하루 종일 잡일을 하다 보니 어렴풋이 감이 잡혔다. 하루 내내 오르내리던 오층건물과 그 주변의 건물 몇 개가 우리에게 주어진 것이었다. 그 너머의 숱한 건물들 중 몇은 우리처럼 노동자들이 보였지만 대부분은 휑그렁했다.

천막에 들어서니 도르래가 눈에 들어왔다. 체임버러라고 불린다는 것도 오늘 알았다. 빔에 달려 물건들을 집어 이동시키는 기계가 호이스트라는 것, 원통형의 기계가 먼지를 포집하는 집진기라는 것. 팔레트를 뜯으라고 고함지르던 사람이 도비 회사의 사장이란 사실도. 체임버러는 야구 글러브 정도 되는 크기로 들어보니 묵직했다.

"티브이 브라운관 있지요? 브라운관이 한 장의 유리로 된 것이 아네요. 두 장의 유리가 겹쳐진 거요. 두 장의 유리가 포개져 브라운관을 이룬다 이 말이요. 그러면 그 두 장의 유리를 붙이는 풀이 필요하겠지. 접착제 말이요. 그것을 플리트라고 해요. 플리트는 유리처럼 투명해야겠지요. 우리 〈S 플리트〉는 플리트를 생산하는 회사요. 세계적 수준이지요. 막대한 설비투자가 이루어졌어요. 브라운관 생산 자체가 이젠 우리 나라에서 단가가 맞지 않아요. 저임금의 제3세계로 이전하자 이 공장도 해체가 시작된 거요."

낮에 공장의 간부가 짧게 설명할 때 플리트가 신선하다는 느낌과 함께 도비가 곧 해체라는 것을 더 잘 이해하게 되었다.

"반장 새끼 또라이여."

그날 저녁 매교시장의 술집, 막걸리를 사발째 마신 용호가 트림을 하고는 말했다. "불을 쉭쉭 내뿜는 산소절단기를 손에서 놓친 겨, 그거 몇 천 도는 될 걸. 구석에 처박힌 내 앞에서 빙빙 돌며 춤을 추는 바람에 내 얼굴이 개처럼 그을릴 뻔했어. 그러고도 미안하다는 말 한마디 없었던 개새끼여."

산소가 타는 힘으로 불꽃을 일으켜 쇠를 절단하는 산소절단기는 나로서도 아찔했다. 빔에서 호이스트를 뜯어낼 때도 볼트를 그걸로 끊어냈는데, 절단된 볼트는 시뻘겋게 달궈져 있었다. 도비공이 마구 떨어뜨렸다. 나무 마룻바닥을 지글지글 태우는 그것을 나는 작업화로 툭툭 치며 식혀 마대에 담았다. 등을 구부릴 때 그 시뻘건 볼트가 하마터면 내 등에 떨어질 뻔했다.

"누가 반장이라고 뽑은 것도 아니잖아. 도비공 중에 지가 나이가 제일 많다며 하겠다고 나선 거잖아. 일도 좆같이 하면서. 씨발."

"맞아. 반장 그 새끼. 진짜 일은 좆같이 하면서 제멋대로야. 꺽새하고도 싸우더라고. 내가 보니깐 반장이 잘못했어. 꺽새가 가스관을 해체해 팔레트에 실었는데 반장이 다짜고짜 다 뒤집어엎고 새로 쌓고 있더라고. 꺽새가 한 대로 해도 아무 문제 없거든. 지 입맛에 안 맞는다고. 개새끼. 근데 꺽새 그 새끼도 등신 같아. 말도 제대로 못 하고 웅얼웅얼거리다가 말아."

대규가 말을 받았다. 키가 백팔십도 넘어 대규에 의해 꺽새라고 별명 붙여진 도비공은 말을 얄밉게 해 밉살스럽지만 일을 같이 하다보니 반장에 비하면 하늘 같은 사람이었다. 반장과 꺽새를 포함한 네 명의 도비공 팀 역시 우리 잡부 넷처럼 급조된 팀 같았다. 주도권 싸움인지 서로 투덜대고 헐뜯고 하다가 반장이 장악해버린 것 같았다.

"씨발. 공장 얘기 그만하자. 재미도 없네. 난 말여."

용호가 대화의 허리를 끊으며 말했다.

"꽃게잡이 배를 탄 적이 있는데 씨발, 일은 좆같지만 통발을 끌어올릴 때는 끝내주더라고. 통발에 다닥다닥 붙은 꽃게들이 햇빛에 반짝일 때 얼마나 멋진 줄 아냐?"

용호는 입맛을 쩍쩍 다시는 표정이었다. 매교 인력사무소에서 만난 용호는 내게 일머리를 알려주곤 했다. 나와 동갑으로 중학 때부터 이상하게 노가다에 끌려 학교를 때려치우고 따라다녔다고 했다. 지금은 잡부지만 배도 탔었고 네일링이라는 전공을 가지고 있는 사람이기도 했다.

"꽃게는 독을 품어. 봄이면 바다 표면에 꽃게알들이 수북이 깔리지. 그걸 잡을 때면 손톱이 온통 붉어져. 잡기 제일 어려운 게 꽃게야."

대규가 거들었다.

"근데 네일링이 뭐야?"

가슴에 껄쩍지근하게 남아 있어서 내가 물었다.

"보강공사야. 산에 바위가 추락하지 않도록 철심을 박아 고정시키는 공사 같은 거라고 보면 돼."

대규가 잘난 척 떠들었다.

"네일링? 씨발. 멋진 세계지."

용호가 다시 나섰다.

"한번은 무인도에서 혼자 일을 한 적이 있었지. 해남 땅끝에서 배를 타고 멀리 나갔지. 남들은 다 휴가 가는 여름철에 무인도의 바위에 혼자 덜렁 매달려 좆뱅이쳤네."

취기 속에 멋진 그림이 그려졌다. 육지에서 백여 미터 떨어진 곳에서 바닷물이 끓어오르는 것을 본 적이 있었다. 태양이 작열하게 비춰서 그런 줄 알았다. 물고기들이 도망칠 때 생긴다는 보일링 현상이었다. 무인도의 바위에 혼자 매달려 있는 한 인간. 실존, 실존주의, 말이 나오려는 것을 간신히 참았다.

"산이 다 같지 않아. 산에 네일링을 하다 보면 알게 돼. 한라산은 구멍이 많아. 화산 폭발로 이루어진 산이라 그래. 강원도의 바위들은 결이 다 달라. 제각각여. 그래서 강원도에 물난리나 산사태가 나면 크게 터지는 겨. 대책이 없어, 강원도의 산은 아무리 보강공사를 해도 원천적으로 불가능해."

"씨발. 그래도 좋은 데는 다 다녔네. 나는 화물차만 십 년 끌었어."

대규가 되받아쳤다.

"덤프트럭에 트레일러에 버스, 택시에 이르기까지 바퀴 달린 것은 몰아보지 않은 것이 없어."

"알았어. 잘났어."

용호가 껄껄 웃으며 말했다.

"화물차를 끌다가 택시를 몰았는데, 한번은 고속도로를 달리다 보니 사고가 나 있었어. 통나무를 싣고 달려오던 트럭과 정면충돌을 했나 봐.

승용차가 짜부러들고 안에 탄 사람들은 말이 아니었어. 한 사람은 목이 끊어지고, 피냄새… 한 명이 피범벅이 된 채 살아 있기에 내 택시에 무조건 실었지. 병원으로 내달렸어. 그 시절에는 병원에서 돈을 줬거든. 요즘은 택시에 못 실어. 실으면 죄야. 디스크, 목, 다 나가. 차에 싣다가. 요즘은 119만 하게 되어 있지만 그 시절에는 택시가 많이 해결했어."

말을 하는 대규의 눈에 붉은 핏자국 같은 기운이 설핏 어렸다.

"씨발. 근데 병원에 와서 보니 난리가 났어. 팔 한쪽을 안 싣고 온 거야."

"그래서 어떻게 됐어?"

"씨발, 어떻게 되긴. 얼마 있다가 뒈졌지."

소름이 쭈욱 돌았다. 용호와 대규가 주로 떠드는 동안 강식은 소주만 그라스째 들이키고 있었다. 그라스를 탁자에 탁, 내려놓더니,

"대마초 하는 사람들은 사고 안 쳐. 조용하고 착해."

뜬금없이 던졌다.

"소주는 맹물여. 대마초 하는 사람들에겐."

전혀 다른 세계로 진입하는 느낌이었다.

"대마초 하는 사람들에겐 대마초, 소주, 콜라가 삼박자여. 그들은 밥도 안 먹어. 대마초를 하면 목이 말라. 그러면 소주를 마서. 맹물 맛여. 대마초가 독해서 그래. 갈증만 심해져. 목이 확 타올라. 그러면 콜라를 마서. 갈증이 미치도록 더 심해지지. 탄산가스라서. 그러면 대마초를 또 피우지."

"야. 씨발. 나 이제 안 나와! 좆같은 새끼들하고 일 안 해!"

다음 날 아침, 느닷없는 고함이 터져나온 곳을 바라보자 강식이 파이버를 벗어 바닥에 내동댕이치고 있었다. 크레인 하역 작업을 돕던 나는 깜짝 놀랐지만 내 안의 뭔가가 자극되는 느낌이었다. 위계질서를 흔들며 대놓고 외치는 소리여서만은 아니었다. 강식의 목소리엔 원초적인 감정이 실렸으며 표현 또한 원색적이었다. 각혈하는 목소리였다.

노란 파이버가 날아간 쪽엔 반장이 얼굴이 뻘게진 채 담배를 뻑뻑 피우고 있었다. 그의 앞엔 집진기가 조립되는 상태에서 멈춰 있었다. 강식은 저쪽으로 멀어지고 있었다.

강식이 빠져나간 공백이 내게는 왠지 컸다. 소주를 맹물이라고 날려버린 신선한 충격이 아직 내 안에 있었다. 시뻘건 태양 같은 감정 덩어리가 빠져나간 현장은 힘만 들지 흥이 나지 않았다.

나도 감추기를 할 줄 아는 사람이다. 보이지 않는 신들만 감추기 대장이 아니다. 웬만한 신들은 인간의 깊은 곳에 숨겨놓은 비밀들을 찾기 버거워할 것이다. 뼈다귀의 밀림 속, 실핏줄의 여울 속, 대뇌피질과 신경의 시냅스, 그 깊디깊은 협곡에 숨겨놓은 공사판의 거친 다툼과 노동자의 숨소리들. 인간 개개인의 고유한 비밀을 웬만한 신들이 어찌 알 수 있으랴. 인간의 몸은 한낱 피조물이 아니라 쉽게 해독되지 않는 영산(靈山)이다.

하지만 도비는 내 감정과는 상관없이 진행되고 있었다. 해머 소리가 들리고, 기계에서 볼트를 끊어내는 산소절단기에선 불똥이 튀었다. 묵중한 설비들은 지렛대와 도르래 덕에 움직여 나갔다. 지게차나 덤프트럭에 실린 물건들은 분주히 옮겨졌다.

용호, 대규와 함께 매교시장의 그 술집에 또 들어서자 강식 혼자 소주를 그라스째 마시고 있었다. 생각지도 못한 만남에 가슴이 뜨거워졌다.

"형. 반가워요."

"……."

강식은 말없이 앞만 응시하고 있었다. 눈빛이 여전히 들끓고 있었다.

"앞으로 어떻게 하실 거예요?"

"마시자."

강식은 맥주 그라스에 소주를 가득 붓고는 연거푸 석 잔을 들이켰다. 다시 넷이 된 우리는 술잔을 부딪쳤다. 우리 넷은 이 도비 현장에 한 달간 파견된 것이었다. 하루짜리나 이틀 정도가 다반사인 인력 시장에서 인력사무소 소장이 우리 네 명에게 특혜이듯 주었다. 나 빼고 세 명은 일머리가 귀신 같아 뽑았을 텐데 나는 아마도 이 팀에 끼려고 하루도 빠짐없이 인력사무소에 매일 출근한 성실성으로 인해 간신히 된 것 같았다.

한 달간의 파견 내내 매일 술을 마시자고 어제 강식이 말했다. 나는 주당도 뭣도 아니지만 이 주당 잡부들이 짜나가는 이야기가 낯설고 특이해 이 술자리를 즐기고 있었다. 어제 강식이 반장에게 대든 일도 속사정을 듣게 되었다. 강식이 집진기 해체를 잘하고 있는데 반장이 자기가 하라는 대로 하라며 다시 조립을 시키기에 강식이 참고 있다가 터뜨린 것이었다. 목공, 조적, 도박, 경마, 매춘부, 사창가, 조폭 등등 잡부만이 짤 수 있는 이야기의 강물이 또 흘렀다.

만열이 투입된 것은 일주일쯤 지나서였다. 안하무인으로 치닫는 반장을 상대로 도비공 한 명이 한바탕 싸우고 떠나는 바람에 대타로 들어왔다.

"반장. 이봐 반장!"

반장이 버젓이 있는데도 만열은 대규를 도비공, 잡부들이 다 보는 앞에서 큰 소리로 반장이라고 불렀다. 대규도,

"아. 왜 또 불러 씨발."

장난기 어린 욕설을 이죽거리며 만열을 따랐다. 대규뿐 아니라 용호와 나, 그만두겠다고 떠난 다음에 아무런 말 없이 나와 일을 하는 강식도, 도비공이면서도 도비공들과 어울리지 않고 우리 잡부와 어울리는 만열과 친구처럼 되었다. 진짜 반장의 악랄함을 진즉 파악했는지 그 앞에서도 대규를 "반장!" 하며 부를 때면 대규는 '씨발!' 소리를 더 크게 했다.

노동자들은 점심을 빨리 해치운다. 중노동의 연속이다 보니 점심시간을 쪼개 몇 분이라도 눈을 붙이기 위해서다. 함바집에서 점심을 후딱 먹어 치우고는 오층건물 옆의 후미진 건물로 들어섰다. 기계들이 하나둘 철거되면서 누워 잘 수 있는 공간들이 늘어났다. 기계의 철거는 잠자리의 확장이었다. 달콤하고 편안한 그 시간. 반장과 꺽새, 또 한 명의 도비공 그 셋은 따로따로 떨어져 각자 외로운 잠을 잤다. 강식, 용호, 대

규, 나, 우리 잡부 넷은 한 곳에 자리를 깔고 나란히 누웠다. 도비공 만열이도 우리 곁에 누웠다. 그는 웃통은 물론이고 바지마저 벗어던지고 빤스 바람으로 잠을 잤다.

"야. 씨발. 머리 좋은 사람들이 햐!"

확성기를 튼 듯 어마어마하게 큰 목소리가 공중에서 날아온 것은 낮잠에서 깨 밖으로 나왔을 때였다.

만열이 고공의 빔에 올라 있었다. 목소리가 크기도 엄청난데다가 촌티가 줄줄 흘렀다. 얼굴에 웃음기라곤 없는 반장마저 픽 웃음을 흘렸다. 로프를 매느라 낑낑대다가 매듭이 잘 묶어지지 않는지 냅다 질러버린 것이었다.

과연 만열다웠다. 저 높은 곳에서 모든 사람들을 호령하듯 고함을 질러댄 것이나 원색 그대로의 충청도 사투리로 내뱉는 투박함이 만열 아니고는 어림없었다. 욕이 입에 붙은 대규도 저 정도의 호쾌함은 아니었다. 각혈하는 목소리와는 또 다르게 내 가슴에 태풍을 일으켰다.

칠 미터는 될 고공에 격자 모양으로 나 있는 철제 빔들 위로 걸어 다니며 로프를 매는 모습이 아슬아슬했다. 안전띠도 매지 않았다. 떨어지면 즉사일 것이었다. 로프의 마지막 매듭을 매어야 할 곳이 빔에서도 일 미터쯤 떨어진 물받이 홈이었다. 빔 위에서 그곳까지 손을 뻗어 매듭 묶는 것을 지켜보는데 조마조마했다. '머리 좋은 사람들이 햐!' 말은 우악스럽고 장난스럽게 질러댔지만 반장도, 꺽새도 꺼리는 위험한 일을 끝까지 혼자 마무리하는 모습에 스산해졌다. 고공의 푸른 빔 위로 하얀 로프가 설치되어 나가는 풍경이 그지없이 멋졌다. 그의 몸동작 하나하나를 지켜보며 손에 힘이 들어갔다.

로프를 묶은 만열은 빔에 기대어 놓은 사다리를 타고 내려왔다. 내게 산소절단기를 가져오라고 해 어깨에 메고는 다시 올라갔다. 이번엔 로프에 딸린 빔들을 빼고 그 안쪽의 빔들을 잘라내기 시작했다. 크레인이 들어올 자리를 만들려는 것이었다. 그곳에 크레인을 설치해야 오층건물의 그 켠에 있는 기계들을 빼낼 수 있었다. 로프는 그 작업을 할 때 일꾼들의 안전을 위해서였다. 도비의 세계가 점점 다채롭게 넓어져 갔다. 건물이 수술대에 놓인 환자의 몸처럼 여겨졌다. 분해되고 도려내지고 변형된다. 건물이 완성체가 아니라 반죽이나 재료 같았다.

빔에 혼자 올라앉아 빔을 잘라나가는 만열 위로 하늘이 어지럽게 펼쳐져 있었다. 그가 겨우 걸터앉은 빔도 이내 잘릴 것이었다. 빔들이 잘려 나갈수록 그의 입지는 좁아지고 위험은 커진다.

빔이 얼마 남지 않았을 때 그는 크레인 기사에게 손짓을 했다. 허공에 까마득히 솟아있는 크레인의 붕대가 천천히 그의 몸 가까이 내려왔다. 그는 등에 멘 벨트에 붕대의 고리를 채웠다. 그가 헛발을 디디거나 무게중심을 잃으면 그의 몸은 푸줏간의 고기처럼 허공에서 대롱거릴 것이었다. 떨어질 때의 충격으로 척추나 목뼈가 나갈지도 모른다. 그런 위험을 깔고 앉아 빔을 잘라나가는 그의 모습은 하나의 예술품 같았다. 하얀 로프와도 잘 어울렸다.

웃통을 벗고 빤스 바람으로 낮잠을 자던 촌놈의 모습이 아니었다. '오십 미터 상공의 빔에 혼자 올라 있을 때가 제일 시원했어. 얼마나 시원하다고.' 내 곁에서 낮잠을 자기 전에 내뱉은 말이 작게나마 시현되고 있었다. 아마 그는 그때의 시원함을 즐기며 그만의 시간 속에 있는지도 모른다. 무인도의 산에 홀로 매달려 바위에 철심을 박는 용호의 모습과는 또다른 실존이었다.

만열은 빔들을 절단해 나갔다. 그가 의지할 자리는 줄어들고 하늘은 넓어졌다. 그의 발이 디뎠던 곳들이 불똥을 일으키며 떨어져 나가 바닥을 쾅앙, 쾅앙 울렸다.

오늘 저녁도 여지없이 매교시장 안의 술집에 만열까지 다섯 명이 모였다. 환경이 인성, 감성, 인지 체계, 마음 바탕 등에 얼마나 큰 영향을 주는지 새삼 확인되는 밤이었다.

"청소의 본질을 보여주겠다!"

화재 감시를 맡은 불티 감시자가 나타난 것은 다음 날 오전이었다. 나는 웃음부터 피식 흘렸다. 청소의 본질이라니! 본질… 존재… 플라톤도 아니고 데카르트도 아니고. 더군다나 청소의 대가라면 대가인 잡부들 앞에서.

빨간 조끼를 입고 빨간 파이버를 쓴 그는 그 색깔로도 우쭐거렸는데 나는 이미 그 모습이 견딜 수 없이 우스웠다.

빨간 파이버는 노란 파이버보다 높다. 잡부들은 노란 파이버를 써야 했고 기공은 빨간 파이버를 쓴다. 그는 기공과 우리 잡부가 속한 도비회사의 원청에 속했다. 같은 빨간 파이버이면서도 하청에 속한 기공보다 높은 것이다. 불티 감시자라는 생뚱맞은 칭호로도 우리들을 꿀리게 할 수 있다는 듯한 호기가 몸에 밴 그는 빨간 파이버를 가끔 손으로 만지며 거들먹거렸다. 저러다가 강식에게 박살이 날 것도 같았지만 강식은 그 따위는 안중에도 없는 듯한 눈빛이었다.

바닥엔 진흙더미들이 듬성듬성 쌓여 있었다. 어제 만열이 빔들을 잘라 만들어낸 공간 속으로 25톤 대형 크레인이 들어가면서 생긴 것들이었다. 큰 바퀴에 묻었다가 떨어진 것들이라 큼지막했다. 불티 감시자는 삽을 들더니 달려 나갔다.

삽날로 바닥을 긁으며 진흙들을 뿌리째 퍼 나갔다. 여기저기 널린 진흙들을 향해 지그재그로 뛰어나갔다. 삽시간에 모두 긁어내곤 삽을 던지더니 플라스틱 빗자루를 들었다. 끝에 달린 갈기들이 아래로 향하도록 해 쓸어 나갔다. 바닥에 아직 달라붙어 있는 진흙 찌꺼기들이 눌린 플라스틱 갈기들의 탄력에 의해 타다다닥 떨어져 나갔다. 진흙으로 지저분했던 바닥이 말끔히 쓸려나갔다. 그는 천막 안으로 뛰어들더니 이번엔 고무호스를 들고 나왔다. 물을 틀고는 호스에서 뿜어나오는 수압 높은 물을 뿌리기 시작했다. 멀리 떨어진 곳까지 물세례를 해 바닥이 깨끗해졌다. 기량을 마음껏 뽐낸 그는 고무호스를 휘둘러대며 기분 좋은 표정을 짓고 있었다.

물론 청소는 중요했다. 정돈이 되어 있지 않으면 무수히 뜯고 부수고 나르고 하는 도비 일이 얽히고설켜 진행이 되지 않는다. 청소는 도비의 한 과정이다.

불티 감시자의 청소 기술은 과연 뛰어났다. 청소의 본질을 뺨칠 만했다. 그러나 누구 하나 그를 달갑게 보는 사람이 없었다.

그는 무료해서 견디지 못하겠다는 듯한 태도로 시범을 보였으며 남들이 어떻게 보느냐는 관심이 없다는 표정이었다. 한차례 심심풀이로 해버린 듯했다. 그는 평소에 빈둥거릴 뿐이었다. 화재만 감시하면 되었기에 시간은 많고 할 일이 없어 보였다. 손은 근질근질한 데다가 만만하게 손댈만한 것이 하청에 속한 우리 도비회사 노동자들일 것이었다. 알량한 권력을 이용해 힘없는 우리들을 골려 먹기나 하다가 자신의 흥을 위한 원맨쇼를 벌인지도 모른다. 게다가 그의 임무는 청소가 아니었다. 화재 감시와 예방이었다. 어제 오후에 작은 화재가 났었는데 그는 현장에 나타나지도 않았다.

한차례 해프닝이 끝나자 반장이 나더러 사층에 올라가서 산소통을 가져오라고 소리 질렀다. 사층으로 올라갔다. 산소통을 들어 어깨에 메려는데 어찌나 무거운지 올라가지 않았다. 낑낑거리는 동안 용호가 저쪽에서 큭 웃으며 로프를 가져왔다.

"들고 가지 말로 로프로 묶어서 내려보내. 그게 빠르고 쉬워."

용호는 로프를 바닥에 내려놓았다.

"잘 봐. 이렇게 묶는 거여."

로프를 이리저리 돌려 나갔다. 동그란 매듭이 생겼다.

"해봐."

따라 했으나 되지 않았다. 몇 번 따라 하니 용호처럼 동그랗고 예쁘장한 매듭을 낼 수 있었다. 용호는 산소통을 어깨에 메고 벽 쪽으로 갔다. 벽은 며칠 전부터 부서져 있었다. 그쪽의 물건을 빼내려고 꺽새가 해머질을 했었다.

용호가 로프로 산소통을 묶고는 로프 한쪽을 벽 안쪽의 기둥에 한 바퀴 돌렸다. 산소통이 아래로 내려가는 것에 맞춰 그는 기둥에 둘러진 로프를 조금씩 풀었다. 로프에 묶인 산소통이 천천히 내려가고 있었다.

초록 파이버를 쓴 사람이 곁에서 바라보고 있었다. 산소통이 바닥에 닿자 용호는 기둥에 두른 로프를 아까와는 반대 방향으로 돌리며 모았다.

"해체는 조립의 역순여."

큭 웃으며 던진 말이 내 가슴을 툭 건드렸다.

'해체철학은 망치야. 두드려 부수는 거지.'

점심을 급히 먹고 낮잠을 자려고 누웠을 때 지도 교수가 한 말이 스쳤다. '철학에 왜 망치가 필요하냐 하면 철학 자체에 문제가 있으니까 그런 거 아니겠어? 얼마나 문제가 심각하냐면 문제 자체가 보이지 않을 정도로 심각하지. 지금 세계를 봐. 한마디로 엉망이지. 불안과 공포, 불평등, 양극화, 기아, 인권 유린, 자본과 노동의 극한 대립, 환경 파괴 등 총체적 난국 아냐? 그 원인으로서 서양 철학의 바탕에 중대한 오류가 있다고 보고 그것을 망치로 두드려 깨뜨리는 철학이 태동된 거야. 니체가 시동을

걸었고 현대에 와서 중요한 사상가들이 선도하고 있지.'

그 말에 고무되어 박사학위까지 해체철학을 했어도 갈증이 가시지 않았다. 해체철학이 과거의 오류들을 해체한 것엔 지적 희열과 함께 놀라운 감동을 느꼈다. 하지만 그 너머를 제시해야 할 텐데 제시한다고 하는 길들이 미진해 보였다. 집에 문제가 있다고 구들장을 뜯어놓고는 그 상태에서 버벅대는 느낌이었다.

나는 비정규직 시간 강사였다. 철학 자체가 없는 우리 사회. 그 황폐한 땅에서 시간 강사에다가 비정규직이라 먹고 살기가 힘들었다. 어느 날 지도 교수인 이상태 교수가 자기 방으로 날 불렀다. 주저주저하다가 논문 대필을 요구했다. 피가 거꾸로 솟구치는 기분이었다. 존경하던 스승이었다. 더군다나 철학자 아닌가. 사회가 썩었어도 썩지 말아야 할 것이 있다면 그것은 내게 철학이며 철학자였다. 그런데 논문 대필이라니! 견딜 수 없었다. 내게 길을 제시해놓고 덫을 치고 있었다.

"돈까지 요구하지 않은 것을 다행으로 생각해."

그날 밤 술에 떡이 되어 지방대에서 시간 강사를 하는 선배에게 전화를 걸었는데 그의 말에 속이 더욱 뒤집어졌다. 막노동을 생각한 것은 철학에 대한 저주였는지도 모른다.

나는 사이비 노동자에 불과하지만 강식, 용호, 대규를 포함해 인력사무소에서 만난 숱한 잡부들은 진짜 노동자들이다. 그들은 지식의 세계에선 나올 수 없는 놀라운 것들을 불쑥불쑥 내놓았다. 매끄럽게 길든 자본의 세계에선 볼 수 없는 것들이었다.

노동자들이 자아내는 이야기의 강물엔 악취와 함께 진귀한 보석들이 숨을 쉰다. 잘 골라 다듬으면 굉장한 예술품이 되어 지식의 세계를 새로운 휘장으로 덮을 수 있다. 자본의 세계를 반성시키는 동시에 윤택하게 할 수 있다. 그런 활기가 하루 동안의 노역이 끝나고 밤의 술집에서도 술술 흘러나왔다.

노동만이 줄 수 있는 이 아름다운 직물이 나는 너무나 슬프고 안타까웠다. 노동자들은 자기들이 더러 내놓곤 하는 것들의 가치와 아름다움을 잘 모른다. 인식할 수 없거나 인식하더라도 어떤 가치가 있으며 어떻게 활용할지 알기 어렵다. 그런 것에 신경 쓸 시간도 형편도 되지 못한다. 노동자의 가슴에 있는 아름다운 직물은 지상의 유산이 되지 못하고 유실되어 버리고 만다. 지식인들은 노동자의 가슴이 될 수 없기에 그 직물을 만들지 못한다. 자본가들은 더욱더 그 직물을 만들 수 없는 한계 속에 있다.

노동과 자본의 불평등한 구조만이 문제가 아니다.

물론 노동과 자본의 불평등한 구조는 시급하고 절실하다. 세계의 구조적 병폐와 직결되는 문제이다. 자본의 폭력과 독식, 질주 속에서 노동 계급의 질적 개선 및 노사 관계의 근본적인 변혁이 일어나야 한다.

노동은 자본에 의해서 소외된 것말고도 노동 자체에서도 소외되어 버렸다. 자본 또한 노동을 소외시킨 그 순간 아름다운 직물로부터 소외되었다. 자본과 노동이 대립하는 동안 아름다운 직물은 양쪽 모두로부터 사라져버린 것이다.

기막힌 역설이다.

이 역설의 감옥에 우리가 살고 있다. 현대인이. 인류가.

그 감옥을 푸는 열쇠는 일단 자본가가 가지고 있다. 그러나 자본가는 열쇠를 잘못 사용하고 있다. 잘 사용하라고 노동자와 정치, 지식 그룹에서 코치를 하고 있으나 말이 먹히지도 않을뿐더러 말이 먹히도록 하지도 못하고 있다. 철학은 이 대목에서도 중요하다. 세상이 비뚤게 기울어졌거나 거꾸로 치달을 때 중심과 방향을 잡는 데 철학은 도움을 줄 수 있다. 그런데 우리 사회에 철학이 있기나 한가?

해체철학도 실존주의나 그 이전의 본질주의, 구조주의 등처럼 나름의 역할을 했다. 그러나 세상의 문젯거리들이 핵심 철학의 힘겨운 몸부림 너머에 있다는 것이 문제이다. 세상의 모순과 직면하는 주요 철학이 최선의 몸부림을 치더라도 그것을 비웃고 조롱하며 세상이라는 고장난 기관차는 달려 나간다.

그래도 철학을 하는 사람으로서의 이런 불안과 채무의식이 도비, 그 스산한 노동의 언어를 접하는 순간 뒤흔들린 것 같았다. 꼭 그래서인지는 몰라도 도비 현장에서의 매일매일이 도비처럼 느껴졌다.

첫날의 도르래는 내 안의 어떤 벽을 넘어서 아주 깊은 곳으로 나를 훅 밀어버렸다. 부술 물건이 아닌 팔레트를 부술 때는 고정관념을 파괴하는 쾌감이 일었다. 권위적이고 고압적인 반장을 향해 파이버를 내동댕이치며 원색의 욕지거리를 퍼붓던 강식은 기존 질서에 본능적으로 저항하는 동물성을 맛보게 했다. 각혈하는 듯한 목소리는 문화 이면의 약속들을 찢어발기는 듯했다. 만열의 등장은 그 신선함을 가속했다. 도비공이면서도 도비공을 조롱하고, 잡부들과 어울리며, 그러면서도 도비공들을 압도해 나가는 그는 하나의 사건이었다.

불티 감시자는 조커 같은 존재였다. 틈새이며 틈새를 엿볼 구멍이었다. 그를 통해 안과 밖의 이중 구조들이 새로운 시각으로 보일 수 있었다. 그는 아웃사이더인 동시에 인사이더였다. 도비회사에겐 원청이며 〈S 플리트〉에겐 하청이었다. 원청이자 하청이었다. 권력이자 비웃음거리였다. 더군다나 청소의 본질이란 난데없는 말로 인해 내 마음에 균열을 일으켰다.

건물이 해체될수록 잠자리가 늘어나는 것에선 야릇한 기분이 들었다. 마치 건물이 해체되어야 할 철학의 그 무엇처럼 여겨지기도 했다.

이런 낮의 세계가 지나면 술집에서의 밤의 향연이 낮을 변화시키며 새로운 세계를 열었다. 강원도의 바위를 한마디로 해체한 용호의 '결'이 있었으며 소주를 맹물로 해체한 대마초와 강식의 대책 없는 강단이 있었다.

상상에 이어 짧은 낮잠을 자고 눈을 뜨자 허탈감이 밀려왔다. 이 공장 건물은 처음에 잘못 지어진 것이 아니었다. 산업화가 무르익던 시절, 그 시대 상황에 딱 떨어지게 지어졌다가 상황이 바뀌어 해체되는 것뿐이었다. 현대의 철학자들이 해체하려 하는 서양 철학의 바탕, 근본에 오류가 있다는 그것과는 판이하다. 허망한 마음으로 쭈그려 앉아 작업화를 신고 나서자 도비회사 사장이 해머를 들고 따라오라고 했다.

그는 앞장서서 오층건물의 지하로 내려갔다. 콘크리이트 바닥에 철구조물이 박혀 있었다.

"저 철구조물을 빼내야 하니 콘크리이트를 부숴!"

지시하고 떠났다.

나는 바닥을 내려다보다가 해머를 거머쥐었다. 단단한 콘크리이트를 내리치다 보니 지독한 뭔가와 대결하는 기분이었다. 손에 들린 해머가 니체의 망치 같았다. 콘크리이트 바닥은 어떤 바탕, 오류의 기원, 뒤집어진 위상이었다. 노동과 자본의 뒤틀린 관계, 문제투성이의 현대 사회를 산출한 잘못된 설계 도면이었다. 콘크리이트 바닥이 그렇게 보이자 그 위에 세워진 오층건물은 플라톤을 필두로 해 데카르트, 헤겔 등등의 철학자들이 고집스럽게 지은 건물로 다시 상상의 옷을 입고 있었다. 서양 철학사 같았다. 우리나라의 잘못된 구조 같기도 했다. 해머질을 하는 손에 힘을 더 주었다.

이상태 교수에 대한 분노도 해머질에 실렸다. 우리나라 지성계의 비굴한 얼굴들에 대한 증오와 개탄도.

단단하기만 했던 콘크리이트가 깨지기 시작했다. 해머를 더 세게 내리쳤다. 시간강사 시절의 설움과 철학 부재의 이 나라에 대한 서글픔, 그런 땅에서 철학으로 살아가기의 고됨, 겹겹의 슬픔이 내 손에 거머들어 왔다. 몸이 땀범벅이 되면서도 지독한 뭔가와 사투를 벌인다는 숭고한 기분마저 들었다. 쇳조각이 눈에 띄었다. 왼손으로 쥐어 콘크리이트에 댔다. 해머로 쇳조각을 내리쳤다. 잘못 쳐서 내 손등이 해머에 맞았다. 통증이 커지면서 금방 부풀어 올랐다. 고통을 깡으로 견디며 해머질을 했다. 콘크리이트가 덩어리째 퍽퍽 깨져나갔다.

일을 끝낸 후에 밖으로 나서자 이번엔 반장이 따라오라고 소리쳤다. 꺽새도 호출되었다. 따라가면서 왼손을 펴보았다. 오무렸다 폈다 해보았다. 뼈가 부러진 것 같진 않았다. 통증을 견디며 따라갔다.

오층건물에서 좀 떨어진 높은 건물에 이르렀다. 반장은 앞서 들어가더니 높이가 삼십 미터도 넘어 보이는 용해로 앞에 섰다.

"저 오도리방(난간대) 뜯어내!"

꺽새에게 지르는 반장의 목소리엔 꺽새의 간을 맨손으로 끄집어내는 듯한 잔인함이 서린 듯했다. 두려움이 몰려왔다. 인간의 고운 결은 어디 갔는가. 노동판은 언제까지 둔탁한 대패질로 결들을 문질러 버릴 것인가.

용해로의 꼭대기에 붙어있는 오도리방이 까마득했다. 어제 저곳에 올라가 볼트를 풀어냈는데 무릎이 덜덜 떨릴 정도였다. 난간대가 보호해주는 데도 그랬다. 그런데 난간대를 떼어내라는 것이었다.

꺽새는 입술을 쭉 뺏다가 들이밀고는 철제 계단을 따라 올라갔다. 꼭대기에 앉아 오도리방을 뜯어내는 모습이 아슬아슬했다. 자칫 미끄러지면 즉사할 것이 뻔했다. 그가 산소절단기로 끊어내 던지는 볼트들을 식힌 다음 마대에 쓸어 담으며 그의 뼛조각을 주워 담는 느낌마저 들었다.

오도리방이 철거된 용해로 주변엔 그 정도 높이의 집진기들이 수두룩했다. 그 위론 배관 파이프들이 밀림처럼 빽빽했다. 용해로를 빼낼 계획인 것 같은데 도저히 빼낼 도리가 없어 보였다. 배관 파이프들을 다 제거한다 해도 이 건물과 옆 건물 사이의 간격이 용해로의 사이즈보다 작아 건물의 벽을 부수어봤자 불가능했다. 그동안 보고 배운 도비의 감각으로 어림잡아 봐도 도무지 방법이 없어 보였다. 손등의 욱신거림이 줄고 있었다.

"천장을 뚫어!"

순간 터져나온 도비회사 사장의 목소리. 작달막한 키에서 쩌렁쩌렁한 목소리가 공간 전체를 흔들었다. 팔레트가 부서질 때와는 비교할 수 없는 후련함이 몰려왔다.

길이 열린 것이었다. 밀림처럼 빽빽하고 도저히 길이 없던 공간에.

나는 배관 파이프에 올라타 볼트를 풀었다. 꺾새는 산소절단기로 잘라나갔다. 작업 규모가 커서 반장도 강식, 대규도 합세했다. 불똥이 튀고 있었다. 천장을 덮은 함석이 뜯기기 시작했다. 빠루가 동원되고 해머로 내리치는 소리가 쾅쾅 울려왔다. 공장 한가운데에 하늘이 보이기 시작했다. 푸른 질주 같았다. 일상 속에선 볼 수 없는 길이었다. 작전지휘 아래 일사불란하게 움직이는 전장 같았다. 위험 수위에 달한 환자에게 처방하는 극단의 방법 같기도 했다. 답답한 건물 속에 출구가 생긴 것이다. 공장의 천장 한가운데에 구멍이 뚫려 넓어졌다. 저곳으로 첨단 크레인이 붕대를 내려 용해로를 끄집어 올릴 것이었다.

수도 배관이 철거되었다. 그에 따라 수도가 끊겼다. 납가루 묻은 손을 씻을 수도 없고 마른 목을 축일 수도 없어 고역이었다. 에어도 끊겼다. 작업복에 묻은 먼지를 털어낼 수 없어 식사하기가 꺼림칙했다. 납가루가 김치에 얹혀 입으로 들어오는 것 같았다. 전기도 끊겨 가설 전기를 이용해야 했다. 문명이 종말된 후 폐허 속에 사는 기분이 들었지만 그 느낌을 나눌 수 있는 사람이 한 사람도 없다는 것에 두려움과 슬픔이 몰려왔다.

잠자리는 계속 좋아졌다. 오층건물 곁에 낮잠을 자던 후미진 건물 전체가 침실이 되었다. 군데군데 뜯겨져 나간 흔적이 만연하고 구석마다 쓸어놓은 먼지, 천장엔 석고보드가 쏟아져 내릴 듯했지만 공간이 넓어 시원하기는 그만이었다. 강식과 용호, 대규는 매일 어디선가 새로운 것들을 구해와 이불로 깔았다. 나도 그들을 따라 쓸만한 것을 구해왔다. 얼마 전까지만 해도 비닐을 깔았다. 뜯어낸 기계를 포장하고 분진을 막기 위해 대는 것이었다. 비닐을 깐 바닥은 그 이전 마대를 깐 것보다는 나았지만 바닥의 한기가 올라와 잠을 푹 이루기엔 부족했다. 질 좋은 종이박스로 대체되었다. 대규가 시작하더니 하루도 안 돼 우리 네 명의 잡부 모두 키보다 큰 박스를 구해와 그 위에 누워 잠을 잤다. 만열이도 여전히 우리 곁에 빤스 바람으로 누웠다. 종이박스는 스티로폼으로 바뀌고 그것은 하루 만에 섬유질의 쿠션 좋은 바닥재로 바뀌었다. 구할 수 있는 최고품의 이불을 구해다가 우리 잡부들이 만열과 어우러져 낮잠을 즐기는 반면 도비공들은 우리 것보다 좋지 않은 것들을 깔고 구석에서 여전히 따로따로 누워 잤다.

"구리하고 신주가 돈이 많이 나가."

섬유질의 쿠션 좋은 바닥재에 누워 낮잠에 들기 전에 대규가 말했다. 고속도로에서 부상자를 운반해 검은 돈 번 것을 자랑으로 여기는 대규는 도비 현장 곳곳에서 돈 되는 물건들을 귀신처럼 알았다. 정문에는 새콤 직원들이 감시하고 있었지만 그의 가방은 매일 요상한 물건들로 채워져 정문을 요령껏 통과했다. 전선에서 뽑아낸 구리, 불 들어오는 드라이버 등 그가 훔쳐서 몰래 보여주는 것들엔 도둑질치곤 푸근한 맛이 배어 있었다.

껵새가 쇠파이프 몇 개를 나더러 들게 하고 자기도 하나를 들었다. 오층건물의 옥상에 올라섰다.

넓은 옥상에는 묵중한 기계들이 열 대가량 있었다. 껵새는 그 앞 바닥에 파이프 네 개를 깔았다. 일직선이 아니라 커브가 되도록. 그리곤 기계 정면의 왼쪽 밑으로 쇠파이프를 집어넣고 나보고도 오른쪽 밑으로 넣으라 했다. 둘이 박자를 맞춰 지렛대 삼아 들어 올리자 묵중한 기계의 앞쪽이 바닥에 깔린 첫 번째 파이프에 쿵, 올려놓아졌다.

껵새는 나를 데리고 기계의 뒤쪽으로 갔다. 기계 뒤쪽의 밑으로 두 개의 쇠파이프가 집어넣어졌다. 그것들을 위로 젖히자 기계가 주루룩 미끄러져 나갔다. 바닥에 깔린 두 번째 파이프에까지 굴러나갔다. 껵새는 얼른 파이프 한 개를 기계가 굴러나갈 앞에 깔았다. 그러고는 똑같은 일을 나보고 하라고 시켰다. 자기는 기계를 뒤에서 천천히 밀고 있었다. 나는 기계가 굴러가면서 그 뒤에 남아도는 파이프를 들어 열심히 그 앞에 깔았다.

기계가 천천히 커브를 돌면서 굴러가고 있었다. 바닥엔 파이프 네 개가 연거푸 깔리면서 임시 레일이 형성되고 있었다. 나는 뭐라 말할 수 없는 희열에 빠져 버렸다. 바퀴. 아니 바퀴 이전에 바퀴의 시초, 바퀴의 모태를 보는 느낌이었다. 시공을 훌쩍 뛰어넘어 자연에서부터 문명이 처음 비롯된, 바로 그 지점에 있는 것 같았다.

문명의 처음을 작동시키는 것이 바로 꺽새와 나였으며 아주 오래전에도 이런 장면과 꼭 같은 장면이 있을 것 같았다. 피라미드의 거대한 바윗돌들을 움직일 때 아니 그보다도 훨씬 더 이전 묵중한 나무나 거석들을 움직일 때의 현장감이 되살아났다. 그 아득한 몸동작들이 시간의 부피를 지우고 고스란히 재생되고 있었다.

"기상. 기상."

요란한 호각 소리와 함께 난데없는 소리가 들려왔다. 낮잠에서 부스스 깬 대규를 보니 어안이 벙벙해 있었다. 강식도 무슨 일인지 모르는 눈치였다. 서둘러 작업화를 신고 각반을 차고 밖으로 나서자 도비공들도 주섬주섬 모여들었다. 초록 파이버가 뒷짐을 진 채 이리저리 걷고 있었다. 분위기가 심상치 않았다.

"산소통 때문여. 크레인 작업 현장에 산소통이 놓여 있었다지. 아까 눈에 띄길래 내가 치웠어. 반장 새끼가 또 쓰는 걸 봤는데 쓰고나선 그

대로 둔 모양여."

용호가 어떻게 알았는지 하는 말이 들렸다. 반장은 허공을 보며 담배를 뻑뻑 빨고 있었다. 산소통은 정말 중요하다. 크레인 하역시 물건이 그 위에 떨어지면 공장 건물 자체가 날아갈 대폭발로 이어질 수도 있는 문제였다. 불티 감시자는 이번에도 헛발질을 했다. 어디서 무엇을 했는지 뒤늦게 나타나 머리를 긁적였다.

"영업 중단! 이런 일이 한 번 더 있으면 다 철수시킬 거요! 오후에 일을 하는 게 발견되면 그 즉시 이 도비팀 전체를 철수시킬 거니 알아서 하시오!"

초록 파이버가 눈을 부라리며 말했다. 가슴이 철렁해져 도비 회사 사장을 바라보자 얼굴에 어둠이 깔려 있었다.

"여기 잡부 네 명은 필요 없으니 집에 가!"

곧이어 치고 나온 것은 반장이었다. 한데 모여 앉은 우리에게 다가오더니 큰소리치고는 멀어져갔다.

"저 좆같은 새끼. 선수 치네. 일은 지가 그르쳐놓고."

용호가 불끈했다.

"씨발, 사장에게 가볼게."

거칠게 일어서는데 대규가 소매를 붙잡으며 말했다.

"소용없어. 저 반장 새끼 사장하고 친척인 것 몰라?"

강식은 멀어져가는 반장을 꼬나보고 있었다. 눈에 살기가 머금어 있었다.

매교시장의 술집. 중간에　겨나 퍼마시는 낮술. 남들이 보면 씨알도 먹히지 않는 생각이겠지만 그것은 내겐 또 하나의 도비였다.

"씨발. 좆같네."

대규는 욕을 내지르고는 소주와 막걸리를 시켜놓더니 시장으로 걸어 나가 자두 한 바가지를 사 왔다.

"내가 씻을게요. 아줌마."

용호는 파전을 굽느라 바쁜 주인 대신 자두를 수돗물이 흐르는 고무다라 쪽으로 들고 나갔다. 나는 뒤따라가 자두 씻는 것을 거들었다. 강식은 그라스에 소주를 가득 붓고 있었다.

파전이 올라오고 물기 흐르는 자두가 대낮의 햇살을 받아 먹음직스럽게 빛났다. 취한 눈으로 바라보는 대낮의 시장통은 온통 벌거벗은 잡화물, 생선, 건어물, 리어커꾼과 노점상들로 번들거렸다.

"반 대가리일 거여."

"오늘 일당이 반으로 줄면 한 대가리로 쳐달라고 내가 사장과 한판 붙을게. 안 되면 내가 나간다. 반장도 내가 맡으마. 내가 총대를 매지."

강식이 소주를 들이켠 후 말했다. 그의 투명한 잔에도 대낮의 햇살이 쏟아지고 있었다.

"씨발. 형이 안 나오면 나도 안 나와. 어차피 숫자도 줄일 거여. 씨발. 좆같은 새끼들."

용호가 맞받아쳤다. 속이 뜨거워지고 있었다.

"씨발. 강식 형. 제가 안 나올게요. 형은 식구도 많으니 형이 나오세요."

"어쭈. 이 새끼. 많이 컸네. 까불지 말고 술이나 마셔 짜샤."

강식은 그라스를 깨질 듯 부딪혀 왔다.

〈S 플리트〉로 출근하는 길이 쓸쓸했다. 대규도 얼굴이 굳어 있었다. 강식과 용호가 빠져나간 상태에서 오층건물 앞에 서자 낯설고 서먹서먹했다. 익숙했던 풍경들이 빛을 잃고 황량했다.

만열이 보이지 않았다. 도비공마저 인원 감축이 된 모양이었다. 그가 잘라내고 남은 빔들이 허공에 휑뎅그렁 걸려 있었다. 꺽새도 보이지 않았다. 초록 파이버도 보이지 않았다.

허전한 마음속에 못 보던 사람들이 점령군인 듯 눈에 띄었다. 내부 철거팀이라 했다. 우리처럼 굵직한 기계들을 철거하는 것이 아니라 사무기기나 문구류 등을 철거하는 팀이다.

비가 퍼붓기 시작했다. 방글라데시, 베트남, 중국 등지로 팔려나가기 위해 비닐을 덮어쓴 채 비를 맞고 있는 기계들. 처량하고 그윽하기만 했다. 강식과 용호, 만열이 다 떠나간 빈 현장, 뜯겨 나가 뼈만 남은 듯 황량한 공장 공터에 내리는 비는 적막하기 그지없었다. 비가 내린다. 하염없이 퍼붓고 있었다.

마지막 날. 오층건물 앞으로 탑차가 들어섰다. 내부 철거팀이 끌어내 모은 책상, 의자, 컴퓨터 등 사무기기 일체를 싣고 떠났다. 공장을 끝까지 지키며 가끔씩 우리를 둘러보던 공장의 간부도 떠났다. 반장은 천안에 있는 S 계열사의 조립 공장으로 투입된다는 소문이 들려왔다.

철거가 완료된 오층건물엔 노란 안전띠가 둘러 처졌다. 대규와 내가 친 것이었다.

속이 다 비워진 채 적막과 공허만이 가득해 보였다.

저 건물도 해체될 것이며 대규와 난 내일이면 다른 현장으로 팔려 갈 것이다. 나는 불쑥 저 적막과 공허 속에 혼자 있고 싶어졌다. 그 알 수 없는 느낌을 온몸으로 받으며 잠기고 싶었다. 남들이 안 보는 틈에 안전띠 아래로 들어섰다. 노란 파이버가 노란 안전띠에 툭 걸렸으나 벗겨지진 않았다.

지하로 걸어 내려갔다. 해머로 으깨진 콘크리이트 조각들이 주검처럼 흉물스럽게 널브러져 있었다. 그 주검을 밟고 섰다. 철제 계단을 통해 걸어 올라갔다. 한층 한층 올라설 때마다 오랜 시간들이 거센 소용돌이를 치며 틀을 이루었다가 사라졌다.

옥상 위로 올라설 때는 마치 거대한 굴곡의 천장을 뚫고 빠져나오는 흥분이 일었다. 하늘이 푸르른 질주인 듯 눈부시게 빛나고 있었다. 햇빛은 바닥의 쇠파이프들이 굴러간 흔적을 찬연하게 비추고 있었다. 바퀴들이 생겨나기 이전의 아득한 시간, 자연에서 문명이 막 분리되어 발아될 때의 시간이 그 흔적 속에 아스라하게 고여 있는 것 같았다.

아주 먼 시원과 마주하는 기분이었다. 문명은 파괴의 시작이기도 하다. 그런 먹먹함마저 품고 있는 흔적이었다. 서양철학사가 현재 다다른 능선이 해체철학에서 조금 웃돌 텐데 저 마른 진흙 속의 흔적에 비한다면 그리 깊지 않다는 생각이 들었다. 서양 철학의 대강과 현주소가 그럴진대 우리나라의 철학자들은 대개 그 그림자나 파고 있는 것은 아닌가. 동양의 심연을 품은 나라로서 보다 심오한 사유의 번뇌가 번득여야 하지 않는가. 우리 사회가 어느 지경까지 도탄에 빠졌는지 느낀다면 말이다. 아니 느껴야 하지 않는가. 제대로. 지식인들이. 그중 철학자들은 특히. 물론 철학자들 중에 있겠지만. 시대의 상태가 보통 심각한 것이 아니니까 말이다.

파이프가 지나간 마른 진흙에 가만 손을 댔다. 해체 및 포스트모던 너머의 시간. 서양 철학이 아직 가보지 못한 곳에서 쿵쿵쿵쿵 소리가 울려오는 것 같았다. 노동과 자본, 그 둘의 진정한 교류를 품은 대양의 밀물 소리 역시 들려오는 것 같았다. 노동자들의 아름다운 직물로서의 강물과 이어진 바다였다.

내 가슴 깊은 곳에서 도르래가 생겨나고 있었다. 무슨 승진이라도 된 것 같은 한 달짜리 파견도 오늘이 마지막이고 내일이면 인력사무소의 낡은 가죽 쇼파에서 호명되어 또 어디론가 팔려 갈 것이다.

철학으론 쉽게 되돌아가지 않을 것이다.

사회의 그늘과 부조리, 고통과 어둠이 모여 있는 곳. 우리나라의 사각지대의 하나로서 하루하루 노동으로 견뎌내는 사람들의 일터. 저렴한 노동비용으로 팔려 가야만 그 가족의 생명이 좀 더 연장되는 곳. 수원 매교시장 부근에 있는 매교인력사무소. 버려지고 소외된 이곳에서 나의 사유가, 나의 상상과 철학이 더 부서지고 깨지고 진정성과 이 사회의 돌파구로서 제법 발효되었다는 느낌이 들 때쯤 떠날 것이다.

나는 떠날 수 있지만 매교인력사무소의 잡부들은 떠날 수 없다. 떠난다 해도 삶의 그늘은 여전할 것이다.

우리가 사는 이 사회, 사람과 사람 사이의 막힌 벽을 부수어 햇빛과 바람이 들어오게 할 열쇠는 어디에 있는가? 그것은 잃어버린 것이 아니라 우리 안에 분명 있을 것이다. 그 열쇠를 꺼내기 위해 우리가 닫아 잠가버린 벽을 깨고 천장을 뚫고 나와야 한다. 실천의 자리에 서야 한다. 철학과 삶의 자리는 다른 곳이 아니기에 우리의 지혜는 행동으로 옮겨져야 할 것이다. 파이프 굴러간 흔적 위로 한줄기 바람이 일었다. 아득한 시원부터의 지혜가 곧 무너질 건물 전체를 감싸는 느낌이었다. 내 가슴에서 도르래의 줄이 풀려나가고 있었다. 지상의 어느 줄보다도 길게 풀려나가 쿵쿵쿵쿵 소리의 시원에 닿는 느낌이었다.

"야! 또라이 새끼야! 안 내려와!"

거친 욕지거리가 아래에서 들려왔다. 불티 감시자가 반장 곁에 서서 소리를 지르고 있었다. 빨간 파이버가 빨간 파이버 곁에서 좀 더 요란하게 번들거리고 있었다.

*이 문장은 나의 졸시 '병점 외곽'에서 가져왔다.

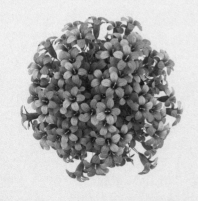

십 분 남았다

배터리를 잡아 뺐을 때의 액정화면처럼 정체불명의 정적에 사로잡혔다. 잔잔한 햇살에 잠기는 파탄(Patan). 이름도 기이한 이 도시를 붉은 톤의 사원과 탑들이 가득 메우고 있었다. 아쇼카 왕을 기념하기 위해 세웠다는 스투파도 붉게 물들어가고 있었다. 사람보다 신의 숫자가 많다는 네팔. 지상에 얼마 남지 않은 신국(神國)의 작은 도시를 걸으면서 가슴이 묵직하게 충열되어 갔다.

그녀를 굳이 만나자는 것은 아니었다. 만나지 않아도 이 도시는 내 가슴의 전열선을 따라 붉은 열을 계속 흘러보낼 것이었다. 전통과 삶의 숨결, 진한 사연들이 녹은 열기를.

이십 년. 그 정도면 아무리 무딘 가슴에도 구둣발 같은 굵직한 자국 몇 개는 찍히고도 남을 시간이었다. 하물며 연어살 같은 가슴인 것을.

그때의 부푼 상상들, 벅찬 꿈에서 벗어난 일들로만 현존의 시간이 시커 멓게 채워졌다고 해도 크게 놀랄 일은 아닐 것이었다.

저물어가는 도시를, 주머니 속에 전화번호 적힌 메모지를 만지작거리며 걷는 마음이 불안한데도 설레었다. 한편으론 전화번호가 틀리길 바라는 마음은 어디에서 왔을까? 황혼빛이 나를 그토록 당혹스럽게 만들 줄은 몰랐다.

데이트레이더로서의 삶은 지워져 있었다. 이름도 생소한 직업에 생이 먹살을 잡힐 줄은 생각지도 못했다. 좋아서 택한 사람들에겐 미안했다. 나로선 명치 안쪽이 대패로 깎이는 듯한 나날이었다. 바닥까지 떨어져 허무한 공회전만 되풀이하는 주식시장. 패잔병처럼 남은 사람들에게 또 한 번의 미끼인 데이트레이더. 이런 류의 신조어들은 경제가 망가지고 먹고살기가 어려워질수록 생겨났다. 그 틈에 끼인 나는 죽고 살고의 문제를 떠나 그냥 고역이었다.

미친년 치마처럼 펄럭이다가 결국은 주저앉는 주식시장에서 수수료보다 몇 원만 남으면 팔아 챙기고 그러다가 덜컥 손해를 보고, 하룻밤넘기기가 불안해 장 마감인 오후 3시 이전에 물량을 털어야 하는 치욕스런 뺑뺑이의 연속이었다. 그렇다고 치욕을 대가로 이익을 얻는 것도 아니었다. 감당할 수 없는 손실액과 쓰리게 치밀어오르는 것들이 진흙 묻은 눈덩이처럼 한 덩어리가 되어 가속도를 내며 어디로 굴러갈지를 상상하는 것도 지겨웠다.

씻을 수 없는 불쾌함은 시간을 쪼개 팔아먹는 파렴치에 있었다. 시간

마저 쪼개 팔아먹는 세상. 시간에 돈을 매겨서. 그것도 초 단위로, 초 단위로 삶이 갈아 먹히고 있었다.

사람을 사고팔고, 성을 사고팔고, 감정까지 사고파는 일들이야 나를 바꾸면 가능하겠지만 안 되는 게 또 사람의 일일 것이었다. 나는 즐길 줄 모르는 바보였다.

비행기 창 밖으로 하늘이 구름 너머로 파랬다. 옆좌석에 앉았던 사람은 스웨덴 사람이라고 했다. 나처럼 네팔 여행은 처음이라고 했다.

"바닷속에서 일을 합니다."

그의 말에서 신선함이 느껴졌다. 그는 내 표정을 보더니 사진을 꺼내 보여주었다. 하얀 색깔의 구조물이었다.

"스칸디나비아반도 북쪽 바닷속에 설치되어 있어요. 석유탐사용 구조물이죠."

"엔지니어인가요?"

"아뇨. 저 구조물 안의 식당에서 매니저로 일하고 있어요."

신선했다. 말하자면 바다가 직장인 셈이었다. 그는 명함을 건네주었다. '해저 식당 매니저'라고 적혀 있었다. 그 말의 신선함과 의외성으로 인해 갑갑한 주식시장에 짓눌린 내 가슴은 금세 청량음료처럼 되었다.

"바닷속에서 40일간 일을 하며 그 대가로 이 주간의 휴가를 얻어 숲속 통나무집에서 가족 캠핑을 합니다."

바다와 숲으로만 이어지는 삶. 그 이면에도 남모를 그늘이 숨어있겠지만 바이킹의 후예다운 북구나 캐나다에서만 볼 수 있을 풍경 같았다. 그와의 대화로 인해 지긋지긋한 데이트레이더 짓을 때려치우고 도피하듯 떠난 여행이 수소가스를 집어넣은 열기구 같아졌다.

자신을 송두리째 비운다는 것. 많은 사람들이 간절히 원함에도 쉽게 시도할 순 없는 일이다. 삶은 자신을 볼모로 가족을 먹여 살리다가 또 다른 볼모로 세습되는 지독한 악순환 아닌가. 썩어 문드러지도록 답답한 속을 소주잔 비우듯 시원스레 비우고 새로운 술로 채울 수 있는 사람이 과연 몇일까. 다시 채워 넣을 것이 쓴 소주, 위장을 태워버릴 화주일지라도 잔을 꺾어 비우고 떠난 여행 아니 도박이었다.

그녀를 만날 수 있을까. 어떻게 변해 있을까. 사실 그녀를 만나기 위해 떠난 여행은 아니었다. 그렇다고 목적이 딱 부러지게 있는 여행도 아니었다. 목적은 발길을 내딛는 순간 부서져 버렸다. 목적 안에 숨은 딱딱하고 징그럽고 숨 막히는 것들을 분쇄하고 더 큰, 무목적이라고 부를 수도 있을 어마어마하게 크고 부드러운 것을 온몸으로 느끼며 끌어안으려고 무작정 오른 방랑길이라고 하는 편이 나을 것이었다. 하지만 붉게 물들어가는 파탄(Patan), 이십 년 전 우연히 만난 처녀림 같은 여자로부터 듣게 된 이 도시를 거닐면서 그녀를 떠올리는 것은 몹시 설레는 일이었다. 그녀는 지금 이 도시에 있을까. 아니면 카트만두에. 손에 쥔 전화번호를 추적하면 그녀에게 닿을 수 있을까.

1970년대까지만 해도 네팔은 오솔길로 이어졌을 뿐 도로가 없었다고 했다. 나라 전체가 오솔길로만 이어지다니. 질박하지만 아름다웠을 것이다.

네팔엔 또 있다. 한 그루 나무로 사원 전체를 지은 것이다. 그녀가 말해 주었다. '살아있는 여신'에 대한 가슴 저민 내막과 함께, 그녀의 방에서 밤은 어운 아닌 여음으로 존재했다.

사원 곁을 걷고 있었다. 그녀의 전화번호를 손에 쥔 채. 사원이 상당히 큰 걸로 보아 재료로 사용된 나무도 엄청나게 컸을 것이었다. 그 나무는 죽어서 삶을 지배하는 존재가 되었다. 죽어서야 이루어졌다. 전화번호를 돌리는 손가락 끝에 미세한 떨림이 왔다.

림부라는 여자는 그곳에 없었다.

2.

타멜 거리는 지저분했다. 카트만두의 중심가. 힌두와 불교와 라마교의 신상들을 파는 점방들이 즐비했다. 음질이 좋지 않은 전파상의 스피커에서 옴마니반메훔, 옴마니반메훔, 옴마니반메훔… 손에 쥔 염주를 돌리게 했다. 저렴한 호텔에 여장을 풀고 침대에 누웠다. 티브이를 켜자 마침 뉴스 시간이었다.

붉고 노란 옷을 걸친 사람들이 농촌과 도시 곳곳에서 시위를 벌이고 있었다. 경찰과 충돌하고 감옥을 부수며 발전소를 파괴하고 있었다. 마오이스트들이라고 앵커가 말했다. 마오이즘이라고 했다. 중국 대륙을 휩쓸고 지나간 것이 언제인데, 신분 차별과 빈부 격차, 부패가 그만큼 심하다는 반증일 것이었다. 이미 지나버린 것이 이곳에선 전위적인 깃

발이 되고 있다는 사실에서 시공 자체가 흔들리는 아찔함을 느꼈다. 이들에게는 현실이다. 이들은 한편으론 1940년대의 중국에서 살고 있는 것이었다. 1960년, 1970년대의 한국을 살고 있는 것이기도 했다. 앵커는 곧이어 그날의 주식시장의 시황을 말했다. 티브이를 끄고 싶었다. 이 소박한 땅에 주식시장마저 파고들어 나스닥의 변덕에 따라 주식들이 요동치는가 하면, 과거의 유령 같은 것이 사정없이 할퀴고 지나가고 있었다.

문득 그가 떠올랐다.

무엇을 하고 있을까. 네팔의 죽은 영혼으로부터 자유롭지 못했던 그, 지금쯤 죽음과 친해졌을까.

이십여 년 전, 마르크스와 마오쩌둥의 책들, 폴 발레리의 시집과 아인슈타인의 책들이 어지럽게 꽂혀있던 신림동 하숙방 룸메이트였던 그, 그가 밤이면 창을 반쯤 열고 두려움과 선망이 엇갈린 채 멀리 바라보던 나라에 나는 와 있었다. 티브이를 껐다.

사실 그를 거의 잊고 있었다. 그와 밤늦도록 이야기를 나누며 함께 기거했던 그 방도 까마득하기만 했다. 증권사 객장의 난도질 같은 분위기 속에 마비가 될 정도로 오래 파묻혀 살아서일까. 이십여 년의 긴 시간이 지닌 침식과 풍화 탓일까. 하지만 무의식 깊숙이 면도날의 예리함으로 박힌 기억은 무의식 전체를 거둬가 버린다 해도 지워지지 않는다. 깊은 동면에 들어있던 섬뜩한 기억이 그가 창 너머 넋 잃고 바라보던 방향의 지점에 왔을 때 느닷없이 떠오른 것이었다.

벽엔 아인슈타인 사진이 붙어 있었다. 1981년 신림동의 그 방.

수학도인 그는 머리가 비상했다. 수학 외에도 시를 좋아했다. 시인 중에 수학적 엄밀성이 깊은 폴 발레리를 광적으로 좋아했다. 발레리의 난해한 시를 이해하기 위해 한줄 한줄 밑줄을 그어가며 정신력을 풀가동하고 있었다. '페르마의 마지막 정리'니 '괴델의 불완정성 정리' 같은 고등수학은 이미 터득이 된 듯 책장에 얼룩덜룩하게 꽂혀 있었다. 내가 불문학과를 다니고 있고 그중에도 발레리가 속한 상징주의에 심취해 있다고 하자 그의 눈빛은 휘발유를 만난 불이 되었다.

그와 한 학기 동안 동거했다. 그가 어떤 과정을 통해 미치게 되고 결국은 정신병원에 갇히게 되었는지 세세히 말하고 싶지는 않다. 사실 나와 함께 기거하던 동안 그는 미치지 않았다. 내가 보기에 그는 미치지 않았다. 방바닥에 떨어진 머리카락을 골똘히 바라보면서 이게 정신일까, 물질일까 중얼중얼할 때도, 사진 속의 아인슈타인이 자길 바라보며 웃고 있다고 말할 때도 그는 미치지 않았다. 새벽 네 시경에 갑자기 잠에서 깨어 창을 열고 부들부들 떨면서 네팔에서 이천 년 전에 죽은 영혼이 다가오고 있다고 말할 때도 그는 미치지 않았다. 내가 볼 때 그는 미치지 않았었다. 아니 이런 얘기보다 우리의 즐겁기 그지없던 정신의 밀교 같던 시기의 이야기부터 풀어나가는 게 순서일 것 같다.

"부재일까, 현전일까… 난 정말 혼자로다,
그리고 어두워라, 오 그윽한 수의여."

발레리의 시 〈띠〉에 나오는 이 구절을 그는 특히 좋아했다. 불어 원문을 내게 읽어달라고 해서 낭송과 함께 시어들의 상징적 의미, 각운의 묘미를 말해 주자 그의 순진한 얼굴엔 맑은 빛과 함께 묘한 미소가 감돌았다.

"신들이여!··· 내가 예감하는 모든 재능은
맨발에 실려 나에게 다가온다."

〈발걸음〉이란 시에 나오는 이 싯귀도 그의 마음을 사로잡았다. 그런데 그가 시를 좋아하는 태도는 특이한 데가 있었다. 시를 이해하거나 음미하는 차원이 아니라 시에 완전히 밀착되어가는 것이었다. 1+1이 2로 귀결되는 수학적 사고와도 깊은 연관이 있어 보이는 이 시적 밀착성은 무서운 힘을 지니고 있었다. 시와 완벽하게 한몸이 될 때 일어날 수밖에 없는 전율과 스파크를 향해 그의 가열된 몸은 서서히 그러나 거침없이 나아갔다. 그가 새벽 네 시경에 몸을 부르르 떨면서 몽유병자처럼 창문을 향해 걸어간 것도 위 싯귀를 눈에 불이 켜지도록 달달 외운 지 얼마 되지 않아서였다.

"신들이여!··· 내가 예감하는 모든 재능은 맨발에 실려 나에게 다가온다."

신(神)과의 밀착, 내통이 이루어진 후 그의 말과 행동은 급속도로 변해갔다. 우리가 룸메이트로 처음 만나 이상야릇한 우정에 취해간 지 3

개월이 지난 시점이었다. 말을 할 때는 라마교의 주문처럼 빠르고 흘린 듯했다. 갑자기 몸을 부르르 떠는 일이 잦아졌다. 눈빛 역시 평소 그의 눈이 내던 빛이 아닌, 사람의 눈으로는 볼 수 없는 것을 목격한 눈빛이었다. 이천 몇 년도엔 인류가 멸절한다고 5월의 훈훈한 밤인데도 사시나무 떨듯 떨며 자기가 구원의 사명을 받고 있다고 말했다. 한밤중에 벌떡 일어나 이천 년 전에 죽은 네팔인의 영혼이 자기에게 와 있다며 자기가 주는 계시를 받아 적으라고 내게 비명 같은 소리를 지른 적도 있었다.

혼몽 중에 런닝과 팬티 차림으로 일어나 앉아 그의 급류 같은 메시지를 받아 적으며 이상하다는 느낌은 들었지만 이상하게는 전혀 생각되지 않았다. 우리 사이엔 어느 유대보다도 강렬한 발레리의 심혼이 광휘를 뿜고 있었다. 그 광휘의 인력이 너무 커 우리 둘 사이 외의 다른 관계들은 거의 차단된 상태였다. 상식과는 동떨어진 그의 발작 같은 행동들이 내겐 낯설기는커녕 시적(詩的)으로 보일 뿐이었다. 간간이 등교할 뿐인 캠퍼스엔 시대의 암울한 분위기가 조청처럼 깔리던 시절이었다.

'미래가 결국은 과거의 원인이라고 생각하게 될 것.'

그가 결정적으로 그 일을 감행하기 전, 감전되듯 빨려 들어간 발레리의 문장은 이것이었다.

발레리가 육십의 황혼기에 철학자 베르그송에게 한 말이다. 상식과는 정반대가 되는 말이다.

발레리에게도 드라이아이스의 내부 같은 침묵이 있었다. 모든 것을 얼려 버릴 시간의 공포 속으로 그는 무섭도록 파고 들어갔다. 차디찬 공허 속에서라야만, 그 속에서의 지옥 같은 견딤을 통해야만 얻을 수 있는 초정밀도의 정신, 인식의 화강암을 위하여.

　이십 대 초반의 청년 발레리는 어느 날 밤 문득, 온몸을 후려치는 계시와도 같은 자극을 받아 문학을 버린다. 그 후 길고 혹독한 드라이아이스의 터널을 지나 사십 대 초반에 이르러야 버렸던 시에게로 되돌아온다. 그의 속에서 잠자고 있던 시인이 무서운 기지개를 켜며 다시 깨어난다. 과거의 전부를 휘감아버릴 정도의 괴력, 불가역한 시간을 전복시킬, 시간 자체를 소멸시켜버릴 무시무시한 집중도로 몰두해 불멸의 시의 화강암을 완성한다.

　"공정한 정오는 불로서 구성한다. 바다, 쉼 없이 되살아나는 바다를."
- 〈해변의 묘지〉 中에서

　그해 6월의 어느 날 밤, 자정이 넘었다. 창틈으로 달빛이 영기(靈氣)처럼 비쳐 들었다. 그는 갑자기 눈에 불을 켜며 밖으로 나가자고 했다. 우리는 어둑어둑한 신림동의 골목길을 걸어 서울대로 향했다. 굵은 고딕체의 철문은 닫혀 있었다. 철망을 타 넘어 텅 빈 적막의 캠퍼스를 맨발로 걸었다. 서로 아무 말도 나누지 않았다. 캠퍼스 위쪽에 있는 작은 호수를 향해 자석에 끌리듯 걸었다.

　넓적한 바위가 호숫가에 놓여 있었다. 달이 떠 있었다. 그는 희죽 미소를 짓고는 바위 위로 올라섰다. 달을 바라보았다. 오래오래 바라보았다. 웃옷을 벗더니, 바지와 팬티마저 벗어 던졌다.

　달빛에 젖은 그의 나신이 감미로운 빛을 머금었다. 시간은 정지한

듯, 이상한 방향으로 흐르는 듯했다. 자연은 이미 초자연이었다. 달빛을 정면으로 받는 나신 쪽에 드리워진 빛 무늬와 달빛이 미치지 못하는 부분에 드리워진 음영, 그 사이의 얼룽얼룽한 무늬, 그 전체와 그 아우라로 이루어진 그의 몸은 하나의 화신 같기도 했다. 그는 자위를 하기 시작했다. 거침없는 용두질이었다. 초자연으로부터 걷잡을 수 없는 괴력을 부여받은 듯했다. 짐승처럼 울부짖었다. 달빛을 향해 격렬한 용두질을 해대며 어머니, 어머니를 불렀다. 목이 터지도록 불렀다. 무너질 듯 울고 있었다.

그 모든 행위는 내게 하나의 종교 제의였다. 그에게서 불과 몇 미터 떨어진 곳에서 그를 바라보는 마음엔 별다른 동요도, 생경한 느낌도 일지 않았다. 그를 감쌌던 초자연의 기류가 내 안에 차분하게 흐르고 있을 뿐이었다. 그의 몸 전체에서 솟구쳐 흐르는, 환희의 눈물인지 통한의 눈물인지 한 존재의 제어할 수 없는 분출을 느끼며 내 눈시울마저 뜨거워졌다.

그는 미치지 않았다. 미쳤다는 생각이 아예 닿지 못하는 깊숙한 안쪽, 그곳에 나는 있었다. 달빛 속을 휘저어 다니며 다른 차원의 냄새를 맡고 있었다.

3.

림부, 이름에서 왠지 물 잘 오른 대나무의 이미지가 떠오르는 여자였다. 청순하고 이지적인 처녀림 여자였다. 그녀를 만난 것은 이십 년 전,

바다를 낀 사모아 섬에서 열린 몇 주간의 워크숍에서였다. 파탄에서 태어나 카트만두의 어느 사회봉사기관에서 일하던 그녀는 연구원 자격으로 참석했고, 나는 증권회사에 취직하기 전 비슷한 곳에서 일을 한 덕이었다.

한눈에 우리는 서로 당기는 느낌을 받았다. 사랑까진 아닐지라도 설렘의 극한까지 간 사이라 할 수 있었다. 워크숍이 끝나면 바다에 함께 갔다. 이삼십 미터 아래까지 투명하게 비취는 에메랄드빛 물에서 수영을 즐기고는 야자수 그늘에 누웠다. 수평선에 석양이 머리를 박을 때쯤 몸과 마음이 붉은빛으로 젖어 돌아왔다. 밤에 그녀의 방으로 찾아가면, 그녀는 네팔의 수공예품들을 보여주며 힌두의 신(神)들, 제3의 눈, 살아 있는 여신 쿠마리, 순박한 소수 종족들의 애환을 잔잔히 들려주었다.

어제저녁 전화를 받은 사람은 림부에 대해 이름은 들어봤다고 했다. 하지만 오래전에 그곳을 떠났다고 했다. 림부의 근황에 대해 아는 사람이 현재 없으며 알만한 사람이 한 명 있긴 한데 출장 중이라 했다.

호텔을 빠져나왔다. 걷다가 공중전화부스가 눈에 띄어 들어섰다.

전화를 또 걸었다. 손끝이 휴대폰의 진동음처럼 떨렸다. 몇 번의 시행착오 끝에 출장에서 돌아온 남자의 도움으로 그녀의 새 전화번호가 손에 쥐어졌다. 곧바로 번호를 누르는 마음에 석양에 물든 야자수를 흔들던 사모아의 해양풍이 불었다.

"림부? 디스 이스 킴 프롬 코리아. 두 유 리멤버 미?"

"킴? 유 롸이트? 슈어."

고운 톤의 목소리가 옛날 그대로였다. 마음은 갈매기의 하얀 날개가 되어 하늘 높이 솟구쳤다. 잃어버린 옥구슬을 되찾은 듯 기쁨을 가눌 수 없었다. 그간의 긴 세월의 격랑이 한 줌의 물거품으로 뭉쳤다가 사라지고 그녀와 뛰어들던 에머랄드빛 바닷물이 눈앞에 찰랑거렸다.

"쿠마리를 볼 수 있는 시간이 오후 3시야."

심장이 멎는 기분이었다.

"두르바 광장에 쿠마리가 사는 집이 있어."

퇴근 후에 두르바 광장에서 만나기로 했다.

"카투는 나무라는 뜻이에요. 만두는 집이란 뜻이고요. 카트만두는 나무로 만든 집이 되는 거죠. 한 그루 나무로 만든 사원에서 유래되었고요."

일본 관광객들을 인솔하는 가이드의 말이 내 귀를 끌었다. 오솔길로만 이어졌던 나라의 수도로 걸맞은 이름이어서 흥분이 배가되었다. 그 소박하고 성스러운 도시의 두르바 광장.

드디어 이곳에 왔다. 제3의 눈이 있는 곳. '살아있는 여신'이 기거하는 성지.

사원들이 광장을 두루 채운 사이로 꽃 파는 소녀, 가난한 과일 노점상, 벌거벗은 아이를 껴안은 거지들이 오갔다. 붉은색 꽃잎을 짓이겨 바른 힌두의 신상들과 성스러운 촛불들이 즐비한 가운데 향 내음이 진동했다.

십 분 후면 살아있는 여신 쿠마리를 볼 수 있었다. 작은 창 세 개가 나란히 달린 목조 사원 앞에 관광객들이 초조한 표정으로 서 있었다. 저 고적한 건물 3층에 살아 있는 신이 살고 있는 것이었다.

겨우 일곱 살 앳된 소녀. 그럼에도 여신으로 추앙받으며 네팔 국왕도 그녀 앞에 무릎을 꿇는다.

파탄에서 비롯되었다는 쿠마리 풍습. 네팔의 산지 마을들을 돌며 서너 살의 소녀가 골라진다. 석가모니의 '샤카' 씨족에서만 선택된다. 그 아이는 완벽하게 건강해야 하며 천연두 자국이 없어야 한다. 피부에 흠이 없어야 하고 까만 눈동자와 까만 머리카락을 가져야 하며 몸에서 냄새가 나지 않아야 한다. 이런 까다로운 조건을 서른두 개나 통과한 후에도 승려, 왕실의 점성가, 브라만의 원로들에 의해 만장일치 과정을 거쳐야 한다. 하지만 내게 잊을 수 없는 인상을 새긴 것은 쿠마리가 되기 위해 치러야 하는 상상을 초월한 의식이었다.

다샤인 축제 기간의 정점. 거리에 108마리의 버팔로와 염소들이 줄 세워진다. 장정들이 날선 칼을 휘두르며 소리지르는 짐승들의 목을 연달아 쳐 나간다. 잘린 목에서 뻘건 피가 솟구쳐 올라 쓰러지는 몸통들과 바닥으로 번진다. 홍건히 흐르는 피바다에서 물씬 올라오는 고약한 내음. 그 한복판에서 소녀는 울어서는 안 된다. 성스러운 피의 제의를 눈 똑바로 뜨고 목격해야 한다. 그래야만 신으로부터 힘을 받는다.

그날 밤 소녀는 빛 한 줌 들어오지 않는 깜깜한 방에 혼자 갇힌다. 벽마다 낮에 도살된 짐승들의 식은 머리들이 피 내음을 풍기며 걸려 있다.

소녀는 여기서도 울어서는 안 된다. 결코. 단 혼자의 힘으로 그 끔찍한 방을 견뎌내야 한다. 울거나 무서워 도망치면 신이 될 자격이 박탈되며 다른 소녀에게 그 자리가 넘어간다. 그 혹독한 견딤을 이겨내야만 이마에 '티카'라 불리는 제3의 눈이 그려지며, 초경이 시작되기까지 살아있는 여신으로 탄생하는 것이다.

오후 3시 정각. 목조 건물 3층 가운데 창으로 쿠마리가 모습을 드러냈다. 잠시, 아주 잠시 동안. 바깥쪽을 쓰윽 바라보고는 안으로 사라졌다. 웃음기 하나 없이. 그 순간의 그녀 얼굴. 그 표정엔, 내가 도저히 범접치 못할 시공이 담겨 있었다. 저 무심하고 무표정한 얼굴. 어린 소녀의 얼굴이 저렇게 섬   할 수 있을까.

정말 살아있는 신의 얼굴일까. 신의 얼굴이라면 왜 이렇게 어두울까. 무수히 목을 쳐대는 도살장 같은 경악의 한복판에, 빛 한 줌 없는 어둠의 방에, 온 밤을 공포 속에 오돌오돌 떨었을 아이, 상상만 해도 소름이 끼쳤다.

웃음기 하나 없는 그녀의 표정은 나의 상상과 추리를 거부하는 영역속에 있었다. 나는 아무것도 할 수 없었다. 그녀의 표정과 마주친 순간의 나의 직관은, 이미 나를 벗어난 곳에 있었을 것이었다. 그것을 신의 영역, 죽음의 영역이라고 불러도 좋고 또 다른 차원이라고 해도 좋다.

저 그로테스크한 상황들은 누가 짠 것일까. 전율적이며 신비스러운 고도의 의식은 역사의 어떤 맥락에서 누가, 도대체 무엇을 위해 짰단 말인가. 순도 100%의 어린 영혼을 최고조의 경악과 직면시켜, 어떤 무시

무시한 절대성을 순수 영혼의 필름에 순간적으로 인화시켰다는 생각을 나는 지울 수 없었다. 그 초긴장, 고강도의 시간은 초자연 어쩌면 신이 틈입할 수 있는 시간인지도 모른다.

쿠마리는 그렇게 탄생한다. 쿠마리의 차갑고 무심한 표정 앞에서 인간의 어떤 감정도, 희로애락도 설 자리를 잃는다. 그녀는 실로 살아있는 신인 것일까.

쿠마리와의 몇 초간의 대면은 절대부정의 어떤 세계로 나를 이끌었다. 말도, 감정도, 어떤 사유나 상상도 일체 설 땅을 잃는 침묵의 세계, 차디찬 공허, 드라이아이스의 내부 같았다.

내가, 우리가 비롯된 곳이 저곳인지 모른다. 기억이 나지 않는 세계. 기억 너머의 어떤 세계. 그것을 기억하게 되면 그것에 사로잡혀 그 이후의 삶을 진행할 수 없기에 기억 자체가 삭제되었다.

그곳으로의 여행은 깊고 무섭다. 우리 개인 속에 내장된 역사의 끝은 무엇인가. 우리는 어디서 와서 어디로 가는가. 이 간단한 의문 속에 도사린 무수한 웅성거림을 우리는 감당할 수 있는가.

아인슈타인의 사진이 걸려 있던 신림동의 방, 그러니까 수학도인 그와 함께 서울대 호수에서 내려와 늦은 잠을 잔 다음 날 밤, 나는 그 방을 견딜 수가 없었다. 4개월 남짓 내 몸처럼 익숙해진 그 방이 너무도 낯설었다.

매캐한 최루탄 가스에 덮인 교정을 빠져나와 힘없이 하숙집에 들어섰을 때 주인아줌마가 나를 불렀다.

"같이 있는 학생, 이상하지 않았어?"

"왜요? 괜찮던데."

"오늘 낮에 빨래를 하고 있는데, 그 학생이 학교도 안 가고 마루에 멍하게 앉아 있더니, 갑자기 개집 앞에 쪼그려 앉는 거야, 그러더니."

"……."

"강아지하고 말을 하는 거야, 너는 내 마음 이해하지? 너는 나를 알고 있지? 순간, 기분이 이상했어. 그때 그의 표정은 이 세상 사람 같지 않았어, 섬찟 겁이 나서, 방에 들어왔어. 어떻게 해야 하나 고민하다가 그 학생의 친구에게 알렸어. 요 옆집에 있는 친구. 마침 있더라고."

머리가 쭈뼛 섰다.

친구가 오고 그 역시 이상하다고 여겨 다른 친구들을 불러 모으고, 수학도인 그를 달래며 일깨우고, 그럴수록 더욱더 발광의 극으로 치닫기만 하였다. 그와 실랑이하고 몸싸움을 벌이다가 결국 이대로는 안 되겠다는 상황판단이 서 억지로 끌어 청량리 정신병원에 옮겼다는 것이 전말이었다.

그날 밤, 처음으로 혼자 지낸 그 방은 평소와 전혀 달랐다. 이상한 기류가 방 안을 휘저으며 돌더니 시간이 흐를수록 강도가 세어졌다. 사진 속의 웃고 있는 아인슈타인이 실제로 살아 웃고 있었다. 껄껄 웃음소리마저 들렸다. 반쯤 열린 창을 통해 괴이한 영기(靈氣)가 밀물처럼 쏟아들어와 창을 닫기도 열기도 했다. 그와 나누고 공감했던 말들이 전혀 판이한 자장 속에서, 이질적인 파장을 띤 채 웅성웅성 내 몸의 안팎에서 진동을 해댔다. 사방의 벽마다 죽음이, 죽음이 액체처럼 죽죽 흘렀다.

결국 그 방을 견디지 못하고, 뛰쳐나오고 말았다.

림부가 두르바 광장에서 나를 픽업해 데려간 곳은 왕족이 경영하는 호텔 바였다. 림부는 레드 와인을 주문했다. 억제하기 어려운 설렘 속으로 붉은 액체가 자르르 흘렀다.

그녀는 오래전, 사회봉사 활동을 접고 여행사로 옮겼다고 했다. 네팔에 관광객이 급증하면서 여행 산업이 팽창하고 있다고 했다. 순간 내 미간이 찡그려지는 것을 느꼈다. 증권회사로 전직했던 나 자신과 어제 티브이에서 본 카트만두의 주식시장이 어른거렸다. 오솔길로만 되어있던 소박한 나라가 변하는 것이었다. 하지만 그녀는 여전한 아름다움을 머금고 있었다. 사모아의 야자수 그늘에서의 청순하기 그지없던 모습이 유리잔을 부딪치며 띠는 미소 속에 살짝 드러났다.

우리는 기분 좋게 취해갔다. 서로의 눈빛을, 빨려들듯 마주 보았다. 세월의 지층을 뚫고 솟아오르는 정 깊은 대화, 간간의 침묵, 무대 위에 선 미얀마에서 팔려 왔다는 여가수가 팝송을 부르고 있었다. 애절하고도 감미로운 선율이 림부와 나 사이에 흘렀다.

그 순간이 지나가면 우린 다시 지구의 이쪽과 저쪽에서 까마득히 동떨어진 삶을 살아갈 것이었다. 이번 생에서 또다시 만나긴 아마 어려울 것이었다. 몇백 년 아니 몇천 년에 한 번씩 스치는 소행성 간의 불빛처럼 아스라하게 우리는 취했다.

"쿠마리는 도대체 뭐야? 옛날에 니가 그 얘기를 들려준 후 내 마음에서 떠나질 않았어. 왜 그랬을까. 내 안의 뭐가 자극된 걸까. 실은 내 삶은 무너졌어. 그래서 네팔로 날아온지도 몰라. 쿠마리의 얼굴을 실제로 보고 싶었어. 아까 얼굴을 보는 순간 섬뜩했어. 아주 낯선 영역으로 곤두박질치는 기분이었어."

"그랬구나."

"근데 이런 생각도 들어."

"어떤?"

"쿠마리가 과연 행복할까. 부모의 사랑을 받고 장난감을 가지고 놀 일곱 살의 나이에 갇혀 살고 있잖아. 이런 말 하긴 뭐하지만 희생양 아닐까. 아동학대의 희생자라는 말도 있어. 모르겠어. 신인(神人)까지 포함한 인간이라는 거대한 스펙트럼에서 과연 쿠마리의 존재는 무엇일까. 어린 소녀를 여신으로 둔갑시켜 장사를 하는 것은 아닐까. 종잡을 수가 없네."

레드 와인을 급히 마셨는지, 그녀와의 꿈 같던 시간이 급작스럽게 현실로 나타나서인지 취기 속에 말이 막 나갔다. 희생양이라면, 한 어린 소녀의 희생이 없을 경우 그 사회는 굴러갈 수 없는 취약성이 있다는 뜻이다. 그 취약성을 극복, 사회를 유지하기 위해 뭔가가 필요하며 희생양은 가장 효과적인 방법이다. 필요한 치장들과 의미 부여와 장치를 갖다 붙이면 된다. 과거에도 그런 전략들은 현대 사회 못지않았을 것이다. 그

계략의 피해자일지도 모른다. 그러나 과연 그런 것인가. 그리고 그렇다 하더라도 일곱 살짜리 쿠마리의 얼굴에 드리워진 인간의 얼굴을 넘어선 신끼와 이질감은 무엇이란 말인가. 고대인들이 어떤 보이지 않는 힘에 이끌려 신의 산파 역할을 한 것이며 신은 그 틈을 통해 현현된 것일까. 그 성스러운 화육의 결과물이 저 어린 소녀의 그로테스크한 얼굴인가. 레드 와인 빛으로 흘러넘치는 이런 생각까진 림부에게 말하지 않았다. 서서히 떠오르고 있는 방에 대해서도 이야기하지 않았다. 내 무의식 깊게 박힌 방, 내 안에 있으면서도 충분히 이해되지도 설명되지도 못한 채 서늘한 깊이로 늘 머물러 있었다.

어린 소녀가 하룻밤을 울지 않고 새우던 방, 피 내음 물씬한 짐승들의 잘린 머리가 벽마다 걸리고 웅성웅성 죽은 혼령들의 소리가 들리며 사방의 벽마다 죽음이 액체처럼 죽죽 흘러내리던 방, 시를 좋아한 수학도가 깊은 밤 부들부들 떨며 창 너머 뭔가를 향해 걸어갔던 방, 청량리 정신병원에서 나온 후 어디론가 실종됐다는 그가 이상한 빛에 휩싸여 비등점 이상으로 끓어오르던 방, 영혼의 지진, 삶과 죽음의 살 떨리는 접속, 우주와의 교접이 이루어지던 뜨거운 화로(火爐)가 내 가슴에서 뒤엉켰다.

"여전히 생각이 깊네. 희생양이 아니고 와십(숭배)이야."

림부가 미소 지으며 말했다.

바의 조명이 더 어두워지면서 블루스 곡이 흐르기 시작했다. 무대를 향해 그녀의 손을 잡아끌었다. 허리를 감아쥔 손에 힘을 더하자 그녀는 가만 안겨 왔다.

4.

모니터를 켰다.

데이트레이더들의 눈이 좁은 화면의 변덕스러운 숫자놀음에 박혀 있었다. 손가락은 빈번한 클릭으로 분주했다.

씹다 뱉은 껌을 씹는 심정으로 할 수 없이 다시 앉아 있는 자리가 치욕스러웠다. 다른 길을 찾으려 몸부림쳤으나 삶은 쉽지 않았다. 다시는 오고 싶지 않던 곳에 또다시 볼모로 잡혀 모니터를 바라봐야 하는 내 꼴이 역겨웠다.

부스를 함께 쓰는 데이트레이더들 간에도 표정이 같지 않았다. 도마에 오른 생선처럼 하얗게 질린 사람 곁에 칼날의 빛을 번쩍이며 미소 짓는 사람이 앉아 있었다. 둘의 표정은 삽시간에 뒤바뀌기도 했다.

시간에 칼질하는 소리들이 또다시 들려왔다. 시간은 이미 횟감용 안주 같은 것이 되어버렸다.

시간의 죽은 고기를 하이에나처럼 달려와 낚아채는 데이트레이더들, 그들을 먹고 사는 증권회사들, 자본주의의 젖줄… 세계를 지탱하는 먹이사슬은 지독하다.

9.11테러 이후 우리나라를 포함한 전 세계의 주식시장은 더욱 발광한 하이에나의 눈동자처럼 굴러다녔다.

희생양이든 와삽이든, 실종이든 자살이든, 살해든 도륙이든 착취든,

그런 무거움은 우리가 살고 있는 이 세계, 이 문명이 자신의 허기를 채우기 위해 줄창 먹어야 할 음식 중 일부에 불과하다. 그 먹이사슬은 단단하지만 차갑다.

신, 인간, 짐승까지 잇는 보다 광대한 먹이사슬, 작지만 아름다운 신국(神國)의 그것은 끔찍하지만, 이 세계가 잃어버린 뜨끈뜨끈함을 지니고 있다.

부스에 앉아 좀이 쑤시는 사이 그 두 개의 세계가 충돌하고 있었다.

오후 3시면 그중 하나의 세계의 상징인 객장이 문을 닫고, 붉은빛의 성스러운 나라에선 신의 문이 열린다.

오후 3시는 내 심장을 말려버린 시간이기도 하고, 죽어가는 그 심장을 낯선 경외의 손길이 치유해준 시간이기도 하다.

오후 3시는 무수한 사람들의 운명이 어이없이 엇갈리는 시간이다.

오후 3시 정각에 나는 차가운 슬픔의 도시에서 탈출하듯 떠나 뜨끈뜨끈한 피의 문 앞에 서 있었다.

두근거리는 상념을 접고 쉴 새 없이 신경을 쪼는 모니터를 들여다보며 막바지 트레이딩을 마친 후 메일을 열었다. 반가운 소식이 두 장의 첨부 사진과 함께 와 있었다.

북구의 푸르른 해저 식당에서 하얀 모자를 쓴 채 웃고 있는 매니저, 싱그런 숲속의 통나무집, 그 두 장의 사진을 컬러 프린터로 출력했다. 내 부스의 벽엔 쿠마리의 그림엽서가 걸려 있었다. 왕족의 호텔 바에서 림부가 선물로 준 것이었다. 쿠마리 곁에 북구의 사진들을 붙였다. 낯선 새로움에 쌓여 미지의 문을 향해 날아가던 시간, 우연들이 놀라운 선물로 와닿던 시간들이 저미게 그리워졌다.

모니터 화면이 배탈 난 위장 속처럼 부글부글 끓고 있었다. 지구의 반 이상을 삼켜 먹은 검은 세계가 저 안에서 배앓이를 하고 있었다.

잠시 후면 오후 3시, 십 분 남았다.

절대로

　자전거에서 뒷바퀴의 중요함이 재미있다. 자전거의 원리는 끌고 가는 것이 아니라 밀고 가는 것이다. 견인이나 리더십이 아니라 저력이다. 밀어줌이다. 또 하나는 바퀴이다. 노자의 수레바퀴 비유가 들어갈 만하다. 수레바퀴는 어떻게 존재하는가. 바퀴살들의 힘인가. 그것들을 수레축에 끼울 수 있는 중심의 빈 구멍 즉 무(無)의 힘인가. 노자는 후자라고 말한다. 이쯤 되면 자전거에서 철학적 사유를 끄집어낼 수 있다. 무(無) 또는 허(虛), 공(空)이 바탕이 된다. 그러한 바퀴 중에 뒤에서 혹은 아래에서의 저력이 근원적이다. 그러한 터전에서 좌우의 균형을 통해 나비의 춤 같은 길을 지상에 만들어 나간다.

　영호는 삼십 년간 사귀어온 친구였다. 무역회사를 창업해 성공가도를 달리고 있었다. 회사도 가까운 거리에 있었다. 영업 일 순위로 정했다. 노크를 하고 들어서자 여직원이 세련된 응접실로 안내했다. 쇼파에 앉아 기다리는 동안 내 안의 적막감이 더 커졌다. 사장인 영호가 들어섰다. 테이블을 마주하고 앉았다.

불편한 기류가 흘렀다. 내가 끌고 온 것이었다. 차라리 나 자신이 그 자리에서 꺼져버렸으면 하는 충동마저 일었다. 그러나 그렇게 되면 가까스로 딛고 있는 지상의 한 뼘 땅에서 영원히 지워져 버리고 말 것이기에 안간힘으로 버텼다.

영호의 얼굴에도 불편함이 살짝 배어 있었다. 내색은 하지 않고 그것을 안면 안쪽으로 구겨 넣으려는 생노력이 언뜻 보이는 듯했다. 그것을 풀어줄 유일한 길은 내가 찾아온 목적을 철회하는 것인데 그 생각만으로도 나는 더욱 초라해졌다. 복잡한 감정들을 뻔뻔하게 거두고 말했다.

"전화로 말한 것처럼 L생명의 보험설계사가 되었어. 그간의 내 삶은 니가 잘 알고 있잖아. 어때 보험은 많이 들어 있어?"

매니저가 가르쳐준 대로 물었다. 보험 하나 들어줘. 아무리 친한 사이라도 그렇게 단도직입적으로 말하면 대부분 도망간다. 그것은 실패의 지름길이다. 공감을 자아내는 동시에 상대의 정보를 캐치할 수 있는 화술로 서서히 접근해야 한다.

"많이 들어있지. 애 걸로 하나 짜와 봐."

일이 순순히 풀렸다. 매니저는 이것을 쥐약이라고 했다. 지인들로부터 너무 쉽게 계약을 받아내면 영업 노하우가 쌓일 길이 없고 손쉬운 길에 길들여져 이 험한 시장에서 살아남을 수 없다고 했다.

그러나 이렇게 쉽게 풀린 일에 대해 노하우를 배우겠다고 어렵게 해
줘 봐, 할 수는 없는 노릇이었다. 노하우는 다른 상황에서 배우면 된다.
영호의 막내아들이 늦둥이인 점에 착안해 그애의 대학 등록금 용도로
교육보험을 짜오겠다고 말했다. 그도 동의했다. 우리는 찻잔에 남은 커
피를 마시며 시국이 어쩌니저쩌니 적당한 말들을 골라 나누다가 헤어
졌다.

사장이라 돈이 많을 테니 큰 금액으로 짜세요.

매니저가 말했지만 나는 영호 아들의 대학 등록금에 적절한 보험금을
산정해서 짰다. 일주일이 지났다. 내가 건네준 교육보험 플랜을 영호는
꼼꼼하게 읽었다. 그의 근면함과 성실함에 고개가 끄덕여졌다. 사태의
중심으로 고요히 침잠해 조근조근 따져보는 저것이 회사를 차린지 오
년 만에 빌딩을 사고 삼성동에 60평 아파트를 장만케 한 힘일 것이었다.

"메리트가 별로 없네. 인플레이션이 심해지면 십 년 후에 삼천만 원을
받는다 해도 가치가 줄잖아."

그러나 그의 장점이 나를 향해 칼날을 세우며 들어오자 당황스러웠
다. 그런 단점에도 불구하고 그냥 해주기로 한 거 아냐? 속에서 부글거
렸다.

"물론 인플레이션에 따른 위험은 있지. 금리로서 카바가 된다 해도 마
이너스는 있을 거야. 그 대신에 이렇게 부가서비스가 있어."

아동용 적성 개발 프로그램을 보여주며 말했다.

"그런 건 더 좋은 데서 이미 하고 있어. 프뢰벨이라고. 몬테소리에서

할까 하다가 그리로 정했지."

그럼 어떻게 하라고? 다른 보험설계사를 대할 때와 똑같다고 여겨지자 배신감마저 생겨났다. 그는 손에 쥐었던 자료를 내 쪽으로 주욱 밀어놓고는 허공을 바라보고 있었다. 고민을 완전히 거둔 얼굴빛은 아니었다. 어둑하고 어색한 기미가 깃들인 표정이었다. 여러 가지 상념들이 동시에 뭉쳐진 데서 오는 우중충한 색깔을 띠고 있었다.

"그러면 교육보험은 메리트가 없다고 하니 연금으로 짜서 다시 가져와 볼까?"

"응. 그 그래."

그의 말은 일주일 전 희망을 주던 것에서 후퇴하고 있었다. 그 차이로 인해 그와 친하다고 여겨왔던 삼십 년의 시간에 잔 칼질이 그어진 기분이었다.

그 일주일 후는 그다음의 일주일 후로 넘어갔다. 나는 영호로 인해 펑크난 공백을 메꾸러 동분서주해야 했다. 그것은 또 다른 영호를 만나는 과정이기도 했으며 그 와중에 전혀 예기치 않은 선물을 받는 기회가 되기도 했다. 친한 사이가 아녔어도 동창이란 명목으로 찾아갔을 때 내 불편까지 자기 몫으로 끌어안으며 사인을 해주는 동기도 있었다. 영업이란 전혀 엉뚱한 샛길들이 만들어지는 것이며 그 샛길들이 모아져 색다른 길로 화하는 것임을 어렴풋이 알게 되었다. 월계약고가 어느 정도 채워졌음에도 턱없이 모자라기에 나는 결핍 속에 허덕였다. 만날 때마다 속만 상하게 하는 영호를 일단 제쳐놓은 채 종윤을 만난 것도 그런 어느 날이었다.

종윤 역시 고교 동기들 중 잘 나가는 측에 속했다. 전자회사의 상무이며 모아놓은 자산이 수십억은 되리라는 소문이 파다했다.

"말해봐. 불편해하지 말고."

그의 회사 지하에 있는 커피숍에서 차를 마신 후 어색하게 앉아 있자 그가 분위기를 풀어주었다. 수줍어하는 아이에게 멍석을 깔아주는 셈이라 마음이 편해졌다.

"알았어. 하나 들어줄게. 둘째 아이가 지금 고3인데 사교육비가 많이 나가네. 그 애가 대학에 들어가면 과외비가 줄어들 테니 내년 삼월에 들어줄게."

당장은 아쉬웠지만 오 개월 후면 지친 몸을 조금은 쉬어갈 수 있다는 희망이 생겼다. 고맙다고 인사를 하고 헤어졌다.

테헤란로를 걸었다. 노란 은행잎들이 바닥에 뒹굴었다. 차들이 미끄러지듯 지나갔다. 월말이 얼마 남지 않아 마음이 조아렸다. 병우 선배를 떠올렸다. 지웠다. 몇 년 전에 그에게 받은 상처가 가슴을 후벼파기 시작했다.

L생명에 들어오기 전에 나는 증권회사에 근무했다. 객장에서 주식을 사고팔았다. 장이 끝난 어느 여름 오후 수유리에 있는 병우 선배의 병원을 찾아갔다. 그는 치과의사였다. 집요한 설득 끝에 이천만 원을 위탁받아 자유롭게 주식 매매를 할 수 있도록 승낙받았다. 수익을 내어 고마움에 답하고자 했다. 그러나 두 달 만에 백사십만 원을 까먹었다. 고

민 끝에 전화를 걸었다. 현재 마이너스 백사십인데 죄송하며 앞으로 잘 운영해서 수익을 내 보겠다고 했다. 수화기 너머의 공기가 심상치 않았다. 짧지 않은 침묵 후에 병우 선배가 말문을 열었다. 차갑고 냉랭한 기운이 가득한 목소리였다.

"남은 돈 다 찾아서 카드와 함께 당장 가지고 와!"

곧장 주식을 다 팔았다. 결제일에 일천팔백육십만 원과 증권카드를 들고 병원으로 찾아갔다. 그는 얼굴이 붉게 상기되어 있었다. 죄송하다고 재차 사과하며 건네주는 증권카드를 빼앗듯 가져갔다. 서랍에서 가위를 꺼냈다. 내가 보는 앞에서 아니 일부러 보이려는 듯 가위를 카드의 정중앙에 대더니 싹둑 잘라버렸다.

자존심의 정중앙에 가위질을 당한 기분이었다. 물론 그는 나쁜 사람이 아니었다. 후덕하지는 않지만 섬세하고 근면성실한 의사로서 가족과 사회에 책임을 다하는 사람이었다. 성격이 소심했으며 그렇게밖에 감정을 풀 수 없는 사람이었다.

그 정도를 가지고 상처라고 부르는 것이 사치일 수도 있을 것이었다. 무릎을 꿇린 채 고객에게 귀싸대기를 맞은 동료도 있었다. 조폭의 돈을 날려 구둣발로 정강이를 까이고 몽둥이질 당한 경우가 있는 것도 증권시장이었다. 사채시장에선 신체포기각서가 떠돌고 장기밀매도 독버섯처럼 사회 곳곳에 퍼지고 있었다. 묻지마 칼부림, 화성 연쇄 살인 사건, 상처에 소금 뿌리기, 마녀사냥, 조리돌림 등등 눈 뜨고 보기 어려운 폭력이 난무하고 있었다. 그런 것들에 비하면 아무것도 아니지만 그가 카드의 정중앙을 자로 재는 듯한 눈길로 꼬나보며 가위로 싹둑 잘라버릴 때 가위가 내 심장을 실제로 자른 듯한 현기증이 일었다.

그가 진짜로 내 심장을 잘라버리고 싶었을 것 같았다. 그렇게 하지 못하는 분풀이를 카드에게 했으며 그래도 풀리지 않은 분노가 눈빛에 차가운 살의로 머금어 있었다. 백사십만 원이 큰돈이라면 큰돈이고 작은 돈이라면 작은 돈이었다. 아니 큰돈이라 할지라도 둘 사이의 관계가 이십 년 이상 된 상태에서 나를 고작 백사십만 원으로 취급하는 기분이 들었다. 그는 잘린 카드를 휴지통에 휙 던져 버리고는 '간호원! 다음 손님!' 버럭 소릴 질렀다. 나를 쳐다보지도 않았다. 몸을 조아려 다시 한번 인사를 하는 사이에도 눈길조차 주지 않았다.

상처들로 곪을 대로 곪은 우리 사회, 상처라는 말로도 포획될 수 없는 참혹한 죽음들이 백주 대낮에 일어나곤 하는 우리 사회에서 이런 말을 꺼내는 자체가 창피하지만 그래도 내 딴엔 상처이기에 그에게 전화를 거는 자체가 갈등이었다. 전화번호를 누르려다가 몇 번이나 스마트폰을 고쳐 쥐었다. 그러나 그 피곤과 갈등을 가로질러 가지 않으면 답이 없었다. 월계약고는 채워지지 않을 것이고 파산 직전인 나는 살아남을 길이 없었다. 오기까지 보태져 전화를 걸었다.

그의 목소리는 따뜻함을 가장하고 있었다. 그러나 보험영업을 위한 전화라는 것을 알고 있어서인지 차가움을 노골적으로 내비쳤다.

"보험 얘기하려고 오는 거지?"

"예. 내일이나 모래 점심 어떨까요?"

그의 침묵에서 불편한 기색이 느껴졌다.

"알았어. 내일 와."

기뻤다. 영업이 쉽진 않겠지만 물고 늘어질 건덕지는 잡은 것이었다. 그러나 일 분도 채 되지 않아 스마트폰이 울렸다.

"안 되겠다. 오지 마."

목소리가 단호했다. 나는 지푸라기라도 잡는 심정으로 매달렸다.

"그만 끊을게."

통화가 끝났는데 들리는 소리가 있었다. 듣지 않는 것이 나을 것이었다. 아니 들은 것이 나은 것 같았다. 듣는 순간 그가 가위로 카드의 정중앙을 잘라버리던 십 년 전의 아픔이 고스란히 되살아났다. 멍하게 스마트폰을 들고 있는 사이에 그의 목소리가 흘러나온 것이었다.

"바빠 죽겠는데."

수화기를 전화통에 놓았는데 잘못 놓았을 것이었다. 서둘러 업무로 복귀하면서 흘려버린 목소리엔 엄청난 짜증이 묻어 있었다. 바빠 죽겠는데 괴롭히고 지랄이야. 그런 뜻 말고도 내게 전화로 몇 초의 시간을 할애한 자체가 억울해 못 견디겠다는 감정이 실려 있었다.

영업 수첩에서 그와 약속한 점심을 가위표로 지우고는 멍하게 앉아 있었다. 모멸감이 가셔지지 않은 채 생각이 정리되고 있었다. 사람들은 결코 변하지 않는다. 보험영업을 하다 보면 매일 하는 일이 돈질이라 그런 것을 잘 발견할 수 있었다. 성격이 여자 못지않게 예민한 나로선 순간 파악할 수 있었다.

보험영업 일 년이 넘어가고 있었다. 매니저의 그늘에서 벗어난 지도 오래되었다. 실패한 영업도 부지기수였다. 그런 케이스들을 잘 살펴보면 고객과의 첫 대면에 이미 인체의 DNA처럼 신호가 숨어있었다. 거북하다는 목소리, 어정쩡한 눈빛, 서둘러 다른 화제로 넘어가는 말투, 비싼 음식으로 선심을 쓰는 행위… 맨 처음의 몸짓에 그 후의 결과가 투영되어 있었다.

강수에게 전화를 건 것은 그런 섬뜩한 발견의 후유증과 지지부진한 영업 속의 어느 날이었다. 탄광, 뱃일, 막노동과 더불어 막장 직업 중 하나라고 불리는 보험영업은 흡착력 강한 거머리처럼 끈질기게 달라붙을 곳을 찾는다. 영업이란 영업은 대부분 그럴 것이다. 영업은 흡착력 간의 경쟁이다. 체력이 달리고 마음이 약해져 슬그머니 놓아주면 그 순간 나락이 기다린다.

우리 사회는 더러운 부패의 사슬로 치렁치렁 얽혀진 데다가 불편한 사슬이 도사려 있다. 수십만 명에 달하는 보험설계사들이 끈적끈적한 그물망을 들고 친척, 지인, 친구, 소개받은 사람들을 찾아다니며 던진다. 던지고 또 던진다. 어쩌면 보험설계사들이 나은 상황일 수도 있다. 그들에게는 보험설계사가 찾아오지 않으니까. 벌어봤자 늘 쪼들리는 사람들에게 보험설계사, 다단계판매원, 화장품 방판업자, 정수기 판매원, 학습지 판매원이 달려든다. 자칫 방심하거나 마음이 약해져 들어주다 보면 그들은 보험설계사가 되거나 다단계 판매원, 노래방 도우미로 전락하는 신세가 된다. 그래서 또 다른 사람들을 향해 선배로부터 배운

끈적끈적한 그물망을 던진다.

강수는 지쳐 보였다. 항만용 토목 사업을 하는 그는 자산가로 사업보다는 나 같은 사람이 안면을 깔고 시도 때도 없이 밀고 들어오는 것에 꽤 질려있는 얼굴이었다. 나는 그의 피로를 한눈에 알 수 있었다. 물러나고 싶었다. 시원한 생맥주나 한잔 하며 편한 대화를 나누다가 헤어지고 싶었다. 그러나 그의 피로를 눈감아 주면 내게 따르는 것은 절망과 좌절뿐이었다. 사글셋방에서도 나가야 하며 별거하는 가족에게 돈을 보낼 수도 없었다.

그의 피로와 싸워야 한다. 피곤한 그를 더욱 피곤케 해야 하며 그의 피곤과 나의 피곤이 엮어나가는 불편한 강물에 몸을 던져야 한다. 그런 속내는 물론 술자리에서 노골적으로 오가진 않는다. 우린 다른 이야길 한다. 오늘은 날씨가 좋았고 황사가 오는데 말이야. 감기 조심해라. 애들은 잘 크냐. 그런 이야기들. 다른 사람이 듣는다면 정겹게 보일 것이다. 그러면서도 서로의 속을 찔끔찔끔 살피고 찔러야 하는 불편함 속에 놓여 있다. 아무리 술에 취해도 그 줄은 서로 놓지 않는다. 두 시간 정도 그렇게 심리적 줄달리기를 한 끝에 내가 보험 가입을 권유하자 강수가 말했다.

"내일모레 전화로 답을 줄게."

확신에 찬 목소리였다. 가능성과 배려의 뜻이 강하게 담겨 있어 마음이 뜨거워졌다. 거절이 된다 해도 그의 마음과 고뇌가 충분히 녹아 있기에 뜨거운 거절이 될 것이었다. 어떤 식으로 결판이 나더라도 마음이 좋을 것 같았다.

정한 날짜에 전화는 오지 않았다. 강수를 다시 만난 것은 몇 개월이 지나서였다. 보험설계사들은 미처리된 것들을 포로처럼 줄줄이 끌고 다니기도 한다. 보험설계사들은 팔리지 않은 미분양 아파트들을 수없이 가지고 있는 디벨로퍼와도 같다. 매매될 듯한 불빛 한 점이 비추더라도 밤을 새워 달려간다. 강수를 저번의 생맥주집에서 다시 만났다.

"영호는 너 안 도와주냐? 빌딩도 갖고 있고 삼성동에 60평 아파트도 있고 요트를 산다는 말도 들리던데. 너하곤 아주 친하잖아."

마음에 뜨거움이 일었다. 해줄 듯 말 듯 속초의 횟집에서 언젠가 먹은 곰치의 살처럼 끝도 없이 흐느적거릴 뿐 결말을 내주지 않는 영호를 내 대신 질타함에 뭉클 고마움마저 느껴졌다.

"아직은 그래."

차라리 아싹하게 카드를 가위로 잘라버리는 것이 나을 정도로 내 속을 빠작빠작 태우는 영호에 대해 그렇게 말하자 강수는 냅다 소릴 질렀다.

"개새끼. 그렇게 돈이 많은 놈이 널 안 도와줘! 개새끼!"

또 한 번 뜨거워졌다. 강수는 묵직함이 담긴 굵은 소리로 저번에 약속을 지키지 못해 정말 미안하다며 다시 확언의 말을 해주었다.

"내일모레 전화로 답을 줄게."

그 전화를 아직 받지 못하고 있다. 그와 함께 내 머릿속의 산에는 요상한 메아리가 들려오기 시작했다. 개새끼. 개새끼. 끊임없이 공회전을 도는. 그 욕은 끝없이 앞엣것의 꼬리를 물어뜯으려 돌고 돌았다. 나는 강수를 정말 좋아했다. 그는 의리를 중시하는 친구였다. 친구들의 궂은 일을 바닥까지 쳐들어가 도와주지 않고는 못 배기는 성격이었다. 사업도 굵직굵직하게 하고 외모도 굵직굵직하게 생겼다. 말도 굵직굵직하게 해서 뜨거운 사나이의 내음을 풍겼다.

우정의 대명사 같은 존재였다. 그러나 그가 말한 개새끼라는 욕은 내가 들어온 욕 중 최악이었다. 차원을 달리하는 욕이었다. 허공에 던져진 그 욕이 바로 자기를 향하는 것임을, 말하자면 자기 입으로 자기를 개새끼라고, 아무런 생각 없이 호명하는, 이율배반을 품고 있어서 지우려야 지워지지 않을 물감 같은 것이었다.

너 니 엄마하고 씹했지? 그런 욕은 아무리 찐할지라도 발설자의 의도는 단순하다. 그저 욕일 뿐이다. 다른 사람을 개새끼라고 부르면서 자신도 영락없이 그 자리로 돌아가 자기가 뱉은 말의 과녁이 되어버리는 행위, 그러면서도 아무런 생각도 자각도 없는 뻔뻔함은 욕의 정도야 훨씬 약하더라도 모독의 강도는 차원을 달리한다. 일방적인 욕이 아니라 순환적인 욕이기 때문이다. 일순간의 욕이 아니라 끝없이 꼬리에 꼬리를 무는, 징그러운 후유증을 남기는, 그 끝에 갈고리가 달려 뇌를 쪼고 쪼는 영원성을 지니고 있어서이다. 더욱이 그가 악마가 아니기 때문이다. 그는 착하며 의리가 있고 우정을 누구보다 높게 치는 사람이다. 그런 심장의 사내에게서 심장 한복판에서 나온 말이기 때문이다.

그 후유증은 내겐 상당히 컸다. 그래서 내 영업 목록에서 강수를 완전히 지웠다.

"내일모레 전화로 답을 줄게."

그 말을 한 번 더 들으면 머리가 돌아버릴 것 같아서.

진영은 말이 없었다.

"읽어 봐."

소주만 몇 잔 주거니 받거니 하다가 책을 내밀며 말했다.

"뭔데?"

"단편소설집이야."

"그걸 왜?"

"너 많이 변했어. 들리는 소문에 친구들에게 괜히 삐지고, 괜히 흥분하고…."

나는 발끈했으나 이내 고개를 끄덕였다.

"걔들이 너에게 뭐 꼭 해줘야 한다는 거라도 있냐? 그리고 너는 친구들에게 뭐 해준 거 있어?"

맞는 말이었다. 그들이 날 도와줄 하등의 이유도 의무도 없었다. 나 또한 그들에게 준 것도 거의 없었다. 강수와의 최근 일로 인해 사람에 대한 회의가 더욱 깊어졌는데 기껏 보험설계사인 내가 사람을 저울질할 잣대도 아니라는 생각이 더 깊게 들었다. 내가 무슨 잣대인가. 어림없다. 객관성도 없는 것을.

친구들이 다 각기 상황과 고민이 있을 것이다. 생각 이상으로 날 도와준 친구들도 있다. 난 울적한 기분이 되어 물었다.

"근데 그것하고 이 책이 무슨 상관이야?"

"너는 옛날엔 말이 거의 없었어. 친구들의 이야기를 있는 그대로 들어주었지. 난 그런 니 모습이 좋았어. 근데 지금은 아니야. 보험회사에 들어가더니 변했어. 말이 많아지고 공격적이 되고. 우연히 읽은 소설인데 니 생각이 났어. 주인공이 너무 인상적이야."

진영과 헤어져 귀가하는 가슴엔 L생명의 문을 두드리기 이전의 내가 연한 물감으로 번져 있었다. 그날 밤늦도록 그가 짚어준 소설을 읽었다.

잠을 설쳤다. 소설 속 이야기는 내 가슴에 품었던 풍경이었다. 가슴이 저미도록 아팠다. 내가 어쩌다가 이 지경이 되었을까. 내가 싫었다. 내가 잃어버린 부분이 나를 긁고 비추고 있었다.

잘못 살았다. 시대와 정면 대결도 못 하고 뜻대로 제대로 살지도 못했다. 오래도록 나 자신을 학대할 정도로 씹고 또 씹으며 해부하듯 되짚어보던 처절한 시간들, 먹고 사는 게 뭔지 자칫 방치해버린 나 자신이 가증스러워 죽을 것만 같았다.

소설 속 이야기는 세상의 실체도 꿰뚫고 있었다. 세계의 비극을 곡괭이로 파고 들어가면 그 지점과 만날 것 같았다. 난 그 단편소설이 너무도 마음에 들어 보험 브로슈어들이 든 트렁크 가방에 넣고 다녔다. 영업이 이미 성사되어 편한 고객들을 만나면 그 이야기를 꺼내곤 했다.

"최근에 읽은 단편소설인데 들어볼래요?"

"불문학과 나왔다더니 보통의 보험설계사들과는 다르네요. 어떤 내용인데요?"

"소설의 주인공은 모든 사람들의 이야기를 들어주는 사람이에요. 진정으로, 진심으로 들어줘요. 그 마을 사람들은 그로 인해 푸근한 행복감 속에 살아가죠. 그런데 모든 사람들의 말을 진심으로 들어주며 행복을 선사하는 주인공은 정작 자살로 생을 마감하지요. 비극적입니다. 자기의 이야기를 들어줄 한 명이라도 있기를 바랐지만 없었기에."

"어머나."

"모두가 자기 말만 하고 싶어 하고 들어주는 사람이 없다는 이야기인데 우리 사회랑 비슷하지 않나요?"

"똑같아요. 우리 사회가 딱 그 모양이에요. 모두 자기 말만 하고 남의 말은 들을 생각도 안 해요."

규화 샘을 방문한 것은 며칠이 지난 오후였다.

규화 샘은 월보험료 20만 원짜리 종신보험을 들어준 고객으로 심리카운슬러이자 티브이에도 종종 나오는 저명인사였다. 삼백여 명 되는 고객 중에 남의 이야기를 가장 잘 들어줄 것 같은 사람이었다. 그의 사무실에서 녹차를 얻어 마시면서 그 단편소설 이야기를 풀어나가다가 물었다.

"주인공의 마지막이 어떻게 되었을 것 같아요?"

"어떻게 되었지요?"

그가 호기심 어린 표정으로 되물었다.

"자살."

"그럴 거예요. 그렇겠지요. 자살을 했다고 해서 말인데 저도 그런 충동을 느낀 적이 있어요.”

규화 샘은 말을 늘어놓기 시작했다. 그는 소설의 내용과 비슷하게 흐름을 잡더니 어느샌가 샛길로 빠지고 있었다. 결국 자기 이야기에 푹 빠져 말을 해나갔다. 끝도 없이 이어졌다. 화제를 돌리려 해도 내 말을 탁탁 끊고 자기 말만 계속했다.

숨이 가빠지기 시작했다. 이 세상이 너무도 차갑다는 생각이 또 들었다. 규화 샘과 마시던 녹차가 차갑게 보였고 그가 뜨겁게 열어나가는 이야기의 세계가 차디차게 여겨졌다. 그는 자기가 그 가엾은 사내의 입장에 선 것으로 하고 있지만 그를 빙자해 자기 이야기만 줄창 쏟아내는 사람에 불과했다. 환상에 빠져 그 주인공의 목을 서서히 조여가는 억센 손모가지일 뿐이었다. 내가 소설을 통해 말한 차원은 그가 풀어나가는 이야기보다 깊은 곳에 있었다.

그는 차원을 무시하고 있었다. 차원에 대한 인식조차 없었다. 그는 비극적인 단편 하나를 자신의 풍요로운 삶의 목록에 첨가했다. 그는 자살한 주인공과 자신을 동일화해 갔지만 주인공을 자살로 몰고 가는 권총일 뿐이었다. 바로 이런 사람 때문에 주인공은 자살한 것인데 규화 샘은 그 주인공과 하나가 된 듯한 표정마저 짓고 있었다. 무서웠다. 더 이상 이야기를 나누는 것이 무의미해져 대강 마무리하고 일어섰다. 그의 얼굴엔 풍성한 대화를 나누었다는 듯 흡족한 미소가 가득했다.

그날 저녁 나는 혼술을 했다. 규화 샘의 사무실 근처인 종로 거리를 술에 취해 돌아다녔다. 늦은 밤 지하철을 타려고 종각역에 들어섰다. 누더기 옷을 걸친 노숙자들이 눈에 들어왔다. 더러운 침낭이나 신문지, 박스지를 깔고 추위에 떨고 있었다. 나는 비틀거리며 편의점 쪽으로 걸었다. 소주와 종이컵, 초코파이, 신문을 샀다. 노숙자들이 앉아 있는 자리를 비집고 들어가 신문을 깔고 털썩 앉았다.

뭐라도 비틀어대야 속이 풀릴 것 같았다. 나도 모르는 사이에 온기가 그리웠던 것 같다. 차가운 바닥에 사는 이들에겐 꺼질 듯한 온기라도 있을 성싶었다. 증권회사에서 쫄딱 망해서 나온 후에 인력사무소에 나가 잡부를 해야 했던 시절이 있었다. 매일 새벽에 나가 일을 배당받아 나가도 버는 돈이 뻔했다. 이미 밑바닥으로 떨어진 삶의 구멍을 메꾸기엔 언 발에 오줌누기였다. 그럼에도 잡부들 틈에서 순식간에 사라지는 바람 같은 거지만 푸근함이 일곤 했다. 그 슬픈 후끈함이 나를 그곳에 앉게 한지도 모른다.

경계하는 태도가 역력했다. 양복 차림의 멀쩡한 신사가 먹을 것들을 사와 덥썩 앉아버렸으니 말이다.

"이거 드세요."

주춤거리다가 한 사람이 초코파이를 집어 들자 손들이 이어졌다. 종이컵을 그들 앞에 놓아 소주를 따르고 내 컵에도 따랐다. 노숙자 한 명이 다른 노숙자에게 내뱉었다.

"형. 씨발. 돌아버리겠어. 앞으로 육 개월밖에 못 산대. 암이래. 어제 그 사실을 알고 소주 여섯 병을 깠어. 이 팔 좀 봐."

그는 왼팔을 내밀었다. 푹푹 찔린 자국이 있었다. 형이라고 불린 사내는 듣지도 않은 채 허공을 쳐다보며 신음 같은 말만 읊조릴 뿐이었다.

"형. 내 말 좀 들어보라고. 어제 하도 괴로워서 내 팔을 볼펜으로 계속 찍었다고."

형이란 사내는 거들떠보지도 않았다. 다른 노숙자들도 마찬가지였다. 각자 혼잣말을 중얼중얼하거나 멍한 상태로 앉거나 누워 있었다. 육 개월 시한부 남자의 눈엔 눈물이 그렁그렁 맺혔다. 눈빛이 극심하게 흔들렸다. 내가 귀를 기울여 듣는 것을 알아차렸는지 쭈뼛 쳐다보더니 가까이 다가와 앉았다. 말을 늘어놓기 시작했다. 중얼중얼. 언제 끝날지도 모를 말을 토할 듯 뱉어내고 있었다. 나는 기운이 점점 빠져나갔다. 규화 샘처럼 되지는 않겠다는 마음으로 귀를 계속 기울였다. 참혹하리만치 거친 그의 이야기가 차츰 안정이 되어갔다. 그는 옅은 웃음마저 보였다. 핏물 밴 웃음이었다.

다른 노숙자들도 내게 점점 가까이 다가와 앉았다. 육 개월 시한부 남자의 말을 끊고 자기들 이야기를 해나갔다. 서로 자기를 바라보라고 나를 툭툭 쳤다.

말을 하고 싶어 목이 마른 사람들 같았다. 자기 이야기만 줄창 하고 싶을 뿐 듣는 귀는 전혀 없어 보였다. 모두들 귀가 퇴화한 상태에서 입만 남아 외롭고 험한 삶의 편린들을 띄엄띄엄 뱉어낼 뿐이었다.

측은감도 어느새 떠밀리며 절망감이 깊어졌다. 규화 샘에게서 생겨난 무서움이 또렷한 실체감을 지닌 채 압박해왔다. 나는 내 앞에 줄줄이 벌리고 있는 무서운 입들의 폭력에 귀를 접고 일어났다. 기대했던 온기는 없고 차디찬 공허와 무기력, 처량한 황무지만이 널브러져 있었다.

지하철이 끊겨 있었다. 역사 밖으로 빠져나왔다. 택시를 잡으려는데 멀리 K빌딩이 눈에 들어왔다. 동규가 떠올랐다. 내일은 저 빌딩으로 찾아가 동규를 만나야지. 쟤가 한번 도와주면 좋을 텐데. 그러나 희망은 싹트자마자 움츠려 들었다.

"나는 끝까지 모른 척할 거야."

압핀처럼 가슴을 찔러왔다. 그 말은 동규가 내게 한 말은 아니었다. 다른 사람에게 한 말이었다. 그러나 나더러도 들으라는 뉘앙스가 있어 보였다.

동규와 나, 또 한 명의 친구 그 셋이 모인 적이 있었다. 그 친구가 동규에게 광고업자를 소개한 모양이었다. 그 광고업자에 대한 얘기를 둘이 나누고 있었다. 광고업자가 원하는 비즈니스 청탁을 그 친구가 동규에게 했었나 보다. 그 광고업자에 대해 동규가 한 말이었다.

'난 끝까지 모른 척할 거야.'

동규가 사장으로 있는 대기업의 광고 오더를 따기 위해 광고업자가 그 어떤 노력, 죽도록 몸부림치더라도 끝까지 모른 척하겠다는 말. 끝까지 모르쇠로 일관하겠다는 말. 잔혹하다는 생각이 들었다. '너도 끝까지 모른 척할 테니 알아서 새겨들어.' 나를 향한 간접화법 같기도 해서 기분이 몹시 나빴다.

취한 눈으로 K빌딩을 한 번 더 올려보았다. 밤하늘을 찌를 듯 서 있는 K빌딩의 번득이는 창마다 똑같은 말을 하는 것 같았다. 끝까지 모른 척할 거야. 모른 척할 거야.

차라리 '나 너 몰라. 여기서 끝내자.' 이 말이 낫지. '모른 척할 거야.' 그에 담긴 불쾌함은 무의식의 골방 끝까지 따라오는 갈고리였다. 그 말은 동규의 말만도 아닌 것 같았다. 그의 신분, 그의 위치, 그의 계급에서 삭혀져 나온 말 같았다. 그리고 그 말은 희망을 주지 않는가. 아는 척하는 날도 있을 거야. 끝까지 모른 척한다고 했지만 그 끝의 끝 어디서쯤 무진장 반갑게 아는 척하는 날도 있을 거야. 그러면 너희들의 실업 문제, 가계 부채, 생활고, 비정규직, 불평등… 그 자잘한 것들이 한꺼번에 해결되겠지.

그런 희망을 은박지로 싸 안고 있는 말처럼 보이기도 한다. 도전 정신도 준다. 저 불가능한 영역을 벗겨보자. 그 말을 하는 동규는 미소를 짓고 있었다. 잔인하고 살인적인 음영이 설핏 배인 미소였지만 미소는 미소이므로 사랑과 배려로 바뀌는 순간도 올 것이다. 동규의 인생을 위해서도 그것이 낫다. 그에게도 결국은 좋은 일인데 머리가 좋은 그가 왜 그것을 하지 않겠는가. 더욱이 그가 베풀어줄 보험료 몇 푼은 그의 자산의 한 터럭도 안 될 것을. 피해의식과 열패감에 버무려진 그런 상념들이 술과 절망에 쩔은 내 가슴 속에 행간 물질처럼 떠돌았다.

동규가 스멀거리자 설움이 복받치기 시작했다. 지상에서의 두려움이 지하 노숙의 세계에서도 발견되었고 지상으로 나오자 더욱 불거져서였나 보다. 지상이든 지하든 어느 곳이든 동일한 법칙이 지배한다고 섬뜩하게 와닿아서였는지도 모른다. 나는 택시 잡기를 그만두었다. K빌딩

앞으로 걸어갔다. 영호가 머릿속에 꿈틀거렸다. 응접실 테이블에서 교육보험 플랜을 내 쪽으로 주욱 밀어놓고는 허공을 응시하던 그의 얼굴이 그려졌다. 가져가는 것마다 줄줄이 퇴짜맞고 시간은 시간대로 흐른 어느 날이었다. 다시 한번 약속 날짜가 잡혔다. 청약서류를 재차 뽑아들고 회사로 찾아갔다. 그는 없었다.

"약속을 했는데요."

여직원에게 말하자 "제겐 말이 없던데요. 삼십 분 전에 나가셨어요. 오늘은 못 들어올 거라고 하시면서요." 다음 날 전화를 걸었다. 약속 날짜가 다시 잡혔다. 그날도 마찬가지였다. 그런 것이 몇 번 더 있고나서였다.

동료 보험설계사와 밤늦게까지 술을 마시던 날이었다.

"행님. 오늘 한 고뿌 때립시다."

보험영업이 지겹고 넌더리난다며 나를 꼬드겨 술집으로 데려간 그는 급히 술을 마시다가 "보험설계사 때려치우고 청과물 도매상을 차릴랍니다." 혀가 꼬부라지며 말했다. 청과물이란 말에 내 막막했던 가슴에 엔돌핀이 돌며 푸른 강물이 생겨났다. 아니 때려치운다고 말할 때 경상도 악센트가 강하게 들어간 '때'라는 말에 이미 신선한 자극이 일었다. 푸르고 싱싱한 과일들이 가슴 속에 그려지며 부러움을 넘어 질투마저 생겨나 외롭게 취해가던 사이 돌연 영호가 괘씸하다는 생각이 들었다.

취한 김에 전화를 걸었다. 받지 않았다. 몇 번 더 했으나 받지 않았다. 그와 쌓은 삼십 년이란 탑이 와르르 무너지는 느낌이었다. 문자를 넣을까 생각했다. 참았다. 문자는 내게 불리할 것 같았다. 보험영업에서 문자를 활용하는 것이 효과적일 때도 있지만 영호와의 경우엔 다를 것만 같은 예감이 왔다. 뭔가 핑곗거리를 줄 것 같았다. 동료 보험설계사도 참으라고 만류했다. 그러나 문자를 넣었다.

"이번 달에 어떻게 안 되겠니?"

아직은 여지가 남아있는 영업을 위해 끝까지 지니고 있는 인내의 끈을 덜썩 놓았다는 느낌이 보내기 버튼을 누르는 순간 왔다. 전화는 받지 않더니 문자로는 즉시 답장이 왔다.

"미안. 하나 들어주려고 했는데 어려울 것 같다."

기다렸다는 듯이. 마치 기다렸다는 듯이. 그 생각밖에 들지 않았다. 문자는 배수진 너머의 최후의 하소연 같은 것이었다. 그 달 영업이 망가지면 도무지 일어나기가 어려워 절벽 끝에 서서 구조를 요청한 것이었다. 그러나 영호는 그 상태가 되도록 내가 지치기를, 스스로 힘이 빠져 물러나기를 바라 온 것만 같았다. 요트에 독일 고객을 태우고 멋지게 놀았다는 말을 들은 것이 얼마 전이었다.

내가 병적일지도 모른다. 병적일 것이다. 이런 감정들에 휘둘리지 않고 빠져나가는 동료들을 보면 신기하기만 하다. 하지만 나는 그 덫을 빠져나갈 수가 없다. 직업 선택에 문제가 있을 것이다. 나는 이 길로 와서는 안 될 성격이다. 앞이 캄캄할지라도 다른 길을 모색해야 했다. 선생이나 공무원, 디자이너나 외교관이 되었으면 좋았을 것이었다. 삶의 첫 출발부터 말이다.

피로가 넘치고 모두들 지치고 고갈되고 탈진되어 가는 시대. 그 속에서 의지하며 쉬고 싶은 섬 중 하나가 친구일 것이다. 그러나 친구들에 대한 이런 감정, 깨진 유리조각을 스카치테이프로 붙여놓은 것 같은 감정은 사실 아닌가. 누구나 용기 있게 들춰내면 보이는 것인데도 그 목격이 두려워, 아슬아슬하게 놓여 있는 발판이 무너질까 봐 두려워 우정이랍시며 무언의 결탁을 하는 것이 아닌가. 사람들이 말로나 행동으로 드러내진 않지만 그 아래 은밀히 숨기고 있는 것. 들춰보기를 꺼리는 것. 나는 불행인지 다행인지 그것과 매 순간 마주치고 목격하는 결과 그 가증스러운 은폐는 한 사람 한 사람을 넘어 사람들 모두에 보편적으로 녹아 있는 것으로 보인다.

사람들 속의 그 잔혹함은 서로 이어져 광대한 지도가 된다. 영업이 깨지고 인간관계에서 좌절에 빠지는 날이면 내가 발을 딛고 있는 서울 전체가 그 광대하고 난폭한 지도로 보인다. 그럴 때면 그 살벌한 지도상의 개개의 입자에 불과한 사람들을 만나기도 싫고 생각하기도 싫어진다. 그 무자비한 지도의 끝은 짐승들의 냉혹한 본능과 맞닿는 접점이라는 생각도 든다. 사마귀, 전갈, 삼엽충, 현대와 고대를 살아가고 살아온 모든 생물체로 확장이 된다. 그러면 그 지도는 말할 수 없이 광활해져 원시로부터의 생태계 전부를 덮을 정도가 된다. 친구들 사이엔 그런 잔혹함이 없기를 바라지만 인류와 자연에 보편적인 그것이 여지없이 있는 것이며 친구라는 환상 때문에 기묘한 형태들로 변장한 채 숨어 있는 것이다. 영호와는 그 최후의 변장이 벗겨진 느낌이었다.

나는 영호와의 눈물겨운 악몽을 떨치며 K빌딩 뒤편의 골목으로 비틀거리며 걸어갔다. 술집으로 혼자 또 들어갔다. 설움이 계속 복받쳐 올랐다. 보험영업 삼 년이면 세상 바닥을 다 훔친다더니 그에 가닿은 시간대여서인지도 모른다. 소주를 넉 잔째 더 걸치자 영호를 개새끼라고 부르며 자기도 모르는 사이에 자중지란에 빠진 강수가 떠올랐다. 개새끼, 개새끼, 부메랑처럼 돌아오고 돌아오곤 하는 그 욕지거리가 환청처럼 들리는 듯했다. 그 불쾌감은 종윤으로 옮겨갔다. 낮에 규화 샘을 방문하기 전에 전화를 걸었으나 역시 엉거주춤한 태도였다. 저번 주에 통화가 되었을 때 이번 주에 약속이 된 상태인데도 어물쩍 넘어가려 했다. 순진한 것이지 등신인지는 모르지만 나는 그가 한 말을 믿고 있었다. '그 애가 대학에 들어가면 과외비가 줄어들 테니 내년 삼월에 들어줄게.' 삼월에 그의 아들은 대학에 들어가 있었다. 나는 그가 전화를 걸어주겠거니 기다렸다. 두 달을 초조하게 기다렸으나 전화가 없자 내가 걸었을 때 그가 한 말이 상처로 박혀 있었다.

'그때 내가 한 말을 백 프로로 알았구나. 그때 백 프로로 말한 건 아니었는데….'

그런 비참함에도 불구하고 그를 놓칠 경우 도저히 앞이 보이지 않아 틈틈이 전화를 걸어왔고 그럴 때마다 번번이 밀려온 시간이기도 했다. 그간의 모든 설움이 터져 나온 것이었다. 소주 두 잔을 연거푸 더 마신 뒤 스마트폰을 꺼냈다. 종윤을 찾았다. 썼다.

'이 씨발 놈아. 립써비스 그만해라. 감당하다가 내 가슴 뻐개진 지 오

래다.'

시원했다. 그러나 속에 켜켜이 쌓인 감정이 풀리지 않았다. 또 갈겼다.

'보험 들려면 딴 데 가서 들어. 너 같은 놈 수백 트럭 와도 받지도 않는다.'

목적을 완전히 철회함에 따라 후련한 마음이 생겼다. L생명에 들어오면서부터 평등했던 친구들 사이에 갑과 을 관계가 생겨나, 나는 매일 을의 입장으로 전락한 듯한 감정이었는데 문자를 날리자 노예 상태를 청산하는 듯 벅찬 희열마저 돌았다. 그러나 자유의 자리에 서는 순간 보험은 날라가는 것이며 영락없는 추락의 절벽만 남게 된다. 절벽 끝에서만 느껴지는 바람의 맛이 말로 표현할 수 없이 상쾌하긴 했다. 답장이 오지 않았다. 마음에 흘러가는 광기를 따라 또 갈겼다.

'저번에 니가 백 프로는 아니었다고 말했을 때 뒤통수를 얻어맞는 기분이었다. 약속해놓고 그렇게 하는 게 말이 되냐? 이 개좆같은 새끼야. 보험을 들고 안 들고를 떠나서 그런 식으로 사람을 취급하지 마라.'

멍석을 내 스스로 치워버려서인지 무엇이 그리 서러웠던지 빗장 풀린 댐처럼 물이 콸콸 쏟아졌다. 답장은 여전히 없었다. 전화를 걸었다. 자정이 훨씬 넘은 시간이었다. 신호는 가지만 받지 않았다. 연발탄을 갈기듯 끊어지면 또 걸고 또 걸었다. 무차별 사격을 가하는 기분이었다.

살인이라도 저지를 것 같은 광란의 밤이 지난 다음 날 아침, 견딜 수 없는 허탈감이 밀려왔다. 내가 서 있는 자리, 내 삶을 지탱케 해주는 지상의 이 발판을 견딜 수가 없었다. 종윤에게 전화를 걸었다. 받지 않았다. 미안하다고, 진짜 미안한 마음으로 문자를 넣었다. 반응이 없었다.

'너와의 보험 관계는 어제 문자로 썼듯 완전히 청산되었으니 그런 부담은 일체 마라. 다만 너에게 어제 퍼부은 후로 그냥 미안한 마음이 생겨서 그러는 거니 오늘 저녁 소주나 한잔 하면서 풀자.'

문자를 또 넣었으나 답장이 없었다.

트렁크 가방을 들고 L생명의 서초지점을 빠져나가 터덜터덜 걸었다. 누구를 만날 기분이 아니었다. 하릴없이 걷다가 해가 지자 사글셋방으로 기어들어 갔다.

다음날도 종윤에게 미안하다고 문자를 띄웠다. 반응이 없었다.

이 주일 후에도 미안하다고 문자를 띄웠다. 반응이 없었다. 친구라는 거대한 댐 한쪽에 실제적인 균열이 파인 것 같았다.

굵직한 건설업을 하며 다양한 방면에 전문성이 있는 혁기 형이 잠실의 커피숍에서 나를 반갑게 맞았다. 보험에 도움을 주지 않아 찾기가 석연치 않았지만 상의할 게 있었다.

"혁기 형. 이상한 채권이 있는데 팔 수 있을까요?"

"무슨 채권인데?"

"D 건설회사가 발행한 채권이라는데 신용등급이 형편없는 거예요."

"하지 마."

혁기 형이 단호하게 말했다. 목에 쓴 물이 넘어갔다. 그 채권을 팔아주면 대가로 보험을 들겠다는 누군가의 약조가 날라간 순간이었다. 자꾸 바닥이 꺼지는 느낌이었다. 내 인생도 언제 부도날지 모를 그 채권

같다는 생각에 허탈하게 커피를 홀짝이다가 종윤에 대한 고민을 털어 놓았다.

"그건 임마. 니가 백 프로 잘못한 거지."

이야기를 듣자마자 혁기 형이 말했다.

나는 더 이상 할 말이 떠오르지 않았다. 혁기 형으로부터도 멀어진 느낌이었다. 뭔가 서운해서 말은 주억거려 보았다.

"그래도 약속을 지가 했잖아요. 나는 그에 따라 행동한 거고."

"니가 잘못 알아들은 거야. 말은 그렇게 했더라도 그게 약속인지 적당한 구실인지 구별할 줄 알아야지. 이건 니가 백 프로 잘못한 거야."

"그렇다고 전화도 안 받고 문자에 답도 없어요? 내가 미안하다고 수없이 사과했는데도."

"잘 됐다고 볼 수도 있겠지. 그는 니가 어리게 보일 거야. 게임 상대가 못 되는 거지. 니가 안중에도 없을걸."

섬뜩했다. 방망이로 얻어맞은 것 같았다. 혁기 형의 말은 충분히 인정되고도 남는다. 내가 수없이 미안하다는 문자를 날렸고 무기력해진 가슴엔 미안함, 자책말고도 수없는 상념들이 떠돌았다. 그럼에도 내가 백프로 잘못했다는 말은 도저히 인정되지 않았다. 아니 백 프로라는 말 자체를 감당할 수 없었다. 백 프로라는 말에 깃들인 완고한 경직과 난공불락의 절벽을 견딜 수 없었다. 수상한 음모와 거대한 협잡의 내음을 견딜 수 없었다. 진실이 아님에도 절대화된 허구, 그럼에도 무조건 따르는 허연 눈동자들의 맹목이 끔찍했다. 그러나 그 말에 대해 따지고 들면 혁기 형은 훈계조로 나올 것이 뻔했다.

종윤과 혁기 형을 잇는 선분 하나가 보이는 듯했다. 보였다. 그 선분은 더욱 길어졌다. 그 옆으로도 똑같은 선분이 생겼다. 그 선분도 길어졌다. 선분 위에 선분이 쌓이고 그것들은 가로, 세로로 짜이면서 거대한 격자 구조가 되어갔다. 격자 구조는 커져 갔다. 내가 앉아 있는 커피숍을 덮고 도시를 덮어가고 있었다. 세상을 뒤덮은 광대하고 난폭한 지도 속에 격자 구조가 채워져 나갔다. 숨이 막힐 것 같았다.

그다음 날 나는 출근을 하지 않았다.

그다음 날도 출근을 하지 않았다.

그다음 날도.

그리하여 나는 친구들로부터 사라졌다. 친구들로부터 사라져 당도한 그 세계는 한 번도 있어 본 적 없는 공간일 것이었다. 그러니까 나는 그 새로운 공간의 첫 입주자인 셈이었다.

친구들로부터 사라져 당도한 공간이라 해서 친구들이 없는 것이 아니었다. 사실은 친구들로 득실거렸다. 영호와 강수가 있고 또 다른 영호와 강수, 규화와 동규, 또 다른 규화와 동규, 그 모든 기호들로 넘쳐난다. 그들과 소주를 마시기도 하고 당구를 치기도 하고 등산, 노래방에 같이 가기도 한다. 세상 사람들이 친구끼리 하는 모든 것을 하는 것이다. 다른 점이 있다면 나는 친구나 우정이라고 일컬어지는 껍질의 속을 봐버렸다는 것이다. 친구들이라 할지라도 극단으로 몰릴 때 행하는 행동, 하기 싫은 일을 떠안을 때 보이는 눈빛, 가슴 속에 도사린 날선 비수들까지도 내 방의 물건처럼 환히 보인다는 것이다.

살해가 횡행하는 무법의 시대에 살고 있다면, 서로가 서로를 감시하는 전체주의 체제에 산다면, 서로가 서로를 죽이는 전쟁터라면… 그들이 어떤 행동을 보일지 그 DNA가 당구를 칠 때 당구알을 노려보는 눈빛의 번득임에서 발견되고, 술집에서 술을 마실 때 여자 웨이터의 허벅지 위쪽을 흘겨보는 눈빛에서도 보인다는 것이다.

그런 공간이기에 나는 나 자신이 유령 같다는 생각이 들었다. 유령인 나는 무단결근 후 십 일째부터 먹고사는 것이 뭔지 다시 나가기 시작한 L생명의 서초지점에서 청약서를 뽑아 들고 그들을 또다시 찾아다녔다. 몸에서 피와 눈물, 감정이 뭉텅 빠져나가 무척 가벼워져 있었다.

그들은 바쁘다. 스마트폰을 수시로 들여다보고 커피를 마시며 눈빛을 두리번거린다. 우리는 신문에 난 기사를 들먹이며 이야기를 나눈다. 내가 건네준 보험 브로슈어를 보는 척 눈을 내리깔며 난처한 시간을 어떻게 뚫고 나갈까 고민하는 가슴 바닥까지 훤히 보이는 친구를 유령의 모습으로 바라보는 동안 이런 생각이 흘렀다.

보험설계사라는 직업. 친구들을 먹잇감으로서의 마케팅 대상으로 삼지 않는 것이 바람직하지만 우리 사회 환경과 삶의 여건상 어쩔 수 없이 삼게 되면 친구들이 이전과는 판이하게 보인다. 그것을 발견이라고 치자. 그것은 인간성에 대한 깊은 발견이긴 하지만 자칫 그 안에 익사할지도 모르는 위험천만한 것이다. 차라리 알지 못하는 것이 낫다. 세상이 펼쳐놓은 은박지 안에서 사는 것이 훨씬 유익하다. 그 앎을 좋다고 말할 수는 없다. 그 앎이 드러날 경우, 대개의 관계는 근본에서는 금이 간다.

진짜 우정은 어딘가 있을지도 모르지만, 우리가 사는 이 세상에서의 진부할 정도로 흔한 우정은 이처럼 깨지는 것이 본질인 그 위에 설정된 것이다. 그리고 그것을 들여다보기를 두려워하며 억지로 연장하는 것이다. 억지로 붙잡고 있는 그것, 그것마저 사라져버리면 무겁게 덮쳐오는 고독의 쓰나미를 견딜 수 없기에 유지하고 있는 것이다.

진영이가 보고 싶었다.

전화를 걸었다.

"니 말을 들으니 이런 생각이 드네."

저번의 그 술집에서 소주잔을 서로 기울이면서 최근에 흘러간 마음속 이야기를 담담하게 꺼내자 그가 말했다.

"우리가 사는 세상 특히 자본주의에서 우정이란 것이 진정한 것인지 아니면 계약 관계와 비슷한 것인지, 세계를 말아먹다시피 한 자본주의, 그중의 신자유주의라는 것이 우정이란 가치를 깡그리 파괴해 버렸는지. 그럼에도 우정이란 싹이 가능한지… 탐색해볼 만한 주제야. 하긴 요즘 우정이란 말을 쓰지도 않잖아. 우정이란 말 자체가 사라진 거 아냐?"

나는 조용히 고개를 끄덕였다.

"우정이란 말은 고작 외교 관계라든가 정치에서나 쓰이고 있지. 포장 지처럼 말이야."

포장지라는 말이 마음에 들었다.

"난 슬픔엔 질량이 있다고 생각해."

진영은 귀를 기울여 듣고 있는 나를 바라보며 뜬금없이 말했다. 그 말도 마음에 들었다. 녀석과는 언제든 이런 감성적인 대화가 가능해 좋았다. 유령 같은 내 몰골에 살짝 온기가 돌았다. 진영은 말을 이었다.

"슬픔엔 영혼의 깊은 발효가 빚어낸 질량이 있지. 영혼의 무게라고 할까. 난 요즘 그런 생각이 들어. 우리가 사는 세계에서 그런 영혼의 무게가 증발한 것 아닌가 하고 말이야. 니가 조금 전에 말한 문제와도 통하겠네."

"그러네."

"저번에 준 단편소설집에도 나와 있지만 세상이 절망적이야. 발효도 약하고 영혼의 무게도 안 느껴져. 경청도 거의 없고 자기 얘기만 줄창 쏟아놓지. 상대방 가슴이 문드러지든 말든."

"나도 그렇게 느껴."

"너 자신에 대해서도 생각해봤어?"

"응. 아프도록."

"내가 책을 잘 준 거네."

"응."

"균형 상실한 것에 대한 자각도 없어."

나는 나비의 춤이 어른거렸다. 불균형인 듯하면서도 균형적인 나비의 춤. 불구인 듯 절뚝절뚝 날면서도 자신의 길을 만들어 나가는. 두 바퀴 자전거가 좌로든 우로든 쓰러질 듯하면서도 용케 균형을 잡으며 마치 나비의 춤처럼 길을 만들어 나가는 그림이 오랜 시간의 껍질을 깨고 새삼 그려졌다.

"정말 큰 일이야."

단순하게 말했다.

"내려놓기, 무(無), 허(虛), 공(空) 이런 게 중요한 가치인데 이젠 거의 쓰이지도 않아."

"슬픈 사회지."

"슬픔에 영혼의 무게가 드리운 질량이 있다고 한다면 기쁨은….'

진영은 창밖을 바라보았다. 조팝나무가 어스름 속에 하얀 꽃을 피우고 있었다.

"기쁨은 휘발성이야."

그 말 역시 내 마음을 끌어당겼다.

"기쁨은 새야. 날아가지."

내게서 습자지 같은 흡인력을 보았는지 그는 즐거운 리듬마저 타고 있었다. 얼굴엔 복숭앗빛 미소가 돌았다.

"슬픔도 새야."

강한 비장미가 느껴지는 말이었다. 녀석의 마음속이 아련하게 보이는 듯했다.

"슬픔도 날아오르지. 날아오르다가, 날아가는데….'

진영은 말을 맺지 못하고 있었다. 지상에서 그나마 많은 때를 묻히지 않고 살아온 녀석의 삶이 취기 속의 여백에 담겨 있었다. 사업이 부도나 이혼을 했고 그에 따른 아픔을 마음공부로 승화시켜온 그윽한 진줏빛이 감도는 여백이었다. 그가 한 마리의 슬픈 영혼의 새처럼 보였다.

녀석의 맑은 슬픔을 바라보면서 나는 내 슬픔의 질량이 어느 만큼인가 헤아려 보았다.

세상의 슬픔의 질량이 어느 만큼인가도 헤아려 보았다.

슬픔의 질량이 커질 대로 커져 무겁게 가라앉으면 그 무거움을 날개로 삼아 날아오르는 새는 어떤 새일까 상상했다. 그 아름답고 비장한 새가 아프고 광활한 대지의 저쪽에서 날개를 휘날리며 날아오르다가 사라져버린 다음 아직 날아오르지 않는 것 같았다.

그러는 동안 나도 모르는 사이에 삐딱한 생각이 지나갔다. 내 친구 중에 보험 이야기를 유일하게 하지 않은 이 녀석, 내가 보험영업을 하는 줄을 뻔히 알면서도 단 한 번도 말을 꺼내지 않은 이 녀석에게 지금 이 그윽한 여백의 시간에 갑자기 다른 표정을 지으며 "어때 보험 하나 들어줄텨?" 물으면 녀석의 얼굴이 어떻게 변할지….

두렵다. 뻔할 것 같기도 하다. 잔혹을 맛보고도 싶다.

녀석에겐 그 말을 절대 하지 않을 것이다.

절대로. 어금니에 힘을 꽉 주었다.

빨간 농장

　지금의 하루는 옛날의 일 년 아니 백 년보다 복잡하게 굴러간다. 이백 년, 오백여 년 전의 하루와 다르다. 역사상의 어느 날과도 비교 자체가 불가능하다. 그럼에도 구시대의 유물인 일기장이 문방구마다 버젓이 팔리고 있다.

　로마 시대에도 일기를 썼다. 피렌체에서 르네상스의 풀무가 돌아가던 무렵에 일기는 인류의 그 색다른 물결에 필받아 인기를 누렸다. 산업혁명 시절엔 신명나는 놀잇감이었다. 동양에서도 소수의 사람들이 일기를 쓰면서 일상의 한 부분을 독특하게 채웠다. 이렇게 일기는 서양과 동양을 망라해 각 시대에 처한 개인의 하루 풍경을 담는 소중한 그릇이었다. 일기 쓰기는 바람직하고 당연한 것으로 되어 있다. 아무런 의심 없이 절대적인 위치를 점하고 있다. 일기는 바이블마냥 영원한 베스트셀러가 된 것이다.

그러나 하루의 개념이 확연히 달라진 지금 일기를 쓰는 행위는 컬러티브이 시대에 트랜지스터 라디오를 고집하는 꼴이다.

초인격심리학자인 나의 눈엔 『안네의 일기』처럼 진부한 것도 없다. 대동소이한 글들이 이 년여의 시간을 그닥 변별성 없이 채우고 있다. 물론 가슴이 아프다. 잔혹한 파시즘 시대의 어둡고 살벌한 그늘 아래 어린 소녀의 눈에 비친 풍경은 마음을 저미게 한다. 그렇더라도 하나뿐인 생명, 그 귀중한 보물을 동어반복에만 소모해서야 되겠는가.

현대의 시간은 파도처럼 요동치는 유리 파편 위에 놓인 계란의 알몸 같다. 하얀 알몸은 파편들의 무수한 세례를 받는다. 사정없이 찔러대는 뾰족 칼들. 언제 어디에서 쳐들어올지 모를 위협. 그로 인한 불안과 두려움, 상처투성이에 마구잡이로 뿌려대는 소금들. 그 터질듯한 부글거림이 이 시대를 사는 사람들의 하루하루 시간이다. 그러니 세계를 총체적이며 고밀도로 파악하는 직무를 지닌 내 마음은 오죽 답답하겠는가. 일기라는 낡은 시대의 그릇으로는 이 시대의 삶을 결코 담을 수 없음을 깨달은 나는 일기라는 제도를 파기하기에 이르렀다. 이십여 년간 유럽과 아프리카, 세계의 골목골목과 도서관을 틈날 때마다 누비며 써온 일기장들을 불태워버렸다.

아직도 일기(日記) 따위를 쓰다니! 어리석기 짝이 없는 짓이다.

세컨다이어리(Secondiary)!

다이어리(Diary)라는 골동품이 빠져나간 가슴에 신선하기 그지없고 시의적절한 신조어가 떠올랐다. 우리말로 하면 일기(日記)에 대조되어 초기(秒記)가 될 것이다.

5초-7월 28일 오전 5시 10분.

몇 줄을 쓰기도 전에 모순이 생긴다. 글을 쓰는데 걸리는 물리적인 시간이 일 초를 넘어선 것이다. 아무리 빨리 써도 마찬가지이다. 고민스러웠다. 하지만 이미 시효를 다한 일기로의 회귀는 창피한 일이다. 중간책으로 시(時)나 분(分) 단위의 기록 즉 시기(時記)나 분기(分記)도 생각해 보았다. 왠지 타협하는 기분이며 이 시대의 특성도 드러내지 못한다. 『일 분 경영』이니 『좋은 엄마가 되기 위한 일분 혁명』같은 책들이 서점의 매대를 채운 다음 슬그머니 꼬리를 내린 지도 오래되지 않았는가.

어쩌면 제일 좋은 방법은 일기를 쓰지 않는 것일지도 모른다. 그것은 눈부신 출렁임을 고스란히 간직한 호수 같은 것이다. 그러나 어딘지 무책임한 면이 있다.

초기(秒記)는 이처럼 쓰기 시작하자마자 일 초라는 단위를 넘어선다. 즉 담는 순간 넘친다. 그것은 일기라는 것이 천년도 넘는 세월 동안 우리를 속여 온 것에 대한 반란이기도 하다. 일기는, 아무리 길게 써도 넘치지 않는다. 죽을 똥 살 똥 길게 늘여 빼도 넘치기는커녕 채울 수 없게 되어 있는 것이 일기라는 놈 속의 숨은 구조이다. 잡아먹을 듯한 여백이 항상 존재한다.

'오늘도 해가 떴다. 날씨가 맑다.'

'배가 고파서 도시락을 수업 시간에 몰래 까먹었다. 너무도 맛있었다.'

'나는 커서 을지문덕처럼 되고 싶다.'

하루 동안의 일과 생각, 장래 희망을 다 적어도 그날의 페이지는 채워지지 않은 채 허기를 드러낸다. '하루 종일 한 일이 고작 그 정도야? 더 적어. 더!' 해가 지도록 한 일이 별것 아니며 뭔가라도 더 해야 할 것 같은 강박을 받는다. 그래서 반성이 따른다. 반성은 대부분 일기의 마지막 결구를 이룬다. 왜 반성으로 일기가 끝나야 하는가.

이것은 물론 초등학생 일기의 경우이다. 일기에는 그것 말고도 난중일기나 열하일기, 승정원일기, 일본 헤이안 시대의 궁녀가 썼다는 일기, 로마, 르네상스, 산업혁명 시절들의 일기, 현대의 블로그 일기, 에버노트에 이르기까지 무수한 종류가 있다. 하지만 반성은 일기의 중요한 속성 중 하나임이 틀림없다.

이렇듯 반성으로 채울지라도 미진한 것이 여전히 남는 것이 일기이다. 그런 점에서 일기는 늪이라고 부를 수도 있겠다. 발목을 담그면 무릎, 무릎을 담그면 허리, 허리를 담그면 목까지 빨아당기는 늪.

초기(秒記)는 그런 것을 단호히 거부한다. 초기 자체가 이미 위대한 저항이다. 지금 이렇게 써나가는 순간에도 벌써 일 초가 넘쳐흘렀는데 반성이 들어갈 겨를이 있겠는가. 내용이 틀을 흘러넘치는데 틀 안에 또 다른 틀을 장착할 수 있겠는가.

설령 반성이 있더라도 그것은 잘 발효된 간장처럼 문장 안에 촘촘히 배어 있게 된다. 그렇게 될 수밖에 없도록 구조화된 것이 초미량 시간 단위의 초기가 가진 섬뜩한 강점이다. 넘치는 물을 담을 수 없는 그릇으로서의 초기. 그 불가능과 그에 따른 괴이한 역동성이야말로 현대성에 가장 적절하게 맞아떨어질 것이다.

6초-7월 28일 오전 5시 10분.

일 초를 넘어선 것이 적어도 십 분 전이다. 그 일 초 동안 내 머릿속에 떠오른 것은 앞에 쓴 글보다 훨씬 많다. 그렇다고 글이 끝나는 시각에 맞추어 십 분이 지났으니 7월 28일 오전 5시 10분이 아닌 오전 5시 20분 6초의 초기(秒記)라고 적을 수는 없다. 왜냐하면 그날 일어난 일은 그날의 일기에 적히듯 그것만은 똑같아야 하기 때문이다. 시간과 내용이 불일치하도록 편법으로 하다 보면 엉망으로 될 것이 뻔하다.

이런 문제점으로 본다면 일기가 좋은 면도 있다. 그러나 일기는 인간을 부지런하게 만드는 듯하면서 실은 나태하게 만든다. 턱없이 넓게 잡아놓아 찰나에 일어난 불꽃을 흐지부지 흐트러뜨려 그 진정한 의미를 잃게 한다. 불꽃은 그것이 일어난 정밀한 시공간 속에 놓여야만 제빛을 발휘한다. 미세한 폭발성이 식은 밥처럼 퍼져버린 자리에 그런저런 일들이 끄적거려진다. 여백은 남아돌기에 고약한 허기를 띠며 잡아먹을 듯한 눈알을 부라린다. 괜한 죄의식마저 불러일으킨다.

그리고 5초의 첫 초기(秒記)에서, 일 초 동안에 일어난 일을 다 쓰지도 못했지만 다 쓴다고 한다면 하루로도 모자랄 것이다. 일 초라는 호수의 수면에 반짝이는 것만 건져 올린 것이 그 십 분간의 기록이다. 수면 아래로 들어가 내가 쓴 문장들의 뿌리가 되는 것들, 거기에 달라붙는 물알갱이들, 거기까지 따라와 비추는 햇빛, 물결, 수초들이 흐느적거리는 소리, 그것들에 또 이어지는 무수한 다발들을 적는다면 하루로 모자라는 것은 물론 일기의 단위인 24시간마저 넘어설 것이다. 그것이 일 초동안 일어난 뇌의 작용이다. 뇌의 비밀은 뇌과학이 발전했다고 하더라도 아직 몇 프로도 밝혀내지 못했다.

7초-7월 28일 오전 5시 10분.

벽시계가 흐무러지도록 녹아 책상 끝에서 반으로 접혀 흘러내리는 살바도르 달리의 그림처럼, 시간이 흘러넘쳐 있다.

지금 시간은 초기를 처음 쓰기 시작한 7월 28일 오전 5시 10분 5초에서 이십오 분이 경과한 오전 5시 35분 5초이다. 그러나 지금 쓰는 내용은 분명 오전 5시 10분 7초에 일어난 일이다. 그래서 제목은 적힌 대로 오전 5시 10분 7초여야 한다.

아무리 복잡하더라도 진실은 밝혀져야 한다. 일기라는 것은 지나치게 헐거워 이런 것에 대한 문제의식조차 없다. 헐렁헐렁한 팬티처럼 누구라도 입을 수 있지만 제대로 조여 주는 맛이 없다.

다시 말하지만 오전 5시 10분 7초의 시각에 나는 그 직전의 5초에 일어난 일을 쓰면서도 지금 기록하는 이 일이 뇌에 번득이고 있었다. 그 일 초 전인 6초에 바로 앞에 쓴 두 번째 내용이 또 떠올랐지만 첫 번째 초기의 기록에 밀려 쓸 엄두조차 못 냈다. 이렇듯 오전 5시 10분 7초의 시각엔 그 순간 떠오른 지금 내용에, 앞에서부터 넘쳐서 밀려온 두 겹의 시간이 포개져 있었다. 말하자면 세 겹의 시간이었다. 그 겹겹의 더미는 차원을 만든다. 말하자면 지금의 초기는 삼차원적이다.

8초-7월 28일 오전 5시 10분.

벌써 4차원이다. 이 글이 떠오른 오전 5시 10분 8초의 이면엔 세 겹의 시간대가 전깃줄처럼 꼬여 흐르고 있다. 시간이란 얼마나 깊으며 현묘한 무늬들을 품고 있는가. 그 신비의 시간은 5차원, 6차원, 7차원, 무한 차원으로 진전될 것이다.

글이라는 것이 우주를 담으려면 그 수밖에 없다. 평면이 고차원의 복잡 미묘한 공간인 우주를 담으려면 이처럼 스스로 넘치고 넘쳐 공간이 되지 않으면 안 된다.

9초-7월 28일 오전 5시 10분.

역사상의 건축물들. 로마의 콜로세움이나 피렌체의 성당, 나이로비의 국제 공항이나 미국이 쏘아 올린 우주 정거장은 고작 3차원밖에 더

되는가. 시간을 포함한다 해도 4차원이다. 그런 것들로 어찌 우주를 흉내내겠는가. 이 넉 줄짜리 글 하나만으로도 내 글은 일차원을 더해서 5차원에 이르렀다.

10초-7월 28일 오전 5시 10분.

차원을 생각한다. 수학에선 선이 1차원, 면이 2차원, 공간이 3차원, 시공간이 4차원이다. 조금 전에 나는 5차원이라고 적었는데 이때의 차원은 수학적 차원과는 다르다. 차원에 대해 급히 검색했다. 차원은 범용적으로도 쓰이기에 내가 쓴 차원이란 말이 오류 같지는 않다. 근데 그 차원을 콜로세움이니 나이로비 국제공항 등으로 확장할 때 오류가 있음을 알아챘다. 순간 회의에 빠진다. 앞글의 오류를 수정할까. 그러나 내가 쓴 차원을 은유로 생각하자 또 달리 포용성이 생기는 기분이었다. 모르겠다. 그냥 독자들에게 맡기겠다.

11초-7월 28일 오전 5시 10분.

영상이란 것이 문자보다 빠르다 해도 내 머릿속에선 도토리 키 재기이다. 영상이 문자를 대체했다고 호들갑을 떨지만 우스운 짓이다. 물론 영상은 문자 즉 문학작품을 포함한 책들보다 경쾌하고 예쁜 판타지를 안겨주는 맛이 있다. 하지만 문자만이 지닌 묵직함을 상실한 미망인 같다.

12초-7월 28일 오전 5시 10분.

피아노에 대한 생각이 문득 떠올랐다. 초기에 대한 생각을 굳히기 직전에 나는 저쪽 방에 있는 피아노 앞에 앉아 연주를 했다. 쇤베르크의 〈달에 홀린 피에로〉였다. 한 시간쯤 전인데도 지층 아래 묻힌 고생대의 석유처럼 까마득하다.

13초-7월 28일 오전 5시 10분.

식물은 반성이 없다. 그래도 시금치는 잘 자라고 맨드라미는 붉게 핀다.

15초-7월 28일 오전 5시 10분.

직전의 1초 동안은 멍했다. 정전이 된 듯했다. 순식간임에도 채굴한 석유를 난데없이 도둑맞아 텅 비워진 유정처럼 깊은 적막 속이었다.

16초-7월 28일 오전 5시 10분.
나노(Nano)를 처음 생각한 사람을 생각했다. 아마 그는 분 단위나 초 단위의 메모를 하든 착상을 했을 것 같다.

일기 쓰기는 하루라는 깊고도 심오한 입체를 평면으로 왜곡 축소시킨다. 천년이 넘게 쌓여온 허구의 빨래들을 짧은 시간에 깨끗하게 빨려면 수백, 수천으로 겹치고 포갠 채 돌려대야 하지 않겠는가. 초기(秒記)라는 괴상한 세탁기 안에서.

아무리 채워도 채워지지 않는 여백. 뭔가를 빠뜨린 것 같아 억지로라도 집어넣어야 사라지는 불안. 반성이 빠지면 양복을 입은 채 양말을 신지 않은 것 같은 찝찝함. 그러한 일기적 강박이 그다음 하루를 만든다. 메꿔지지 않는 일기 속의 허기를 메꾸기 위해 뭔가를 인위적으로 한다. 초등생들의 방학 일기는 대부분 그렇다. 한 일이 없는 날은 거짓으로 채운다. 거짓이 진실처럼 보여야 하므로 문장의 완성도는 깊어진다. 눈치를 챌까 봐 간교해지며 들키지 않아야 하므로 음험해진다. 악순환이 깊어진다.

초기(秒記)에는 그런 것이 서려야 설 땅이 없다. 또옥딱 하는 동안에 일 초는 지난다. 쓸 것이 없으면 안 쓰면 되고 쓸 것이 생길 때만 쓰면 된다. 쓰는 순간 넘쳐난다. 언제나 항상 넘쳐나므로 시간을 넘어선다는 희한한 빛 같은 자긍심이 생겨난다. 시간 아래 굴종당하는 것 같은 일기 제도에서는 생겨날 수 없는 감정이다. 시간의 위에 있으므로 신의 감성까지도 해독할 수 있을 듯한 보랏빛 광휘가 넘쳐나는 글 속에서 마구 터져나간다.

16.5초-7월 28일 오전 5시 10분.

어떤 느낌이 0.5초 만에 번득였다가 사라졌다. 너무도 빨라서 기억을 못 하겠다. 기억의 창고에 들어오지 못하고 그 창밖을 스쳐지나가는 것은 또 얼마나 많은가. 분명히 있지만 잡을 수 없었던 그것을 편의상 반음이라고 부르자. 피아노의 온음과 온음 사이에서 불안정하면서도 미묘한 색깔을 내는.

17초-7월 28일 오전 5시 10분.

또 다른 느낌이 0.5초 만에 기억의 창밖을 스쳐 사라져갔다. 유성처럼 아름다웠다. 사라져가는 모습이 겹겹의 입체적인 차원 속에서 눈부셨으며 앞의 반음과는 색깔이 또 달랐다. 영원히 알 수 없는 세계 속으로 사라졌지만 피아노의 건반처럼 감각이라는 것이 완벽해 보였다. 반음이 생기자마자 또 다른 반음을 일으켜 시간을 온전히 해주었다. 도레미파솔라시도의 음계가 두 개의 반음을 통해 완성되듯. 11.5차원에서 기이하게 일그러졌던 내 글이 12차원으로 급속도로 돌아왔다.

18초-7월 28일 오전 5시 10분.

벌써 13차원 속에 있다. 인류가 경험해보지 못한 차원이다.
오고야 말았다.
아찔하다.

3초-8월 5일 오후 1시 30분

　13차원까지 끌어올려진 기억의 다발들을 하나하나 풀어 각각 완성해 주는 것은 생각보다 많은 시간이 필요했다. 가령 '식물은 반성이 없다. 그래도 시금치는 잘 자라고 맨드라미는 붉게 핀다.' 그 한 문장만 하더라도 그것으로 끝날 성질이 아니다. 그것이 떠오른 9차원의 1초 속에서도 내용이 무한정 깊어질 수 있는 갱도 같은 것이 반짝였다. 언어화되지 못하고 다만 초록빛의 부연 안개 같은 걸로 찰나에 번득였을 뿐이었다.

　햇빛과 바람, 물과 양분을 먹고 자라는 식물의 세계. 플라스틱이나 니코틴의 형성과는 또 다른 형성 배경을 가진 그 안엔 햇빛의 갱도, 바람의 갱도, 물의 갱도 외에도 무수한 갱도들이 있을 것이다. 그 엄청난 보이지 않는 갱도들의 힘을 입어 시금치는 자라고 맨드라미는 붉게 피는 것이다. 반성이 없다라는 부정적인 뉘앙스의 톤과는 전혀 다른 생명 그 자체, 아니 이 말도 진부할 뿐, 초록의 향연 자체, 이 말도 결례다⋯. 이렇듯 정의할 수 없음에 달라붙는, 필요한 말들의 끝없는 행진과 초록 생명 그 내부로의 신비하고 아름답고 숭고한 여행, 그 각각의 끝이 어디 있겠는가.

　그런 탐구와 번민의 정점에 서 있는 식물학자와 기상학자, 분자 생물학자, 발생학자, 유전학자, 환경학자, 기후학자, 지질학자, 고식물학자, 생태학자, 색채학자들 중에 주요 인물들을 떠올렸다. 그들이 쓴 핵심 논문 수십 편을 읽고 메일과 채팅을 통해 토론한 다음 정리하는 데만 꼬박 오 일이 걸렸다. 48페이지짜리 논문으로 압축 정리해 출력한 다음 서재에 꽂아두었다.

　13차원의 13개 중 3개만 그런 식으로 처리했을 뿐이며 나머지 10개는 후일을 기약하기로 했다. 그것들을 정리하는 데 또 몇 주일이 걸릴지 모르며 작업하는 내내 초 단위로 떠오를 생각들과 그것들의 차원이 죽죽 올라감에 따라 균형을 잃지 않고 하나하나 가닥을 정확히 찾아 그 의미의 갱도들을 해독해내야 한다. 그 작업에 바쳐질 시간은 또 다른 시간의 연쇄를 일으킬 것이다. 이렇게 차원의 고밀도 속에 사는 나는 가끔은 진부한 일기장이 그립다.

　운동장처럼 널널한 공간에서 축구공 몇 번 차면 하루가 가고, '다음부터는 축구를 좀 더 열심히 해야겠다.'라고 쓴 다음 날도 '내일도 축구를 좀 더 열심히 해야겠다.'라고 쓰는 식의 느긋함! 피상적인 사고와 깊어 봤자 거기서 몇 치 더 들어간 사유들. 그것들에 늘 따르는 반성과 다짐들. 얼마나 단순하고 편한가. 인류의 정신적 물질적 건축물들이 기반을 두고 있고 인간의 대부분의 삶이 의지하는 바탕!

7초-8월 5일 오후 6시 20분

　머리가 지끈거렸는데 반음 때문이었다. 기억의 내부로 들어오지 못하고 그 창밖을 스쳐지나간 유성 같은 것, 인류의 지식들과 그 정수에 빨대를 대고 있는 나의 사유의 전부를 더하더라도 파악할 수 없는 미지,

그러나 분명 우주에 존재하는 것이다. 라캉의 무의식과 음악학자의 화음론, 물리학자들의 소립자에 대한 새로운 발견, 우주가 팽창하면서 그 검은 외연과의 마찰 속에 일어나는 물리 화학적인 반응을 탐색하는 신예 천체물리학자들의 최신 이론을 다 종합하더라도 파악은커녕 실마리도 잡을 수가 없었다.

영성에 관한 전문가, 신비체험자, 종교학자, 신화학자, 철학자, 곤충학자, 주술사의 조언을 듣더라도 마찬가지였다. 반음, 유리로 치면 스테인드글라스나 프리즘 같은 것이다. 갑갑증이 도져 피아노 뚜껑을 열어 반음만 두 시간 내내 두드렸다. 반음만으로 된 노래 중 대표적인 것이 아리랑이다. 반음과 한(恨) 사이에도 미묘한 관계가 있어 보였다. 아리랑을 서른 번도 넘게 두드렸다. 그러나 반음의 실체는 여전히 잡히지 않았다.

꿈속에서 섬광처럼 떠오르지만 기억하려 애써도 기억되지 않는 것, 그러다 어느 순간 어떤 일이 일어났을 때 꿈속의 그것이 명료해지면서 느닷없이 예지력을 품은 씨앗으로 와 닿는 것, 그것에 대해 생각하면 할수록 멀어지는 불가해한 것, 사랑의 본질이나 기이한 상상, 시나 음악의 근원 같은 것을 포괄한 거대한 씨앗으로서의 표현은 반음이었다.

****

"강현호 박사. 잘 지내셨소?"

캔 윌버에게서 전화가 왔다. 칠 년 전에 처음 써 내려간 초기(秒記)들을 다시 읽으며 복잡한 상념들에 시달린 끝에 이틀간 내리 자다가 깬 월요일 아침이었다. 책상엔 급히 치달려 나간 흔적이 있었다. 그 와중에도 초기들을 쓰다가 잠에 떨어졌던 모양이다. 마지막 초기는 38초 9월 5일 밤 11시로 되어 있었다. 55차원으로 헝클어졌던 머릿속은 겨울잠 같은 잠 덕분에 생활하기에 편한 3차원, 아니 반음이 다시 번득인 채 정리되지 않고 남아있기에 3.5 차원으로 내려와 그런대로 쾌적했다. 창밖엔 자두나무가 고려시대 민가의 자두나무인 양 흔들렸다. 버스들은 태연하게 흘러갔다. 난시 안경을 쓰고 보듯 약간 어지러웠는데 0.5차원이 끼어들어서일 것이다.

"북경에서 초인격심리학에 관한 국제세미나가 열립니다. 참석해 주시죠."

캔 윌버의 목소리는 맑았다. 초인격심리학의 대가로서 세계적으로 명성이 자자한 캔 윌버. 『감각과 영혼의 만남』이란 책이 우리나라에도 오래전에 번역되어 있다. 딱딱하고 고루한 대한민국의 지성계에 적잖은 파문을 던진 그가 나를 기억해준 것이 고마웠다. 그 분야의 전문가가 우리나라에 거의 없다는 사실을 떠올리자 머쓱해졌다. 캔 윌버는 한국에서의 초인격심리학의 특수성을 듣고 싶다는 말도 했다. 나는 참석하고 싶지만 중요한 선약이 있다고 했다. 미안하다는 말과 함께 스마트폰의 전화기를 정중하게 껐다.

칠 년, 고독한 작업이었다. 초기가 일기와 비교해 과연 나은 것인지에 대해서도 곰곰이 더 따져봐야 했다. 사회에 전파하는 것이 위험하지는 않은지 검토해야 했기에 오래도록 혼자 해나갔다. 삼 년 전에 설립된 〈한국초인격심리학회〉의 동료 학자들에게조차도 일단은 비밀에 부쳤다. 자칫하면 조롱거리가 될 것 같았고 미쳤다는 소리를 들을 것 같았다. 내가 생각해도 어쩌다가 이 물미역 같은 일에 빠져들었나 고개를 흔들다가 머리칼을 쥐어뜯기도 했다.

그러나 일기장은 너무 나이브하다. 널널한 운동장처럼 사람을 자유롭게 북돋우는 것 같으면서도 나약하게 만든다. 일기를 써라. 매일 반성하는 자세를 가져라. 교사나 부모가 입버릇처럼 하는 말도 알고 보면 그들의 어린 시절을 지배하던 일기 제도의 틀에서 벗어나지 못한 것이었다. 그리고 그들은 여전히 어릴 때의 그 모습처럼 반성할 짓만 하며 살아간다. 그런 나약한 정신으로 돌아가는 것은 초인격을 다루는 학자로서 자존심 상하는 일이었다.

나 자신이 창시자이며 실험 대상이었다. 칠 년 동안 매일 한 것은 아니었다. 그렇게 하면 고압선에 닿은 퓨즈처럼 내 몸이 타다닥 타버릴 것이다. 방학 때를 주로 이용했다. 학술 논문을 쓰다 보니 중단하곤 했다.

얼추 20차원에서 50차원까지 나간 다음 삼사 일간 내리 자며 피곤을 풀었다. 다행히 좋은 알약이 베네주엘라에서 개발되어 활용할 수 있었다. 두뇌의 초고속, 고도의 활용을 생각하면 그 정도는 잠 속에 담가야 몸이 유지될 것이었다.

초기에 대한 아이디어가 떠오른 것은 엉뚱한 데서였다. 피아노 학원을 하는 후배와 차나 한잔할 겸 학원에 들른 적이 있었다. 칠 년 전의 어느 여름. 도곡동의 학원에 찾아갔을 때 탁자에 눈길을 끄는 것이 있었다.

음악 일기장.

신선했다.

'모차르트의 〈작은 별〉을 들을 때 떠오르는 감각을 써보세요.'

첫 페이지에 인쇄된 글을 읽는 순간 보통의 일기장을 대할 때와는 전혀 다른 감각이 몸을 훑고 내려갔다.

'슈베르트의 〈숭어〉, 비틀즈의 〈예스터데이〉, 존 바에즈의 〈도나도나도나〉, 김광석의 〈서른 즈음에〉를 들을 때의 감각을 적어보세요.'

뒤 페이지에 이어졌다. 일기장에 국한되었던 상상이 건반 위를 통통 튀는 숭어처럼 입체화되어 나갔다. 절대적이었던 일기장이 상대화되는 데에 몇 초도 걸리지 않았다. '떠오르는 대로 즉흥적인 멜로디를 적어 보세요.'도 있었다. 그런 감각에 빠져 정작 후배와는 대화도 별로 나누지 못했다.

"형 아니랄까 봐."

"후후."

"현호 형. 이 음악 일기장 가져가."

단순한 아이디어가 중대한 결심으로 이어진 결정적인 계기는 따로 있었다. 피아노 학원에서 얻어온 음악 일기장은 책상 위에 늘 놓여 있었다. 비 오는 날이었다. 창밖을 바라보며 비멍을 하고 있었다. 초인격심리학마저 심드렁하게 여겨졌다.

초인격심리학은 세상의 모든 학문을 통섭하려 한다. 거대한 틀 안에 모든 것을 총체적으로 구성하고자 한다. 그 점은 세계에 대한 내 지칠 줄 모르는 탐구열을 만족시켜주기도 하지만 너무 거시적이어서 공허도 느껴졌다. 가령 캔 윌버는 '우주의 네 구석'이란 개념을 만들었다. 그것은 기존의 어떤 패러다임과 비교할 수도 없이 광대하긴 하다. 원자로부터 분자, 원핵세포, 신경기관, 대뇌번역계, 복합신피질로 올라가는 갈래가 있다. 그것은 우주의 네 구석 중 하나를 차지한다.

그 반대되는 갈래는 원형질, 식물성, 동물성, 마술적, 신화적, 합리적으로 이어지며 두 번째 구석을 차지한다. 촉각, 감각, 지각, 충동, 상징, 개념으로 이어지는 세 번째 구석이 있다. 은하계, 행성, 가이아 체계, 가족, 부족, 초기 국가, 민족, 지구촌으로 이어지는 것이 네 번째 구석이다. 이렇게 거시적으로 네 개의 구석을 설정하고 그 사이사이 거미줄처럼 촘촘히 연결망을 짜 우주의 모든 것들을 통합할 가능성을 열어놓았다.

커질 대로 커진 그 체계는 복잡하기 그지없는 현재의 세계를 해명하는 새로운 패러다임으로 각광받았다. 그러나 바로 그 거대함으로 인해 나는 공허감이 깊어졌다. 그것은 미세함에 대한 갈증으로 이어졌다. 1초란 과연 무엇인가. 새삼 궁금해 인터넷 검색란에 '1초'를 적고 클릭했다.

1초는 1분을 60등분한 수치가 아니었다. 하루는 24시간, 분으로 치면 24×60, 초로 치면 $24 \times 60 \times 60$. 말하자면 1초는 그 결과치인 86,400분의 1이 아니었다. 1956년 국제도량형위원회에서 그러한 단순한 산수는 폐기되었다. 어리둥절해진 나는 검색을 더 해나갔다.

　1900년을 기준년으로 삼아 그 태양년의 31,556,925.9747분의 1이라는 낯선 수치가 1초로 새롭게 규정되었다. 그 이유로는 지구의 자전과 공전 주기가 불규칙하기 때문이라고 적혀 있었다. 지구의 자전과 공전이 규칙적이라고 정의할 때에만 1초가 하루의 86,400분의 1로 떨어지는데 그 기반이 뒤흔들려서인 것이었다. 고민 끝에 설정된 31,556,925.9747분의 1이란 수치도 몇 년이 지나지 않아 폐기되었다. 역시 완벽하지 않아서였다. 대신 들어선 것이 원자에 의한 정의였다. 원자가 거시적인 자전 공전주기보다 안정적이기에 원자를 이용해 정의하고자 했다는 것이었다. 그만큼 세계는 거시로도 미시로도 놀라운 진보를 이루어나가고 있었다.

　세슘이라는 원자가 채택되었다. 세슘 원자가 바닥 상태에 있을 때 이 상태에 있는 두 개의 초미세 에너지 준위 간의 전이에서 방출되는 복사선의 91억 9,263만 1,770주기가 1초였다. 말하자면 1초라는 시간 안에 100억 약간 모자란 숫자로 세슘 원자의 파동이 진동한다는 것이었다. 1967년 그 1초의 개념은 국제단위계에서 유일한 정의로 채택되었다.

　일기장을 생산하는 회사나 문화체육관광부의 관료들조차도 50여년 전에 국제적으로 공인된 이 사실을 알긴 쉽지 않을 것이었다. 일기장의 기초가 이미 객관적으로 흔들리기 시작했는데도 말이다. 공교롭게도 그 해는 내가 태어난 해이다. 어머니가 기억 못 할 이상한 태몽을 꾸었다는데 그것은 나더러 일기 제도에 관한 획기적인 혁명을 하라는 반음 같은 것은 아니었을까. 세슘의 복사선에서 추출된 복잡 미묘한 수치인 1초도 1,000년이 지나면 0.003초의 오차가 나타난다고 한다.

그러나 1초를 아무리 정밀하게 정의한다 해도 그것은 시간의 껍질일 뿐이다. 시간 자체는 아니다. 과학이 고도로 발전한 지금도 시간의 비밀은 풀리지 않았다. 알 길이 없다.

슬픔이 밀려왔다. 허무의 바다로 추락하는 기분이었다. 과학과 그에 대한 찬사들이 부질없어 보였다.

초기(秒記)도 허무맹랑한 무허가 건물로 여겨졌다.

이 쓸데기없는 짓거리를 포기하고 싶은 충동이 다시금 들끓었다. 그러나 일기 제도로의 복귀는 프랑스 혁명 이전의 앙시앵 레짐 같다는 생각이 머리를 떠나지 않았다. 끌탕을 벌이다가 초기에 대한 자신감에 또다시 불이 붙었는데 나노에 눈을 뜨면서였다.

1펨토초(秒).

들도 보도 못한 말이 날 매료시켰다.

1펨토초(秒)는 1초의 1천조분의 1이다. 다시 말하면 1초를 1조 배로 나눈 다음 다시 천 배로 나눈 것이다. 거꾸로 말하면 1초는 1펨토초의 1조 배, 그것의 1천 배가 되는 어마어마한 넓이 곧 무한한 대양이다.

1펨토초. 그것 역시 따지고 보면 시간의 껍질에 불과하지만 그에 대한 도전만으로도 경이롭다.

1펨토초 수준에서 분자의 움직임을 포착할 수 있는 레이저 기술이 개발되어 있다고 한다. 이렇듯 우리 인류는 나노 세계에 들어선 지도 오래되었다. 펨토초에 비하면 세슘 원자에 의해 정의된 극미의 1초라는 개념도 널널한 것이 된다.

극미의 나노 세계에 들어가면 우리의 눈에 보이는 것과는 너무도 다른 세계가 펼쳐진다고 한다. 금(金)만 하더라도 보통의 금은 노란색인데 그것을 나노의 크기 즉 20나노미터 이하로 쪼개놓으면 빨간색을 띤다. 이러한 질적 변화는 일기 제도에도 고스란히 적용 가능하고도 남을 것이었다. 나노 시대에 걸맞도록 초기를 채택한다면 누렇고 널널한 일기장은 빨간빛의 나노 주름들로 황홀하게 빛날 것이다.

칠 년간 초기 즉 나노 일기에 골몰하면서 겪은 우여곡절은 상상을 초월한 것이다. 심신이 극도로 피곤하며 좌절에 빠지곤 했지만 정신의 피류은 감당할 수 없는 차원으로 깊어졌다. 아무리 빠르고 급한 시대의 회오리라 하더라도 강줄기마냥 느리고 편하게 보였다.

통섭이니 융복합이니 하는 것들과 궤를 같이하는 첨단 학문과 통하기도 하면서 그 약한 부분을 보완할 수 있고 나노 시대에도 걸맞은 이것을 어떻게 할까. 나는 피가 마르는 듯한 고민을 거듭했다. 그에 대한 초기가 100차원까지 올라가자 머릿속에서 비등점을 돌파한 물처럼 수증기가 솟기 시작했다. 〈한국초인격심리학회〉의 동료 학자 몇 명과는 상의하려다가 말았다. 내 고민이 그만큼 동떨어져 있었다.

그들은 물론 나름대로 이 시대를 앞서간다. 그러나 내 안에서 고도의 차원 속에 부글거리는 가치를 채 알지 못할 것이며 나를 정신병원에 가둘지도 모른다. 게다가 나는 이 고독하고 위험한 작업에 몰입되어 있었기에 생산성 없는 토론으로 인해 흔들린다면 바로 무너질 수도 있었다. 이런저런 이유로 극심한 고뇌 끝에 나는 사회적인 운동을 펼치기로 마음먹었다.

빨간빛의 금을 상징하는 지명을 찾다가 홍릉에 꽂혔다. 홍릉 10번지의 빌딩 오층을 빌려 〈나노 일기 운동 본부〉라는 간판을 달았다. 시간 나는 대로 그리로 차를 몰았다. 적당한 홍보와 함께 캠페인을 펼쳐 나갔다.

반응이 조금씩 일어나기 시작했다. 정신을 혹사한다. 그러잖아도 복잡하고 혼란해 죽을 지경인데 집단 광기로 몰고 간다. 지나간 군부 시대의 고문보다도 가혹하다. 캠페인을 믿고 초기를 써나간 지 일주일 만에 정신병원에 실려 간 학생도 있었다. 엠브런스에 실려 가는 중에도 차창에 서린 김을 지우고 퀭한 눈빛을 한 채 뭔가를 갈겨 나갔다고 심호흡을 시키던 간호사의 증언이 신문에 실리기도 했다. 삼차원 오를 때가 가장 힘들다. 그러나 동시에 묘한 오르가즘을 느꼈다. 인터뷰에 그렇게 말한 숙녀도 있었다.

너무도 재미있고 신기하다. 그동안 정신의 얕은 개울에서만 살아왔다. 머릿속의 요술 주머니가 톡톡 터지는 행복감이 인다. 창신초등학교의 삼 학년 학생은 그렇게 적었다. 일기장은 봉건시대의 잔재이며 데카르트의 합리론, 칸트의 이성주의, 다윈의 진화론에 의거한 일종의 이데올로기다. 아인슈타인이 시간을 도입해 뉴턴의 단순 우주가 깨어진 것이 언젠데 아직도 일기는 뉴턴적인가. 단호히 환영한다. 어쭙잖은 지식을 흉내내며 찬사의 글을 올린 사람도 있었다. 이 기회에 아예 일기든 초기든 폐지하자는 극단론자도 있었다. 정신의 압박이 임계점을 넘어섰으니 폐지하지 않으면 〈나노 일기 운동 본부〉를 박살내겠다는 테러 단체도 생겨났다.

게이머들에겐 새로운 활력소가 되었다. 인터넷 게임에도 중독을 넘어서 식상해지기 시작한 청소년들은 이 나노 일기를 게임으로 생각해 경기를 벌였다. 시합마저 생겼다. 더 높은 차원으로 누가 더 빨리, 실수 없이 가느냐가 관건이었다. 30차원까지 오르는 고수들도 생겨났는데 그 정도가 대부분 고수들의 한계였다. 30차원을 유지하려면 적어도 30개의 서로 다른 종류의 생각을 동시에 반짝거려야 했다. 서투른 사람들은 생각들 간에 간섭이 일어났다. '빗물이 올라간다. 엄마가 비에게 사과해야 한다. 엄마는 과자를 훔쳐 먹었기 때문이다.' 이 같은 괴상한 문장으로 흘러가곤 했다.

더한 경우는 그렇게 괴상하게 변형된 문장을 진짜로 알고 행동까지 옮기려 하는 것이었다. 너댓 개의 문장이 얽혀서 아무리 지껄여도 마침표나 쉼표가 없이 흘러가는 학생도 있었다. 숨을 가빠하다가 거품을 물고 쓰러진 경우도 있었다. 전깃줄의 배선이 얽히듯 문장들이 심하게 배배 꼬여 스스로 알아차려 회죽 웃으며 경기장을 떠나는 사람도 있었다.

그러나 고수들 일부는 고도의 집중 속에 머리가 기민하게 개발되어 갔다. 머리에 헤드폰을 쓴 사람도 있었다. 초 단위의 메모를 기억해 나가며 앞의 초기에서 넘어오는 기록들을 잘 가다듬으며 기록해 나갔다. 일등을 한 사람은 얼굴이 창백했지만 히말라야를 맨발로 올라간 듯한 진귀한 만족감을 드리우고 있었다.

평소의 내 차원은 50차원 안팎이었다. 시간이 지나면 이것도 추월당할까 봐 한 단계라도 올리기 위해 매진해야 했다. 경험으로 보건대 아이큐 150, 박사 학위 2개의 수준에서는 40차원 이상에서 한 단계씩 올리는 데 평균 삼 개월이 걸렸다. 그리고 경제학의 웬만한 법칙들이 걸리기 마련인 '한계효용체감의 법칙'이 여기서도 작용함을 발견했다. 3차원까진 급커브를 달리다가 3차원에서부터 30차원까지는 완만해진다. 30차원부터는 기울기가 더욱 줄어든다. 그 전체가 단계에 따라 체감의 법칙을 적용받는다. 원칙적으로 단계의 맥시멈은 한정되어 있지 않다. 어서 빨리 초기의 천재가 나타나 500차원, 5,000차원의 신기록을 이루었으면 한다. 그런 사람들의 눈엔 지구촌의 변화무쌍한 변화들이 냅킨 한쪽이거나 장난감으로 보일 것이다.

후유증을 호소해오는 사람들이 늘어났다. 초기 즉 나노 일기장이 꿈틀거린다는 것이 대부분 환자들의 말이었다. 어지러워요. 토할 것 같아요. 나노 일기장이 입체로 보여요. 교수님. 내 안에 수백 명의 내가 사는 것 같아요. 그런 말들이 줄을 이었다. 나 역시 그랬다. 삼차원을 넘어서자 나노 일기장이 평면 아닌 공간으로 보이고 사차원을 넘어서면서 회오리바람처럼 보였다. 점차 익숙해지자 평원처럼 보이다가 다시 높새바람, 푄현상, 태풍, 곤돌라, 잠자리 눈알, 고대 페르시아 문자, 쐐기문자같이 보였다. 그러나 이것들은 병적 징후인 동시에 새로운 효과이다. 입체적이고 다면적인 세계의 실체를 보기 위한 명현현상일 뿐이다.

그림의 역사에서는 입체파나 점묘파가 등장해 세계의 실체를 표현하는 데 부분적으로 성공했다. 영화의 역사도 평면에서 입체로 발전되면서 3D, 4D, 5D까지 나아가고 있다. 그러나 그것들은 많이 나가야 5D까지이다. 나노 일기의 특징은 종이와 문자만으로 평면을 공간화시켰으며 그 공간성이 무한 차원으로 진전한다는 데에 있다. 그로 인해 인간의 뇌 속에서 불가해한 우주에 대한 입체적, 다차원적 상상이 가능하게 되었다. 정치학이나 사회학에서의 역할 바꿈, 민주주의에서 중요한 상호이해, 게임이론, 다자간 협상, 이런 것들은 나노 일기에서 2차원만 나가도 유치원 학생이라도 고개를 끄덕이며 체득될 것이다.

하루가 하루하루 모이면 한 달이 되고 그것이 열두 번 모이면 일 년이 되지요. 우리는 팔구십 년을 살지요. 그것은 일기가 주는 일종의 폭력이다. 우리나라 역사는 이천 년 아니 칠천 년이랍니다. 그것도 일기가 주는 폭력이자 모독이다.

초인격심리학자이자 나노 일기의 창시자인 내게 하루는 일기장 한 페이지에 담길 수 있는 것이 아니다. 고전적으로 편의상 말하면 하루는 24시간, 곧 1,440분, 86,400초이다. 내가 하루를 풀가동하면 86,400차원의 초기를 경험하게 된다. 1펨토초의 1조천 배나 되는 대양의 86,400배가 되는 시공에서 번쩍이는 내 생각의 파도들은 시간의 경제성 속에서 황홀하게 빛나는 빨간빛의 섬광들이다.

그 모두가 또한 각기 갱도들을 지닌다. 하루에만 적어도 86,400개의 갱도로 펼쳐 나가는 어마어마한 파장의 힘을 아직은 용케 견디고 있다. 뇌를 너무 심하게 작동시켜서 우주의 깊은 비밀들을 파헤칠 듯하며 탈진해 가지만 아무도 딛지 않은 미지의 세계를 온몸의 가속도로 뚫고 가는 쾌감이 탈진을 지켜주고 있다.

일 초는 또한 막 지나간 일 초와 뚜렷한 변별성을 갖는다. 뇌는 그 모든 것이 가능한 심연이다. 평생을 일궈도 일궈내지 못할 농장을 뇌는 가지고 있다. 우리 모두는 그 농장의 주인이다. 그 빨간 농장엔 그에 걸맞은 농기구가 필요하다. 초기는 아직까진 그에 타당한 것으로 보인다. 나노 문명이 더욱 발전해 펨토초보다도 작은 단위들이 실용화된다면 더욱 폭발적인 것이 나올 것이다.

뇌에 칩을 심어서 무한한 뇌파의 움직임을 고스란히 문자로 번역하는 뇌파 번역기가 나올지도 모른다. 그러면 1초 동안에도 수만 페이지의 글들이 초고속으로 화면에 자동 워딩될 것이다. 그 후속으로 메타 뇌파가 작동하면 그 수만 페이지의 글이 거의 동시에 수정, 재배열, 편집되어 수백 권의 책으로 화면에 정리될 것이다. 디자인을 첨가해 인쇄키를 누르면 수백 권의 장정본들이 한 권 한 권 뽑혀 나올 것이다. 미심쩍은 것이 있으면 사후에 오프라인에서 감수하면 될 것이다. 그 황홀한 가능성은 인간의 정신을 극도로 흥분시킴과 동시에 탈진시켜 갈 것이지만 거기에 걸맞은 에너지 또한 부여될 것이다. 초기는 그것을 위한 아날로그 악보일지 모른다.

북경 세미나는 여러모로 유익했습니다. 동북아에 대한 이해가 더욱 깊어졌습니다. 강현호 박사. 다음 세미나는 터키의 이스탄불에서 열릴 예정입니다. 그땐 꼭 참석해서 고견을 들려주시죠. 듣고 싶은 말도 있구요

캔 윌버에게서 메일이 왔다. 나는 참석 못 해 아쉬움이 크며 그러겠다는 내용으로 답장을 보냈다.

초기에 대해선 언급하지 않았다. 캔 윌버의 표현을 보면 그가 한국에서 일어나 퍼지고 있는 초기 무브먼트에 대해 알고 있는가 싶기도 했다.

사실 나는 전문가의 조언이 시급하다고 느끼고 있었다. 초기의 장점과 창조적 파괴력이 워낙 강렬했기에 그 잠재적 문제점들을 덮어둔 채 사회 운동까지 벌여왔지만 심각한 균열이 마음에 일어나고 있었다.

좀 더 정확히 말하면 오래전부터 장애를 겪고 있었다. 북경 세미나에 참석 못 한 이유도 거기에 있었다. 영민한 초인격심리학자들은 내 마음의 동요마저 읽어낼 수 있기에 나는 뭔가를 해명해야 했을 것이었다. 그러면 곧장 세계 유수의 매스컴에 퍼지면서 엉뚱한 혼란을 야기할 것 같았다.

초기는 중독성이 너무 강하다. 마약이나 게임 이상이다. 나는 두려웠

다. 그러나 초기의 메리트가 월등해 감당할 신체 에너지가 생겨난다는 식으로 눌러대고 있었다. 그것은 제법 맞는 말이었다. 한번 입체의 맛을 안 뇌는 더 깊은 입체를 향해 맹목적으로 돌진하는 경향이 있다. 그것은 우주의 형성과 밀접하기도 하다.

초기의 위험성은 강한 중독성뿐만 아니라 이미 양극으로 갈라진 사회를 더욱 갈라지게 만드는 것에도 있었다. 초기 애호자와 초기 혐오자 간의 극한 대립은 차라리 일기장이란 순응적인 제도 속에 사는 것이 낫다는 역설마저 낳았다. 초기가 빚은 변혁의 파장은 엄청났다. 국민의 20% 정도가 초기를 선호했으며 일기장을 아직도 사용하고 있는 사람들은 일기를 쓴다는 사실로 인해 멸시를 받았다.

그들이 반발할수록 나노 문명, 고분자 생물학 등에 힘입은 합리화는 초기 선호자들의 입에서 맹렬한 불을 뿜었다. 그런 움직임은 세계로도 점점 퍼져나갔다. 일기가 확연히 타올랐던 르네상스와 그 후의 네오 르네상스와 변별되어 서드(third) 르네상스라고 부르는 학자도 나타났다. 인문 분야에서의 나노 혁명이라는 찬사도 터져 나왔다. 볼테르도, 루소도 이 나노 인문학의 빨간빛 황홀에 비하면 나이브한 일기의 유형에 불과하다.

그러나 이 분야의 창시자이며, 정신의 비등점을 뚫자 급상승하여 500차원을 넘는 세계 신기록을 가진 최고 전문가인 나로서는 점점 폭발적이 되어가는 국제 영향력과 동시에 심각한 고민을 거듭했다. 시간의 시간 속으로 맹목적으로 파고드는 새로운 힘이 정신을 지배하면서 꿈속의 장면들도 초스피드로 바뀌어 갔다. 꿈속의 장면들은, 기존의 꿈이 기존의 현실보다 복잡하고 현란하듯, 복잡과 현란의 극치를 달렸다. 꿈을 꾸지 않는 날이 없었다.

꿈속에 검은 여백이 사라졌다. 잠에 빠져드는 순간 꿈이며 깨기 직전까지가 꿈이었다. 말하자면 잠은 곧 꿈이었다. 잠이라는 휴식이 사라진 자리에 꿈이라는 생동감 넘치는 현상이 들이찼다. 그 생동감은 초기를 쓰는 순간의 분열적인 생동감보다 깊고 무서웠다. 이십사 시간, 그러니까 평생이, 잠도 휴식도 없는 무한 차원의 생성으로 가득 차게 되었다. 꿈이 더 생생하므로 현실과 위계질서가 뒤바뀌었다. 꿈이 현실이 되고 현실은 하수인이 되었다. 그러한 도착(倒錯)이 뼈를 한겹 한겹 발라내는 듯한 공포로 화한 것은 1,200차원이 넘어서면서부터였다. 그러나 이미 애호자들과 추종자들은 지구촌 곳곳에서 무섭게 증가하고 있었다.

누구와도 고민을 나눌 수 없다는 것이 문제였다. 심리학자도 인지치료사도 초인격심리학자도 상담 파트너가 아니었다. 주술사도 점성가도 종교인들도 아니었다. 그들이 내게 말할 수 있는 최대치는 십 차원 이하의 그물에 걸릴 정도였다.

우주에 단 혼자 서있는 절대 고독이 날 에워쌌다. 그 속에서 철저히 혼자 판단을 내려야 했다. 사상 초유의 이 정신적 프로젝트를 지속할지 중지할지를. 판단 자체도 시간의 차원이 가속화되는 동안 밀려버리곤 해서 정신을 차리기가 무척 어려웠다. 그 터질 듯 들끓는 차원들이 내 뇌라는 공간조차 떠날 듯했다. 나는 땀을 비 오듯 흘리는 상태에서 브레이크를 거는 것이 나을 것 같다는 생각으로 기울어져 갔다. 그리곤 지쳐 쓰러져 잠들었다. 개인적으로나 인류사적으로나 워낙 중대하고 심각한 판단이었기에 14일간이나 내리 잘 정도로 초주검이 되어 있었다. 14일 간 잠을 자면서 꿈들이 천둥과 벼락의 미적분 소리를 내며 난동을 치는 바람에 일어나도 혼몽스러웠다. 하얀 쌀밥과 미역국으로 허기를 면하고 베네주엘라의 알약으로 정신을 겨우 수습했다.

긴 회상 끝에 결심이 서는 것이 느껴졌다. 최영철 피디가 생각났다. 홍릉의 〈나노 일기 운동 본부〉에 찾아와 초기를 수강한 사람으로 K 방송국이 문화부 피디였다.

K 방송국에 전화를 걸어 최영철 피디를 찾았다.

"안녕하세요. 강현호 박사님. 반갑습니다."

"중대 발표를 해야겠소,"

간결하게 말하곤 짧게 부연 설명했다.

최영철 피디는 당황한 목소리로 시간을 달라고 했다. 워낙 중차대한 일이라 혼자 결정할 순 없고 윗선에 보고해 중요 회의를 거칠 성격이라고 했다. 알았다고 했다.

일주일 후에 전화가 왔다. 초기의 실험이 시대에 걸맞은 독창성이 있으므로 사회적 후유증이 증가하고 있지만 회의 결과 나의 제안을 받아들이겠다고. 방청객을 동원해 생방송으로 하기로 했다는 말도 덧붙였다.

방송 일자가 잡혔다.

오늘이 그날이다. 가방을 챙겨 K 방송국을 향해 그랜저를 모는데 어질어질했다.

마련된 세트장에 앉아서도 준비된 물을 두 잔이나 마셨다. 시간에 맞게 최영철 피디가 큐 신호를 보냈다. 마이크를 쥔 손이 수전증 환자의 손처럼 떨렸다.

"전 세계의 초기 애호가 여러분. 세계 시민 여러분. 생사가 오가는 고민 끝에 이 자리에 섰습니다. 모든 제도나 사상, 가치가 그렇듯 지나치게 과열되다 보면 문제가 생기기 마련인 것 같습니다. 이미 떠난 화살이 되돌아올 수 없는 것처럼 불가능한 일인지 모릅니다. 외람된 말씀이지만 참담한 심정으로 초기 즉 나노 일기의 금지를 선포합니다."

방청석에서 웅성거리는 소리가 들려왔다.

"감당할 수 없는 혼란을 일으켜 인류에 죄를 지었습니다. 일기장으로 돌아가도 좋습니다. 일기의 문제점은 제가 여러 번 말했듯 자명하긴 합니다. 초기엔 그런 문제점들이 완전히 사라진 상태에서 또 다른 문제가 파생되었습니다. 우리 인간은 일기에도 초기에도 만족할 수도, 구속될 수도 없는 존재입니다. 초기는 위대한 실험이었습니다. 그러나 위대한 실험들이 대개 허무하게 끝나듯 그 길을 따라갈 듯합니다. 일기장으로든 일기장 너머 백지로든 자연으로든 자유롭게 여행하십시오. 치매 환자, 불면증 환자, 우울증, 강박증 환자 같은 특수인들에게 초기를 제한적으로 활용해 그들의 침체된 정신을 활성화하는 차원으로 검토하는 것도 한 방법이라고 생각합니다."

본격적인 말을 해나가려는데 혀가 꼬이는 느낌이 들었다.

"나노 문명은 도끼 발자국입니다."

우려했던 문장의 간섭이 일어나기 시작했다. 방청석에 앉은 사람들 중에 얼굴빛이 이상해진 사람들도 있었다. 그러나 뭔가 색다른 상징이려니 여기는 듯했다. 최영철 피디의 얼굴에도 당혹스러운 빛이 돌았다.

"도끼는 달나라에서 만들어져서 고르바초프가 태평양을 건너 흐루시초프에게 전달하였습니다."

통제가 잘되지 않았다. 이전에는 가끔 혼선이 오다가도 호전되었는데 먹혀들지 않았다. 최영철 피디가 잘못 가고 있다는 신호를 보내다가 그도 간섭을 받았는지 오케이 고우, 신호로 바꿨다. 방청석에 앉아 있는 사람들 중엔 야유를 보내면서 박수를 치는 사람들도 있었다. 어떤 사람은 방언을 중얼거리다가 일어서서 제자리 뛰기를 하고 있었다.

간섭은 간섭을 불러일으켰다. 반음도 사라졌다. 체감의 법칙은 체중의 법칙, 누증, 폭발의 법칙으로 이어지고 있었다.

"나폴레옹이 바오밥나무를 심은 곳은 폭풍의 언덕입니다."

내 말에 이어 방청석에서 용감한 사람 하나가 일어섰다. 앞사람의 머리통을 주먹으로 갈기면서 말했다.

"아닙니다. 언덕 위의 하얀 집은 원래 아프리카인의 얼굴처럼 빨갰습니다. 빨간빛의 금은 예전에는 밀감처럼 노랬습니다. 그 밀감을 먹고 싶습니다."

간섭되었던 문장에서 뒷부분엔 제법 자리 잡힌 말을 하고 있음이, 맛이 가는 내 정신 속에서 겨우 느껴졌다.

"밀감은 밀로 만들었습니다. 맥주의 사촌이지요. 사촌은 먹으면 취합니다. 안주로는 주안상을 먹어야 합니다. 강아지 똥은 파란색이지만 미적분 되면 분홍색으로 바뀝니다."

그러나 순간 되돌아갔다.

오늘의 우리는 내일의 먹이다.

캔 윌버의 문장이 정신의 오락가락 속에서 불쑥 스쳤다. 그 말이 가슴에 꽂혀 인지심리학을 버리고 초인격심리학으로 뛰어들었다. 인류가 미래의 먹잇감이 되는 것을 막고 싶었다. 초기의 발명은 그것을 위해서도 필요하다고 여겼다. 그런 내가 바로, 먹잇감의 선도자가 되어 버렸다!

내 몸을 자해하고 싶을 만큼 극도의 고통이 밀려오며 걷잡을 수 없이 슬퍼졌다.

방청객들은 울고불고 소리를 질렀다. 서로의 옷을 찢으며 내가 스러지듯 앉아 있는 무대 위로도 뛰어올랐다. 장비를 부수러 달려들고 서로 발길질을 했다.

그 모든 것이 생생하게 중계되고 있었다. 전 세계가 이 생방송 현장처럼 아니 더한 강도로 삽시간에 전염될 것은 초기의 중독성이나 통제할 수 없는 성질상 불 보듯 뻔했다.

전지가위가 가방 속에 들어있음이 퍼뜩 스쳤다. 창밖의 자두나무가 신경에 거슬려 샀다가 정신이 없어 가방에서 꺼내지도 않은 것이었다. 가방을 조심스럽게 열어 전지가위를 남들이 못 보도록 손아귀에 잡아 윗양복 주머니로 급히 옮겼다.

하루를 최대한으로 활용하는 선물을 주고 싶었다. 하루라는 것이 너무 빡세게 돌아가고 사람을 소모한다. 주어진 일이나 하다가 권태에 빠지고 겨우 반성으로 맺어진다. 그런 개념을 벗어나 넘쳐나는 것임을 느끼게 해 주고 싶었다. 시간 자체를 알 순 없지만 하루라는 시간을 최대치로 확장함으로써 그 하루가 내일로도 이어져 풍요로움을 지속할 수 있도록 해주고 싶었다. 그러나 예상하지 못한 것이 있었다. 문명의 최대치, 나의 최대치 위에서 습격하는 것이 있었다. 뇌의 과도한 활성화가 인간의 마음의 무늬를 파괴하리라곤 생각지 못했다.

인류를 내일의 먹이로부터 보호하려다가 오히려 내일 아니 오늘의 먹잇감으로 만들어버렸다.

그에 대한 책임을 자살함으로써 지겠다는 충동이 강해지고 있었다.

주머니 속의 전지가위를 움켜쥐었다. 손이 바르르 떨렸다. 천천히 꺼냈다.

순간 머릿속에 엄청난 파장들이 눈부시게 소용돌이쳤다. 무한한 심연들과 갱도들이 빛을 뿜고 파열해나갔다. 족히 7,000차원도 넘을 것 같았다.

그놈의 스토리

침대에 연보라색 이불이 펼쳐져 있었다. 아이 셋이 침대에 비해 턱없이 작게 그려져 있었다. 셋 다 합해 침대 넓이의 100분의 1도 안 되었다. 이불은 주름이 잡혀 파도를 연상시켰다. 침대는 바다처럼 보이고 아이들은 파도에 잠겨 허우적거리는 것 같았다. 그러다가 돌연 연보라색 파도의 바다가 다시 이불로 보이면서 아이들은 꿀잠에 빠진 것처럼 보였다.

그 이색적인 그림 곁엔 열린 옷장 문으로 옷들이 쏟아져 내리는 그림이 걸려 있었다. 폭포 같기도 했다. 갇힌 곳에서 사람들이 마구 뛰쳐나오는 느낌도 주었다. 다 쏟아낸 후 빈혈에 빠져 푹 쓰러지는 느낌도 있었다.

미술관을 관람할 처지도 못 되지만 세잔, 마네, 모네, 고흐, 뭉크, 샤갈, 피카소, 폴록 등등 맥락 정도는 잡고 있기에 웬만한 그림들은 눈에 들어오지 않았다. 대가들의 그림들조차 익숙해져서 눈에 처음 닿던 중

고딩 시절의 놀라움은 사라져 있었다. 그런 식상함은 문명의 피로와 맞닿아 있었다. 아무리 맛있는 음식이나 고급 의복, 향수도 명품이라는 것 자체만으로 내겐 피로감을 주었다. 그런데 우연히 들른 미술관에 전시된 그림들은 목에 두른 넥타이도 풀어 던지고, 구두도 벗어 던지고 싶게 만들고 있었다.

난타 공연을 처음 볼 때의 느낌 같기도 했다. 생소하면서도 신나는, 생각지도 못한 방향으로 터져나가던. 도마를 두드리는 칼, 프라이팬 두드리는 소리, 깡통 따는 소리, 오이 써는 소리… 저런 것들도 음악이 될 수 있구나, 저런 것이 음악이구나 벅차게 차올랐었다.

술이라도 마시고 싶었다. 그러나 술은, 이런 기분에 대한 모독 같았다. 택수라도 만날까, 고개가 저어졌다. 주머니에 손을 찔렀다. 초콜렛이 만져졌다.

또 다른 독특한 그림을 감상하다가 멀리서 보기 위해 뒷걸음친 순간이었다. 툭. 어깨에 부딪히는 것이 있었다. 부드럽고 혹 쏘는 느낌이었다. 꽃과 스친 것 같고 부드러운 소파에 닿은 것 같았다.

넓은 미술관 공간에 혼자 있었는데 한 여자가 들어온 것이 눈에 띄었다. 그녀가 들어선 순간 미술관이 연둣빛으로 슬쩍 물드는 느낌이 들었지만 나는 그림에 몰두해 있었다. 그러나 툭 부딪힌 순간 전혀 달라졌다.

뒤돌아보지 않았다. 미안하다는 말도 하지 않았다. 미안하다는 말이 모독이 되는 때가 있는데 그때가 그런 것 같았다. 낯선 그림들로 가득

차 공기마저도 붓질하는 것 같은 은근한 흥분의 도가니 속에 툭, 모르는 여자와의 가벼운 접촉. 조용하게 약동하고 있는 미술관 안을 잔잔히 물들임과 동시에 내 가슴을 풀무질했다.

"이거 드실래요?"

불쑥 돌아서서 초콜릿을 내밀었다.

내 안에 몰려 있던 따스한 바닷물이 자르르 빠져나가는 느낌이었다. 그녀에게 내민 것이 초콜릿이 아니라 따스한 바닷물이며 해풍 같았다.

"왜요?"

그녀는 뒷걸음치며 조금 당혹스러운 목소리로 물었다.

"그냥요."

그녀는 얼떨결에 자신의 손에 쥐어져 있는 초콜릿을 의아하게 바라보고 있었다. 눈빛이 맑았다. 멀리서 흘끔 보았을 땐 큰 키였는데 아담했다. 그녀는 초콜릿을 어떻게 처리할지 모르겠다는 표정으로 서 있었다. 녹색 치마의 주머니에 넣었다가 다시 꺼냈다. 껍질을 벗겨나갔다. 나는 설렘과 긴장과 약간의 두려움 속에 바라보고 있었다. 껍질을 벗기는 손이 하얗고 이뻤다. 풋사과처럼 상큼했던 미술관도 푸른 녹이 슬슬 스는 느낌이 들기 시작했는데 껍질을 벗기는 행위가 그 녹을 벗겨내는 것 같은 느낌을 주었다. 껍질을 다 벗긴 그녀는 초콜릿을 입으로 가져가더니 가만히 물었다. 잘려진 부분이 하얀 치아 사이로 사르르 빨려 들어갔다.

"저… 영화 보고 싶으세요?"

초콜릿 묻은 입술을 손으로 닦으며 그녀가 물었다. 깜짝 놀랐다. 그녀

의 눈이 초롱초롱해 놀람 자체가 부끄러워졌다. 별에서 보랏빛 등댓불
이 켜져 비추는 느낌이었다.

미술관을 빠져나오자 어둠이 짙어 있었다. 저 앞 동아일보 빌딩의 창
들마다 불빛이 새어 나오고 있었다. 어둠을 밝히는 불빛 같지가 않았다.
어둠과 스멀스멀 섞이는 진흙 같았다. 저 창들 중 하나는 아까 초콜릿을
준 윤경민 기자가 있는 사무실의 불빛일 것이었다. 윤경민은 정신없이
일하고 있었다. 정수기에 대해 말할 틈도 없었다. 경민은 탁자 위의 작
은 그릇에 수북이 담겨 있던 초콜릿에서 하나를 집어 툭 내밀었다. 내키
지 않는 손님들을 대하는 그만의 방식이라는 생각이 들었다. 거절하는
방식치곤 세련되었고 기분이 나쁘지는 않았다.

경민은 굉장히 분주했으며 여러 동료 기자들과 거의 동시에 정보를
주고받고 있었다. 번잡한 사무실이 뭔가를 열심히 썰어대지만 국민 전
체를 위한 고기가 아니라 자기들만 먹을 고기를 썰어대는 푸줏간처럼
여겨졌다. 아니 국민들의 살을 썰어서 자기들의 배만 불리는 괴이한 푸
줏간 같았다. 경민의 스마트폰은 수시로 울렸다. 경민은 적극적으로 받
다가도 어떤 신호음은 지쳐 꺼질 때까지 내버려 두었다. 내가 건 전화
도 저런 식으로 쓰레기통에 들어갔다고 여겨지자 뛰쳐나오고 싶었다.

경민의 사무실을 빠져나와 계단을 걸어 내려올 때 택수가 한 말이 스
쳤다.

'비트겐슈타인은 산소에 대해 말했어. 질식할 것 같은 세상에서의 돌

파구로 보면 될 거야. 비트겐슈타인은 자기는 산소를 제조할 수 있다고 말했어. 세상이 지랄 같아서 사람들이 질식할 듯 괴로워하는데 숨 쉴 구멍을 만들어줘야 할 철학마저 막혀 있다는 뜻도 깔려 있어. 그 살벌하고 답도 출구도 없는 세상에서 자신은 산소를 제조할 수 있다는 것이지. 실제로 비트겐슈타인은 숨쉬기가 어려울 정도의 제1차 세계대전 무렵의 유럽에서 산소 같은 철학을 만들어 서양철학사의 혁신을 이루었지.'

산소, 듣기만 해도 속이 시원한 그것이 그 어둑한 계단엔 없어 보였다. 계단을 가득 채운 후덥지근한 공기가 가슴을 질식시킬 듯 눌러댔다. 괴이한 푸줏간에선 썩은 공기를 연신 내려보내고 있었다. 그런 마음을 추스르며 동아일보 빌딩을 빠져나와 M미술관이 눈에 띄어 무턱대고 들어간 것이었다.

짙은 어둠에 싸인 종로의 횡단보도를 그녀와 함께 걸었다. 차들이 달려오다가 우리 앞에서, 붉은 신호등의 경고에 따라 벌 받는 학생처럼 얌전히 고개 숙이고 있었다. 그 대갈통들을 톡톡 두드리고 싶은 장난기가 일었다. 학생들이 모두 고개를 숙인 그 앞을 뿌듯하게 걸어가며 나는 마치 생전 처음으로 교장이 된 듯했다.

"우리 이렇게 하기로 하지요."

휘파람을 불듯 말했다.

"뭐를 어떻게요?"

그녀가 물었다.

"영화를 보다가 가장 재미있는 순간, 그러니까 절정으로 달아오를 때 극장에서 나오는 걸로 하지요."

"헐. 말도 안 돼."

"우리가 만나자마자 영화 보러 가는 것은 말이 되나요?"

"근데 왜 영화를 그렇게?"

"오늘 영화는 달라요. 그 어떤 영화를 보더라도 다를 거예요. 할리우드 영화든 치즈 냄새 나는 불란서 영화든, 국내 영화든. 아무튼 지금 보려는 영화는 영화가 아네요. 말하자면….”

"말하자면요?"

"비트겐슈타인이예요."

그녀는 고개를 갸우뚱하더니 주머니를 뒤적거렸다. 남아 있는 초콜릿을 조금 잘라 내 입에 넣어주었다. 그녀의 손가락이 내 입술에 살짝 닿았다. 화한 내음이 내 몸을 물들였다. 그녀의 손가락까지 빨고 싶은 충동에 휩싸였다.

"그런데 영화는 왜 보다가 중간에 나오려 하지요?"

"그렇게 하고 싶을 때가 없나요?"

"생각해 본 적 없어요."

"영화를 계속 보고 있었단 말인데 왜 그랬지요?"

그녀의 표정이 모호해졌다.

"소설이나 수필은 읽다가 만 것들이 수두룩하잖아요. 그렇죠?"

"네."

"책은 그렇게 보면서 왜 영화는 봤다 하면 끝까지 보는 거지요? 그 작은 것엔 엄청난 것들이 담겨 있어요. 물론 여러 가지 이유가 있겠지요. 영화가 너무 재미있어서 시간을 잊은 듯 빠져들 수도 있겠지요. 티켓값이 아까워 그럴 수도 있을 거고요. 책은 아무 때나 다시 볼 수 있지만 영화는 다시 보려면 또 돈을 내야 하니까요."

그녀의 얼굴에 설핏 미소가 돌았다.

"어둠 속에 눌러앉은 관성의 작용도 있겠지요."

"또 다른 이유는요?"

그녀의 얼굴엔 장난기마저 돌았다.

"이왕 시작한 거 한 시간 만 더 때우면 시원한 결론에 도달한다거나 왠지 지금 보는 이것이 평생의 마지막 같은 강박 속에서, 그것을 채우고야 마는 집착 같은 것이 생겨나는 거지요. 어둠 속. 진정한 어둠도 아닌 인공조명과 다름없는 가짜 어둠 속에서."

"호호호."

그녀가 웃었다. 머릿속에 가끔 고삐 풀린 듯 흘러가는 이런 말을 여자에게 자유롭게 하는 게 오랜만이었다. 신이 나서 계속 떠들었다.

"사람들이 멍청해 보이지 않나요? 백화점에서 옷 하나 살 때도 요걸 골랐다가 저걸 골랐다가 하며 좌판대를 돌아다니는 사람들, 구두를 살 때도 이걸로 할까 저걸로 할까 망설이는 사람들, 티브이를 볼 때도 리모콘으로 수시로 채널을 바꾸는 사람들이 왜 극장 안에만 들어서면 침착하고 집요하게 일관성을 지키는 걸까요?"

"호호호호."

그녀의 웃음이 가로등 불빛 아래 은은한 어둠 속으로 번졌다.

"생각해 보세요. 사람들이 거의 두 시간 동안 요지부동한 채 일관성을 지키고 있다는 사실을요. 극장은 인간의 그런 모순적인 일관성과 결합한 묘한 산물이에요. 가짜 어둠을 만들어 관객들에게 꿈속에 들어온 듯한 환상을 주고 그 환상의 대가로 돈을 받죠. 관객들은 극장이 주는 환상이 지불한 돈보다 부족하더라도 아니 부족할수록 기를 쓰고 앉아 버티죠. 극장, 정확히 말하면 영화제작사는 관객의 마음을 충족시키려고 환상을 최고조로 만들기 위해 전력투구를 하지요. 그러나 환상의 최고 품들을 이미 포식한 현대인들은 아무리 탁월한 환상이라도 이내 시들해지고 갈증을 느끼게 되지요. 극장이 내겐 환상 제공과 갈증 간의 격렬한 투쟁처럼 여겨져요. 극장이 환상을 증폭시키려 몸부림을 치더라도 현대인들은 갈증을 느끼지요. 물론 극장을 아예 안 가는 사람들도 많고 관객 중엔 스크린이 제공하는 환상에 즐겁게 빠져드는 사람들도 많죠. 그러나 가짜 환상을 보면서 가슴 속의 갈증이 해결되기는커녕 깊어짐을 느끼면서도 그 자리를 떠나지 않고 자학하듯 눌어붙어 있는 사람들도 꽤 있다고 봐요."

"정말 재밌는 사람이네요. 그래서 그런 게 싫어서 중간에 나오겠다는 거예요?"

"아니에요. 그 반대예요."

"반대라뇨?"

"인간의 이중성과 극장의 허구가 싫어서 그런 게 아니라 영화가 최상으로 고조되어 시들해질 때면 바깥이 그리워져요. 바람도 쐬고 싶고 지나가는 사람 얼굴도 보고 싶고 아무 생각 없이 그냥 걷고 싶어져요."

"호호."

"감독이 설정해 놓은, 알고 나면 뻔한 플롯의 그물에 얽히고 싶지도 않아요. 그 즐거움, 재미의 노예가 되고 싶지 않아요."

"독특한 생각이네요. 그럼 오늘 영화는 댁의 방식으로 한번 봐 볼까요? 이렇게 영화를 보는 것이 처음이지만요."

"영화감상이 마치 강변도로를 달리는 것 같지 않나요? 달리다가 길가의 코스모스가 이쁘면 그 자리에 멈춰 서서 꽃향기를 맡으며 쉴 수 있는."

"수업 시간에 졸리면 그대로 자도 되는 학교에 다니는 기분."

"회사에서 일을 하다가 중간에 노래를 부르며 걸어 나와 그네를 타는 기분."

"호호. 즐겁네요. 그런데 시차가 다르면 어떻게 하지요? 댁이 나가고 싶은데 나는 나가기 싫을 때나 반대로 나는 나가고 싶은데 댁과는 타임이 다를 때는요?"

"답을 이미 알고 있을 텐데요?"

그녀의 눈빛이 돌연 서글픈 빛으로 변해갔다. 아주 먼 곳을 바라보는 눈빛이 되었다. 어쩌면 저 두려움이 사람들을 극장 안에 두 시간, 세 시간 동안 꼼짝없이 머물도록 하는 것 같기도 했다. 그녀의 눈을 외면하듯 바라보며 나는 말했다.

"내 눈치 보지 말고 그냥 나가면 돼요. 모든 것에 대한 눈치, 굴레, 속박, 껍질들에 신경 쓰지 말고 나가고 싶은 생각이 드는 순간 나가면 돼요. 오줌 누고 싶을 때 누는 것처럼."

"그 농담은 심했다. 저도 숙녀거든요."

그녀는 서글픔을 머금은 눈빛을 풀며 손을 입 가까이 대고 다소곳이 웃으면서 말했다. 약간은 연극적 웃음이었지만 나는 말하지 않았다. 그 것을 짚으면 이야기는 전혀 다른 방향으로 흐를 것이었다. 그녀는 소풍 가기 전날 밤의 소녀처럼 목소리가 좀 더 들떠 있었다.

"그러면요? 만약에 제가 댁보다 먼저 나와 있으면 무엇을 하지요?"

"그 순간 결정하세요. 나온 후예요. 그런 질문 자체가 무수한 굴레와 속박, 습관에서 비롯된 말인 것 알지요? 영화를 보다가 중간에 나오는 것. 이 간단한 것을 단 한 번뿐인 인생에서 한 번도 결행해 본 적이 없으면서 그다음 일에 대해 어떤 결정을 내릴지 지금 어떻게 알 수 있겠어요. 그 일을 생각하면 또 가슴이 뛰지 않나요?"

"알았어요. 개똥철학 박사님."

그녀는 명랑하게 말하면서 내게 바짝 붙더니 팔짱을 끼었다. 저 멀리 극장이 보이기 시작했다. 남자 주인공과 여자 주인공이 포용한 채 진한 키스를 나누는 장면이 빌딩의 반 정도를 덮고 있었다. 우리는 그 비대해진 키스 속으로 걸었다. 그녀는 즐겁게 재잘거렸는데 조금 전보다 목소리의 톤이 높아지고 빨라졌다.

"우리 그만 헤어져요."

돌연 멈춰 서서 말했다. 그녀는 호호호호 웃어댔다. 영화는 보고 헤어져야지요, 농담도 했다.

"농담 아니에요. 나 지금 심각해요."

얼음처럼 차갑게 내뱉자 그제서야 그녀는 현실로 돌아온 듯했다. 그녀는 팔짱을 슬그머니 풀었다. 우리는 서로 하나가 되어 신나게 걸어오던 길에 두 개의 돌부처처럼 냉기를 뿜으며 서 있었다. 어쩔 줄 몰라 하며 표정관리가 되지 않는 그녀에게 말했다.

"이런 설명을 하는 것 자체가 시간이 아까워요. 그냥 바람처럼 나 혼자서 왔던 대로 혼자서 가면 좋은데, 마치 가벼운 마음으로 영화 보러 들어갔다가 가벼운 마음으로 중간에 빠져나오는 것처럼 우리의 관계도 그러하면 좋은데, 걸리네요. 댁이란 사람. 댁이란 사람에게 걸리기 때문에 정말 아까운 시간이지만 이렇게 시간을 희생하면서 말하는 거예요."

"무슨 말이에요?"

초롱초롱했던 그녀의 눈빛은 밀실을 두리번거리는 플래시처럼 흔들렸다. 해맑던 얼굴도 어둡고 침울해졌다.

"무슨 말인지 모르겠어요?"

"모르겠어요. 아무것도. 아무것도 모르겠어요."

"댁이란 사람에게 걸린다고요. 댁이란 사람과 결혼할 것 같아 두려워진다고요."

"결혼요? 너무 성급한 말 아닌가요?"

혀를 빠르게 굴리며 묻는 그녀의 얼굴엔 급작한 만족이 뿜어내는 복숭앗빛 열기와 어둑한 밤길 같은 곤혹, 여태 지어보지 못한 사막 같은 표정이 섞여 있었다.

"아, 저도 모르겠어요."

미술관 안보다도 더 큰 다양성을 품고 있는, 의외의 순진성마저 배인 표정을 보면서 나도 모르게 중얼거리듯 말해나갔다.

"갑자기 모든 것이 엉켜버렸어요. 모든 것이요. 저도 무척 행복했어요. 저는 정수기를 팔아 먹고사는 사람이에요. 실은 미술관도 우울해서 들어갔어요. 하루 종일 아니 일주일 내내 한 대도 팔지 못했고 오늘도 동아일보에 친구에게 팔려고 들어갔다가 퇴짜를 맞고 나온 길이에요. 마침 미술관이 있길래 들어섰는데 그림들이 마음에 들었어요. 뭐랄까. 캔버스를 벗어나려 하는 그림들 같았어요. 침대가 바다가 되는가 하면 이불이 파도가 되고 다시 이불이 돼요. 파도 침대가 되고 아이들은 바다에 떠 꿀잠을 자는 거지요. 옷장을 열자마자 기다렸다는 듯이 쏟아져나오는 옷은 내 모습 같았어요. 그중 양말 한 짝이 동아일보에서 쫓겨난 내 모습과 오버랩되었어요. 내 안에서 쏟아져 나오는 무수한 쓰레기들 같기도 하고 내 안에서 퍼내고 퍼내도 끝없이 나올 샘물 같기도 했어요. 그런 넘쳐남, 색과 선과 면들의 난타 속에서 즐거웠어요. 더군다나 나 혼자라서 텅 빈 거나 마찬가지였어요. 주머니 속에서 초콜릿이 만져지는 순간 눈으로만 보던 즐거움을 넘어 촉감으로도 그림들을 만끽하는 듯한 풍요로움이 생겨났어요. 어떤 일이 일어날 것 같은 예감이 들었어

요. 댁하고 툭 부딪히고 몇 마디 나누는 순간 초콜릿은 내 안의 깊은 욕
망과 느닷없이 겹쳐 버렸어요. 댁은 상상하기 힘들 거예요. 내 가슴 깊
은 곳에서 산소가 제조되는 느낌이었어요. 산소가요. 저는 산소는 제가
파는 정수기 안에나 있는 줄 알았어요. 악취로 가득 찬 세상에서 찾기
어려운 그것이 내 가슴 속에서 너무도 너무도 오랜만에, 보글보글 공기
방울을 뿜으며 솟아오르는 걸 느꼈어요."

"저는 댁의 이야기를 다는 이해할 수 없어요. 다 이해 못 해도 좋아요.
지금은 조금 어지럽기도 하고 화가 나기도 해요. 느닷없이 낯선 손바닥
위에 올려져 그 손이 갖고 노는 대로 내 몸이 움직이는 것 같아 불쾌하기
도 해요. 아니, 한두 마디로 표현할 수가 없는 감정이에요. 하지만 이렇
게 기분이 복잡해지기 이전, 저는 무척 좋았어요. 마치 춤을 추는 느낌
이었어요. 난데없는 손길이 내 허리를 감아쥐고 서울 한복판에서 춤을
추는 것 같았어요. 그리고 영화를 제가 좋아하긴 하지만 그런 식은 처음
들었어요. 생각지도 못했어요. 그 누구도 그런 말을 하는 사람이 없을
거예요. 지구에 단 한 사람이라도. 엉뚱한 제의가 묘하게 신선했어요."

"신선함만큼은 저도 마찬가지예요. 팔짱을 낀 채 극장을 향해 걸어가
는 걸음걸음이 하얀 눈송이 같았어요."

"이해할 수가 없네요. 이해할 필요도 없겠지요. 아니 댁에게 당한 것
같아요. 아, 그러고 보니 이게 바로 극장이란 생각이 드네요. 우리가 미
술관을 빠져나와 극장을 향해 걸어가는 이 과정. 이 짧은 시간 동안 복
잡미묘한 감정들이 다 실려 있네요. 플롯도 기가 막히고요. 초콜릿과

영화 티켓. 실은 티켓도 버리려던 것이었어요. 친구가 선물로 두 장을 줬는데 같이 볼 사람도, 딱히 보고 싶은 생각도 없었어요. 그리고 저 달리는 버스. 은은히 비추는 가로등 불빛. 간간이 눈에 띄는 노점상. 신나게 걸어가다가 느닷없이 두 개의 정물처럼 서 있는 남자와 여자. 기막힌 시추에이션이네요. 그리고 댁은 개똥철학인지 뭔지 하는 것과 정확히 일치하게, 영화가 절정에 다다르려는 순간 극장 밖으로 나가버린 거고요. 그런 건가요?"

그녀는 뭔가 속았다는 듯 또는 뭔가 알아챘다는 듯 표정이 어수선하게 흔들리는 채 노려보고 있었다.

"댁에게 걸린다고요. 댁에게 걸릴 것 같아 극장을 나왔다는 것도 알아야죠. 말했잖아요. 그리고 어쩌면 키스 때문인지도 몰라요."

"키스라고요?"

"저 극장의 반을 뒤덮고 있는 키스요. 저렇게 비대한 키스도 키스인가요?"

"모르겠어요. 댁은 오늘 운이 좋은 줄 아세요. 다른 여자라면요 정말 대부분의 여자는요, 댁이 초콜릿을 내미는 순간 댁을 비웃고 경멸할 거예요. 그리고 혹 극장을 같이 가더라도 그런 뻔뻔한 제안을 받게 되고 또 이처럼 예의는커녕 날짐승처럼 날뛰는 꼴을 보면 뺨이라도 갈길 거예요. 당한 모독을 견딜 수 없어 하면서요. 저에게도 그런 면이 있어요."

그녀의 목소리에 쉿소리가 났다.

"하지만 댁에게 그러고 싶진 않네요. 댁이 이해될 듯도 해요. 그래요.

헤어져요. 아니 헤어지는 것도 아니지요. 만난 적도 없으니.”

“그건 아닙니다. 우린 헤어지는 거예요. 우린 분명 만났어요. 그것도 무척 중요하게. 너무도 중요하게.”

“그만 갈래요.”

그녀는 극장의 반대편 즉 오던 길로 방향을 틀어 걸어갔다. 나는 그녀의 등을 향해 걷잡을 수 없는 톤으로 퍼부었다.

“우린 너무도 중요하게 분명 만났습니다. 그 전시회는 저로선 의미 있는 전시회였어요. 그림을 그리고 싶게끔 충동질한 전시회였으니까요. 누군가에게 나는 미술관에서 초콜릿을 준 적이 없습니다. 초콜릿을 미술관에 가져간 적도 없습니다. 그 놀라운 시간 속에 그 넓은 미술관 안에 우리 둘뿐이었습니다. 그 행복의 밀물이 당신의 제안에 의해 극장으로 향할 때도 난 설렘으로 마냥 달아올랐습니다. 내 안에 있던 깊은 갈증, 질식하고 말 것 같은 암담함 속에서 산소 같은 것을 찾고 있었는데 당신과의 툭 부딪힘, 그 순간이 산소였어요. 당신 자체가 내겐 산소였어요. 당신의 맑디맑은 눈빛을 보는 순간 내 손바닥 위의 돌이 금으로 변한 듯했으며 우리는 그 놀라운 금빛 속에 들어 있었어요. 그러나 꽃은 피었다가 시들고 꽃 중에 어떤 꽃은 피자마자 시들듯 나는 그 불행한 꽃 같은 영혼을 지닌 놈인가 봅니다. 만나자마자 죽는 꽃. 미안합니다. 죄를 지었습니다.”

그녀의 발걸음이 멀어져갔다.

"형. 지방대의 시간 강사가 또 자살했네."

왕십리의 뒷골목 선술집에서 택수가 소주잔을 꺾으며 뱉듯이 말했다.

"시간강사 문제는 우리 사회의 또 하나의 그늘이야."

전화를 괜히 했다 싶었다.

오늘 팀장은 문을 걸어 잠갔다. 팀원 열 명 중 단 한 명도 바깥으로 나가지 못한다. 길은 단 한 가지, 전화를 걸어서 정수기 한 대를 팔아야 나갈 수 있다. 요즘 들어 팀원들은 팔리지 않는 정수기로 인해 지쳐갔으며 팀장은 그럴수록 닦달해댔다. 하긴 정수기든 자동차든 보험이든 냉장고든 이미 포화상태이며 요즘 같은 불황에 누가 돈지갑을 선뜻 열겠는가.

안면이 조금이라도 있는 사람을 찾아가고 신장개업하는 식당마다 팸플릿을 들고 쫓아다녔어도 힘이 빠질 뿐이었다. 정수기 영업은 칠팔십 프로가 지인들을 향한 영업이다. 울며 겨자 먹기로 사주는 것이 태반이었다. 그런 것을 알면서도 안면몰수하며 쳐들어가야 한다. 그 짓이 죽기보다 싫었지만 그렇게 하지 않으면 옥탑방에서도 거나야 한다. 판매 목표치는 매달 매일 주어진다. 목표치를 파는지 정수기를 파는지조차 모른 채 허덕거린다. 미친 듯이 팔아라. 시답잖은 그 말을 신조로 삼아 뛰어다닌다. 숨이 막히고 질식할 것 같은 나날이었다.

문을 걸어 잠근 사무실 안에서 누구에게든 전화를 해대고 있다 보면 짜증과 분노가 솟구친다. 푹 내쉬는 한숨 속에 모멸감과 함께 썩어들어간다. 내 몫으로 정수기를 하나 더 산 것으로 마무리되자 깊은 모멸감에 뒈져버리고 싶은 상황도 넘어 아무런 생각도 나지 않았다. 허탈을 견디다가 택수에게 전화를 건 것이었다. 택수는 기다렸다는 듯 자기 스트레스를 줄창 풀어댔다.

"교수들은 시간 강사들을 절대 지지하지 않아. 그런 협의도 없고 연대도 없어."

"그러겠지."

"씨발. 난 형이 부러울 때가 있어. 형이 개고생하는 게 가슴 아프지만 형이 그토록 하고 싶었던 철학 공부를 실컷 한 내게도 고통이 있단 말이야. 형은 사유의 바운더리가 없어서 좋아. 그런 사람은 드물어. 대개 자기 틀 안에만 갇혀 살지. 경민 형이 특히 심하지. 지금 종편 만드는 작업하는 거잖아. 종편으로 옮겨 높은 자리에 올라가면 뭘 해. 공해만 생산하지. 썩은 언론은 더 개판 되고. 그게 우리 사회야. 칙칙한 거미줄들로 서로의 가슴을 칭칭 감지. 말이 통하지가 않아. 무슨 말을 하려 하면 언어 폭탄을 쏴대지. 형이 처한 상황 속에서 형이 겪는 거미줄이 오죽하겠냐마는 내가 처한 상황에서도 그렇다고. 철학 시간 강사가 얼마나 쪽팔린 자리인 줄 알아?"

택수는 또 줄줄 읊어대고 있었다. 녀석의 스토리는 늘 들끓듯 흘러갔다. 녀석은 자신의 중조부가 변사라고 떠벌리곤 했다. 자기 아버지는 건조한 세무 공무원이지만 중조부의 피가 자기에게 흐르는 것 같다고도 말했다.

"그건 그렇고 극장의 구조가 암실의 구조와 근본적으로 같다고 형이 말했지."

"그걸 기억하네."

"보통의 공간들은 안의 어둠을 밝히려 불을 켜잖아. 근데 암실은 반대로 빛을 추방하잖아. 빛 속에 어둠은 불가능하다. 빛 속에 배반의 집 암실을 짓는 것은 추억 하나로 가슴이 다 차 그리움 속에 익사한 필름 한 컷의 부활을 위해서이다. 형이 언젠가 끄적거린 이 메모도 좋아서 기억하고 있지. 서혜 씨를 암실 속의 필름으로 은유한 솜씨, 일품였어."

"별걸 다."

"극장과 암실 둘 모두 빛을 추방해 가짜 어둠을 대낮 속에 세운 거라고. 그것이 문명을 비약시킨 지렛대 중 하나라고, 형이 말했지."

녀석이 내가 한 이야기에 살을 붙여 할 때마다 불쾌감도 일었지만 듣다 보면 기분이 쏠쏠해 꼭 나쁘지만 않았다.

"이치적으로 보면 자연에 역행하는 거야. 빛을 몰아낸 공간 그런 것들로 듬성듬성 채워진 도시, 얌체 같아. 영악하고 얄밉고 괴상하지. 그게 바로 도시야. 좀 더 자세히 말하자면 빛을 몰아낸 공간과 어둠을 몰아낸 공간의 공존."

택수는 과연 살 붙이기의 명수다웠다. 녀석은 내가 밑밥을 뿌려준 바탕 위에서 곡예 춤을 춰 나갔다.

"도시는 자연에 대한 위반이자 반역, 음모야. 난 자연, 시골, 도시의 관계가 흥미로워. 도시는 양면성이 커. 극장만 해도 그래. 그럴듯한 환상을 제공하며 자연에 없는 예술을 느끼게 해주지만 그럴듯한 것들로 관객들을 유혹하고 마비시키며 그들을 소비자로 전락시키는 면도 있지."

"후후."

"사람의 탄생 과정을 알면서도 도시의 탄생 과정을 모른다면 창피한 노릇이야. 사람이 자신보다 하위 개념인 도시에 대해 표층만 안다면 진정한 지식과 지혜를 상실한 것과 다름없어. 안 그래? 도시에 대해 정확히 알고 있어야 해. 도시에서 일어나는 사건이나 범죄에만 신경을 뺏기지 말아야 해. 도시 자체를 누가 훔쳐가지 않는지, 변질시키고 있는지, 도시가 우리의 허락도 없이 누군가의 욕망에 의해 휘둘리고 있는지 살펴봐야 해."

다 내가 한 얘기의 변종에 불과했지만 녀석의 쌈박한 썰 덕에 녀석을 만난 후회가 제법 씻겨졌다.

언제부턴가 물이 부쩍 더 빠져나가는 연못이 머릿속에 그려지곤 했다. 줄어드는 물속에서 물고기들이 아가미를 벌름거리며 힘겹게 숨을 쉰다. 물이 더욱 줄어 아가미들이 물 밖으로 보인다. 서울이, 도시들이, 세상이 그 물 부족의 연못 같은 환각이 일어나곤 했다.

아버지가 비참하게 무너지지만 않았더라도… 아버지가 하던 토목 사업이 부도가 나 아버지가 쓰러진 것은 내가 고2 때였다. 어머니마저 간병 끝에 눕자 앞길이 캄캄했다. 아버지는 결국 한 줌의 뼛가루로 미호

강에 뿌려졌다. 어머니마저 중환자실에 모시게 된 나는 장남으로서 뼈 저린 선택을 해야 했다.

부푼 가슴으로 사 보곤 했던 철학책들을 아궁이 속에 던져버렸다. 주물 공장에 뛰어들었다. 밑바닥을 돌다가 서혜를 만나 결혼했으나 서혜 마저 이른 나이에 유방암을 앓다가 저승으로 갔다. 자포자기하다가 힘내어 뛰어든 정수기 영업으로 하루하루… 무거운 걸음을 옮겨 언덕을 올라 옥탑방에 들어섰다. 며칠 만에 컴퓨터를 켰다. 인터넷을 열자 낯선 메일 한 통이 내 눈길을 끌었다.

기억나세요? 작년 이맘때의 봄밤.

의자를 끌어당겼다. 글에 눈을 박았다.

함께 보려 했던 영화를 보았습니다. 헤어진 다음날이었지요. 독일영화인데 재미있더군요. 혼자서 쓸쓸하지만 즐감 하다가 가장 멋진 장면에서 일어나 극장 밖으로 나왔습니다. 어쩌나 갈등이 심하던지요. 하지만 갈등의 정점을 꺾고 극장 밖으로 나와서 맞는 바람은 너무도 시원했습니다.

그날 혹시나 하고 미술관에 다시 들렀어요. 안내 아가씨에게 사정사정해서 명함 모금함에 들어 있는 명함들을 꺼내 볼 수 있었어요. 정수기 영업담당 강우진. 명함들이 많지도 않고 정수기 판매원 명함은 한 장

뿐이었어요. 휴대폰 전화와 이메일을 쪽지에 적었어요. 그때 제 가슴은 무척 뛰었는데 왜 그랬을까 생각해도 잘 모르겠어요. 메일도 썼는데 보내진 않았어요. 그 쪽지는 잃어버렸고요.

제 이름은 한지영입니다. 그때 우린 서로 이름도 모른 채 헤어졌지요. 저는 헤어진 것도 아니라고 우진 씨를 다그쳤지만 세월이 흐르는 동안 헤어졌다는 우진 씨의 말이 슬그머니 가슴에 들어오는 느낌이 들었어요. 그런 일이 어떻게 가능할까. 잘 이해가 되지 않습니다.

어쩌면 그 무렵의 제가 온통 어둠뿐이어서 그런지도 모르겠어요. 정말 모든 것이 깜깜했고 빛을 찾는 것조차 지겨웠죠. 저 자신이 어둠의 극장이었나 봅니다.

저는 화가 지망생인데 그림에서나 삶에서나 절망적이었어요. 그 어둠은 지금도 마찬가지예요. 프랑스 유학을 결심한 것도 그 때문입니다.

며칠 후면 저 한국을 떠납니다. 돌아오지 않을 생각이에요. 제게 고국은 하루하루가 어둠인 긴 터널의 이미지로만 다가오니까요. 우진 씨를 만난 것도 터널의 한복판에서였어요.

같이 보려 했던 영화를 정점에서 끊고 나올 때 우진 씨가 곁에 있었다면 얼마나 큰 폭소를 함께 터뜨렸을까. 상큼한 행복감이 어두운 삶을 살아가는 동안 자그마한 위로였음을 고백합니다. 남들이 보면 우스꽝스럽기 짝이 없는 행동일 것이며 사실 그 자체가 엄청나게 큰 무엇도 아니었습니다. 사막 한가운데에서 지친 사람에게 한 방울의 물이 생기를 돋구듯 그 짧은 시간은 저에겐 날카롭고 산뜻한 경험이었죠. 그 이후로 극장이 전혀 다른 시각으로 보여지곤 했답니다. 아무 때나 들락거릴 수 있는 공원처럼 보이기도 했고 칼로 반이 썰리는 두부처럼 보이기도 했어요. 뚜껑을 열었다 덮었다 해도 되는 냄비처럼 보이기도 하고요. 극장뿐 아니라 제 방의 창으로 보이는 법원도 그렇게 보였고 제 어둠의 근원 중의 하나인 아버지도 그렇게 보였습니다.

우진 씨가 이기적이란 생각이 들어요. 자기밖에 모르는. 아마 우진 씨는 사랑을 모르는 사람 같아요. 아니면 자기만을 사랑하는 우매한 나르시스트일지도.

하지만 우진 씨의 이기심이 나쁘진 않아요. 저에게 한차례 몹쓸 바람의 회초리를 안겨 주었지만 그 쓰라림은 고로쇠나무에 상처를 내어 물이 흘러나오게 하듯 저에게도 상큼한 자유의 물이 흘러나오게 하니까요.

우진 씨는 사물을 맨 처음 볼 때의 시선을 가지고 있어요. 화가에게 있어서 그것은 생명이에요. 저보다도 훨씬 더 가지고 있는 것 같아 약이 오르기도 했어요. 그 재능을 낭비하고 있는 것 같아 가슴이 아팠어요. 우진 씨는 자기 안에 있는 무수한 감각의 실핏줄들을 하나하나 다 따라갈 줄 아는 사람 같아요. 우진 씨 안의 보석을 잘 닦아서 빛을 발휘하면 좋겠어요.

우진 씨가 내게서 서서히 지워져 가던 어느 날 비트겐슈타인을 읽게 되었어요. 선배한테 물었더니 레이 몽크란 사람이 쓴 비트겐슈타인 책을 소개해주더라고요. 쉽지는 않았어요. 그날 미술관을 빠져나와 종로의 밤거리를 걸을 때 우진 씨가 느닷없이 비트겐슈타인, 수수께끼 같은 말을 할 때 의아했는데 조금은 풀리는 것 같았어요. 그날 우진 씨가 취한 듯 마구 소리 지르는 가운데 '산소'라는 말이 산뜻하게 들렸는데 그 뜻도 어렴풋이 알 것 같았어요. 부패한 세상에서 부패의 일 점 먼지도 자신의 몸과 마음에 닿는 것을 비트겐슈타인은 철저히 배격하더라고요. 무자비할 정도로 자신에게 정직했지요. 인간 마음의 순수한 바닥. 그곳에서 사유의 최고 깊이에 다다르려 몸부림친 거지요. 정말 제가 가진 것들이 부끄러울 정도로 그의 삶은 산소 같았어요. 우리나라에 그런 사람이 한 사람이라도 있다면 얼마나 좋을까. 아니 그런 사람이 있다 하더라도 우리나라에서 견딜 수 있을까. 산소를 제조할 줄 아는 그도 우리나라에선 거품을 뿜으며 질식해 죽지 않을까. 그게 우리나라 아닐까. 그런 생각도 들었어요.

제가 그림에 대해서도 절망에 빠졌었다고 말했지요? 우진 씨와 함께 있던 전시회는 저로서는 그리 새롭지 않았어요. 현대에 들어 별의별 그림들이 쏟아지고 있고 저는 그 큰 흐름들을 알고 있어요. 변기에 샘이라는 제목을 붙여 그대로 작품이라고 전시회에 갖다 놓은 것은 이미 옛날 이야기예요. 지금은 레이저로 빔을 쏴서 작품을 만들기도 하고 바닷가에 쇠파이프들을 박아 벼락을 일으키는 것 자체가 작품이 되고 있어요. 자기 피를 뽑아서 물감 삼아 자기 얼굴을 그린 화가도 있고요. 자신의 똥을 통조림 캔에 넣어 작품이라고 하는 사람도 있어요. 진짜 해골에 다이아몬드를 박아 작품으로 만든 화가도 있고요. 온갖 것들이 극단적으로 모색되고 실험되고 있어서 어지러울 지경이지요. 그림이란 과연 무엇인가. 정체성에 대한 혼란도 생기고 있어요.

　새로운 그림들의 홍수 속에 천재적인 작품도 숨어 있긴 하지만 차이를 위한 차이, 아류들도 수두룩해요. 그런 속에서 내 그림은 어떤 것이어야 하나, 아무리 애를 써서 그려도 나만의 고유한 세계가 아니라 누군가 만들어놓은 틀의 일부라는 생각이 들면 그만 죽고 싶을 때가 한두 번이 아니예요. 더욱이 제 무의식을 갉아먹는 존재가 바로 아버지예요. 아버지는 정말 권위적인 사람이에요. 옳은 삶을 산 사람도 아니예요. 돈과 권력에 빌붙으면서 돈을 모은 사람이에요. 그런 사람이 자신만이 옳고 다른 사람들은 다 틀렸다고 단정하는 것을 어렸을 적부터 귀가 닳도록 들어온 사람의 무의식이 어떻게 병드는지 우진 씨는 쉽게 이해할 수 없을 거예요.

　이제야 제 삶과 그림의 어둠을 조금은 실감나게 말할 수 있겠네요. 나만의 그림을 그리고 싶은데 무의식 속에서 징글징글하게 얽혀 있는 거지요. 제 그림을 보고 뒤틀린 무의식의 세계를 강하게 반영한다고들 하는데 그런 트라우마와 관계 깊을 거예요. 제가 진짜 그리고 싶은 그림도 아닌데 제가 거기에 묶여 있는 꼴이지요. 그래서 제 무의식의 그림을 그려도 시원하지도 않고 다른 시도를 해봐도 탐탁지 않았어요. 숨이 막힐 지경이었어요. 그런 질식을 풀어줄 사람이 집에서도 없고, 그 어디에도 없었어요. 극장, 하나의 시스템, 허구라고 볼 수도 있는 것을 간단하게 두동강 낸 우진 씨가 빛나 보인 것은 그래서일 거예요. 비트겐슈타인을 읽다 보니 이런 내용이 나와요. 모든 꿈과 무의식을 성적으로 환원하는 프로이드는 그 꿈과 무의식의 소유자인 환자를 속인 것이라고. 프로이드의 작업이 매력적이긴 하지만 과연 진짜를 본 것인가, 잘못된 것이 아닌가. 우리가 꾸는 꿈과 우리 내면의 깊디깊은 무의식, 그 자체가 아름답지 않은가. 그것은 아름답다, 왜 그래서는 안 되는가.

당대의 거두 프로이드를 상식적인 차원에서 해체하는 거지요. 제 가슴 속 어둠에 한 줄기 빛이 들어오는 느낌이었어요. 저를 가두고 있는 무의식의 극장에서 제가 가볍게 나와버린 것 같았어요. 단순하면서도 명쾌한 비트겐슈타인의 말에서 저는 미술을 맨 처음 하게 된 동기를 다시 들여다볼 수 있었어요. 아무런 선입견 없는 아름다움의 평원이 눈앞에 드러난 것 같았어요. 새로운 미술을 할 수 있을 것 같은 설렘이 왔어요. 진흙 덩어리 같은 세상을 절단할 수 있는 실톱을 얻은 기분이었어요. 그거 하나만 가지고 저는 한국을 떠납니다. 이런 말을 자신이 있는 것처럼 하지만 두렵기도 해요. 사실 마음속에 다른 강물도 흘러가거든요.

제 속의 비밀을 조금은 눈치채시겠어요? 제 마음의 은밀한 욕망이 어디로 흐르는지 아시겠어요?

아마 저도 지금 이 순간 영화의 정점에 있는지도 몰라요. 거기서 끝을 향해 타들어 가고 싶은 마음이 간절하지요. 며칠 후면 비행기를 타고 이 질곡의 땅을 영원히 버리고 꿈의 프랑스로 날아가는 것 말이에요. 그와 동시에 절정의 극장에서 벗어나 바깥을 향해 마구 뛰어나가고 싶은 생각도 강렬하답니다. 그 바깥이 뭔지 아시겠어요?

저, 여자예요. 며칠 후면 스물아홉의 인생이 판가름날 한가운데에 외롭게 서 있는 여자. 한 시간도 채 안 되어 나를 버린 몹쓸 남자를 어리석게도 그리워하며 그가 나의 극장을 벗어나도록 해주기를 원하기도 하는 여자.

사 일 후의 자정까지 답장을 주세요. 없으면 거절하는 것으로 알겠습니다. 사 일 후의 자정 너머 제가 지금 보내는 이메일을 폐쇄할 것입니다. 그와 함께 대한민국에서 있었던 모든 것들도. 프랑스에 가서는 다른 이메일을 만들려고 합니다. 그것은 결코 당신에게 알려주지 않을 것이며 저에겐 다른 이야기들이 실리겠지요.

그 어느 방향이 되더라도 후회 없이 가렵니다. 당신이 프랑스로 같이 가기를 원한다면 그 길도 가능합니다. 제가 경멸하는 아버지이지만 저에게 당신 역시 후원할 정도의 재산을 남겨주셨으니까요. 생뚱한 내용이겠지만 내 가슴 속에서 어둠과 싸우며 오래도록 익은 생각입니다.

당신이 그날 저녁처럼 나를 또 한 번 버린다 해도, 아니 이번은 버리는 것이 아니지요. 그냥 물 흐르듯 흐르는 거지요. 그렇다 하더라도 나는 저 먼 나라에서 한 사람이 떠오를 것 같습니다.

뜨거운 커피를 같이 마시다가도 풍선을 사러 가자고 조를 것 같은 사람, 비가 퍼붓는 속에서 수백억 원 나가는 미술관의 그림들을 도둑질해 내 머리 위에 우산을 만들어 씌워줄 것 같은 사람 말입니다. 시간의 평크 속에 시간은 솟구쳐 나오기도 하지요. 그날 하루의 사건은 저에겐 시간 속의 펑크였습니다. 저에게 시간의 의미를, 자유의 의미를, 그 파열과 종식 속에 아프게 알려준 당신에게 감사하다는 말을 하고 싶습니다. 일회적이지만 영원을 닮은 사랑 혹은 우정을 담아서….

P.S : 참, 비트겐슈타인도 영화를 무척 좋아했대요. 생각하다가 지쳐 영화를 보면 마치 샤워하는 것 같다고 적혀 있더라고요. 비트겐슈타인에게 영화가 샤워였다면, 저에겐 당신이 샤워였어요. 당신에게서 비트겐슈타인 냄새가 나요.

작년 이맘때의 봄밤이 아련하게 스쳤다. 어깨에 툭 와닿던 꽃 같은 느낌, 초콜릿과 함께 살짝 닿던 그녀의 손가락 촉감이 입술에 남아 있었다. 그녀와 함께 걷던 짧지만 아름다웠던 밤길에 하얀 폭죽이 터지는 느낌이었다. 그 모든 일이 한 편의 영화 같고 내가 영화의 주인공이 된 것 같았다.

한지영. 이름이 가슴에 스며들고 있었다. 다사로운 눈이 나를 애틋하게 바라보는 것 같았다. 그녀의 글 한줄 한줄이 가슴의 실을 한올 한올 풀어내 짠 직물 같았다. 그 직물이 나를 감싸 안고 있었다.

일어섰다. 방을 빙빙 돌았다. 가슴에 하얀 안개가 울적함을 밀어내며 차오르는 기분이었다. 그녀가 시한을 정한 시간이 바로 오늘 자정!

모른 척 넘길까 하다가 책상에 다시 앉았다. 어떻게 글을 시작해야 할지 모르겠다는 말로 답장을 써나갔다. 마음을 보여주어 고맙다고 썼다. 나도 지영 씨의 느낌이 좋았다고 썼다. 지영 씨의 눈빛이 여린 그늘을 드리운 채 옥구슬 같아서 더럽힐까 봐 두려워 함께 올라 있던 저울에서 살짝 내려왔다고도 적었다. 그렇게 쓰고 나니 눌려있던 마음이 터져 나오듯 그녀가 더욱 애틋해졌다. 글은 더욱 깊은 석양 속으로 타들어 가기도 하고 창공으로 날아오르는 것 같았다. 순간이 순간에 접속되어 소통과 환희의 인드라망이 되고 있었다.

휴대폰 번호 찍어주세요. 썼다가 딜리트 키를 눌러 지웠다. 아직 결론을 성급히 낼 수는 없었다. 내 마음의 종점을 나도 모르고 있었다. 마음은 풍선처럼 부풀어 오르고 결심이 선 것 같기도 한데 그 끝의 끝, 마지막에 봉인되었을 이야기를 알 수 없었다.

사랑이 또다시 오는 걸까. 서혜를 이제 마음에서 놓아줘도 되나. 내가 미처 알지 못했던 사랑이 이런 것일까.

내가 분열된 채 흘러가고 있었다. 그 다채로운 강줄기들은 하나가 되기도 하고 갈라지기도 하면서 마구잡이로 흘러 나갔다. 흐를수록 강물은 넓고 깊어져 그 안에서 익사할 것 같았다. 옷을 벗고 싶어졌다. 훌훌 벗었다.

벽시계가 저녁 열 시를 가리키고 있었다. 그녀는 트렁크를 다 쌌으며 여권을 마지막으로 점검하는지도 몰랐다. 내 답장을 검색하느라 컴퓨터에 눈을 박고 있는지도 모른다. 작은 눈 뭉치가 눈사태로 커져 부메랑이 되어 날아올 줄은 꿈에도 생각 못 했다. 그동안 그녀의 쓸쓸한 답즙의 시간이 엿보이는 것 같았다. 내가 무심코 던진 씨앗이 생뚱한 땅에서 뿌리를 내리고 가지를 뻗어 내 옥탑방 창을 부술 듯 쳐들어오고 있었다. 현기증이 일었다. 무서웠다. 나를 지켜오던 삶의 덩어리, 지겹더라도 나를 받쳐주는 바닥이 꺼져버리는 것 같았다. 그녀를 품을 가슴은 무한히 깊고도 남을 것 같았다. 그러나 현실의 나는, 어둠 속에서 간신히 빛을 향해 걸어가는 그녀를 다시 어둠 속으로 내동댕이칠 악마일지도 모른다는 생각도 들었다. 모든 것이 암전되는 느낌이었다.

자정이 다가오고 있었다. 내 마음의 종점에서 우러나오는 말을 정확하게 해주어야 할 시간이다. 그러나 내 글은 멈춰지지 않았다. 계속 흘러넘치고 있었다. 극장이라면 정점에 달한 시간이다. 아니 내 글은 순간순간 정점이다. 정점을 넘어 정점을 향해 달리고 있다. 내게서 지금 흘러넘치는 이 이야기는 나의 것만도 아니다. 내 안에서 포문을 열어 무한 바다를 향해 짙푸른 파도의 소리를 내며 질주하고 있다.

자정 일 분 전. 어찌할 바 모를 두렵고도 깊은 고독이 왔다. 숱한 고독을 건너 왔지만 그 모든 것을 압도할 고독감이었다. 고독이 숨을 쉬는 것 같았다. 그 숨결이 마냥 깊었다. 타들어 가는 고독의 숨결엔 그녀의 숨도 섞여 있었다. 단단한 벽 같던 고독이 타자의 곤혹스러운 숨을 쉬며 내 안에서 들썩인다. 그녀의 고독, 숨소리, 아픔, 갈망이 있는 그대로의 물감으로 내게 스며든다. 그녀 안에도 이 순간 무섭고 깊은 고독이 있을 것이며 그 속에 지금 내가 쉬고 있는 숨소리도 섞여들 것이라는 예감이 왔다.

기다리라고, 휴대폰 번호를 찍으라고. 지금 당장 달려가겠다고, 만나서 이야기하자고 썼다. 보내기를 클릭해야 하는데 그것을 이야기의 힘이 압도하며 또 달려 나가고 있다. 나는 쓰고 또 쓰고 있었다. 내 손은 들판의 망아지처럼 내달리고 있었다. 내 손은 황홀과 광기에 빠진 화가의 손, 음악가의 손가락처럼 자유로웠다. 손은 마음이었다. 달리고 달리는 것 외에 다른 기능은 망각하고 있는 것 같았다. 맹목적으로 달리고 퍼지고 번지는 것이 마음의 가장 깊숙한 본질에 속할 것 같았다. 마음은 이렇게 본능 속으로만 무한정 달려나가면서 정점에 정점을 찍는 무한연쇄일지도 모른다. 새벽녘이 부옇게 떠오르는데도 멈춰지지 않는다. 멀리서 비행기 이륙 소리가 들리는 듯도 하다.

"형. 얼마나 놀랐는지 알아? 형이 휴대폰도 안 받고 회사로 전화해도 받지 않아 걱정되어서 주인에게 보조키를 받아 옥탑방 문을 따고 들어왔어. 내가 방문을 따고 들어왔을 때 형은 발가벗은 채 책상에 엎어져 잠에 빠져 있었어. 근데 두 손가락만은 계속 자판기를 두드리고 있었어. 무서워서 혼났어. 툭 건드니까 형은 그대로 뒤로 쓰러지면서 허공에 손가락으로 뭔가를 계속 치고 있었어."

사흘 후에 나를 깨우고 공포에 어린 목소리로 택수가 떠드는 모습이 허공을 배경으로 어지럽게 보였다.

피식, 웃음이 나왔다. 낮에 미술관에서 뒷걸음치다가 부딪힐뻔한 여자. 이름도 뭣도 아무것도 모르는 그녀를 떠올리다가 초콜릿을 집어 휴지통에 던졌다. 꺼뜩하면 잡념이 제멋대로 굴러가 이상한 데로 번지는 통에 즐겁긴 한데 허탈하다. 이 이야기를 들려주면 택수는 또 적당히 가공해서 지 이름으로 문예지에 싣겠지. 저번에 해 준 이야기 두 개에나 살을 붙여 소설로 발표했는데 이 이야기에도 뭔가가 있으려나? 소설가라는 녀석이 창의성이 그렇게 없나? 아니 모방하거나 저잣거리에서 주워 들어 포장을 기막히게 하는 게 소설일까? 대체 소설이 뭐지? 소설가가 곁에 있어도 아직까지 물어본 적이 없네.

어떤 이야기들은 생명체처럼 계속 살아 움직이고 어떤 이야기들은 사장된다.

그 기준은 무엇일까? 어떤 이야기들은 사람들을 근본적으로 밝게 성장시키고 또 어떤 이야기들은 사람들을 타락시키고 심신을 멍들게 한다. 어떤 이야기들이 흐르는 사회가 건강한 사회일까? 건강하지 못하고 인간을 유린하는 사회에선 어떤 이야기들이 흐를까? 대한민국은 어떤 사회일까?

어떤 이야기는 사람을 타락시킨다는 낙인이 찍힘에도 결국은 진실한 철학이라고 여겨진다. 내용도 어설프고 구조도 뻔하고 한지영이 일 년 만에 편지를 썼다는 설정도 구태의연한 이 이야기는 좋은 소설의 씨앗을 지니고 있나? 그냥 버려질 쓰레기인가? 아니면 씨앗은 괜찮은데 소설로 업그레이드 하기엔 진부한 이무기 같은 것인가?

택수가 나의 이 스토리를 반죽하고 뭔가를 넣고 빼고 주물러 저번처럼 또 뭘 만들어내려나? 그런 재주는 기막히게 가지고 있는 놈이지.

좋은 이야기와 나쁜 이야기 이전에 이야기가 뭐지? 사람들은 왜 끊임없이 썰을 풀지? 창밖의 저 나무는 말 한마디 없이 평생을 살아가는데.

이야기의 홍수 속에 사람들은 뭐가 뭔지 혼란에 빠져 갈수록 황폐해진다고 택수도 말했다. 뿌리 없는 뻔한 이야기들의 공해로 인해 사람들이 매몰되어 간다고도. 사람들을 질식시키고 마비시키는 그럴듯한 것들을 깨뜨리고 발가벗기기, 소모적인 이야기의 뻘에 빠져 허우적거리는 사람들을 일깨우며 이야기의 진수로 이끌기, 세상에 뻔지르르하게 돌아다니는 거짓들로 인한 오염에서 벗어나 자기 가슴 속의 푸릇하고 벌건 물감을 생성하기, 사람들을 매몰시키는 시스템을 두 동강 내고 본연의 자아와 대면하기, 이야기의 상류, 아득한 옛날부터 가슴에서 가슴으로 이어진 아름답고 기묘한 신화, 그 신화의 자식이나 마찬가지인 철학, 그런 것들에 뿌리를 두고 다양하게 번져나간 미술, 음악, 문학, 영화… 그 놀라운 감동의 향연… 산소, 별자리, 무지개, 무의식의 춤… 에 몸 담그기, 그 합일을 방해하는 못된 이야기의 세력들로부터 사람들을 해방시키기, 그러기 위해 제대로 속이기, 발가벗고 글쓰기, 그런 게 좋은 소설이라고 말한 적은 있었네. 그렇게 해놓고 두 번씩이나 도둑질해? 소설가는 무슨 얼어 죽을! 생각해 보니 날강도네. 그 새끼.

새삼 또 어지럽네. 철학을 하고 싶었던 내 가슴에 왜 이리 이야기들이 웅성웅성하는 걸까? 내겐 철학보단 이야기꾼의 끼가 더 강한 것일까? 철학을 하고 싶었던 꿈이 좌절되자 그 습지에서 이야기가 발아하기 시작한 것일까? 대체 이야기가 뭐지? 난 말 없는 아이였는데 내 안의 낯선 이야기들은 어디서, 어떻게, 왜 생겨나 계속 생성되어 번지는 걸까?

샘 솟곤 하는 이야기들을 잘 갈무리해 진짜 소설이나 써볼까. 그래도 택수가 내 걸 가지고 요리를 잘해서 지 것으로 만든 거 보면 내게 씨앗만큼은 있는 것 같기도 해. 초콜릿도 소재로서 나쁘지 않네. 종편 만드는 경민이가 거북한 손님 쫓아낼 때 쓰는 고약하면서도 센스 있는 소품이잖아. 그걸 받아들이고 내려오는 그 냄새 나는 계단에서의 치욕과 불쾌 때문일까. 그 초콜릿이 이렇게 전혀 다른 촉매로 쓰이다니. 진짜 소설이나 써볼까. 정수기는 어쩌고. 내일 당장 어디로 팔러 가지. 미치겠네. 근데 이야기란 도대체 뭐지?

그놈의 스토리.

만년설

핸드백을 들고 과장된 미소를 지으며 우리 집에 들락거리는 아줌마가 있었다. 나의 엄마는 찾아오는 누구나 반기며 두런두런 이야기하기를 좋아했다. 어리굴젓, 김, 뭐든 사주지 않고는 못 배겼다.

긴 골목의 중간쯤에 있는 우리 집은 과일 장수, 방물장수 같은 행상인들의 판매처이자 쉼터였다. 엄마가 다른 장사꾼들과 어울리는 것은 좋았지만 과장된 미소의 그 아줌마와 긴 시간을 보내는 것이 나는 늘 못마땅했다.

그날도 엄마는 그녀를 반갑게 맞이해 안방에 들였다. 장지문 바깥까지 웃음소리가 들리며 시간이 길어지자 나는 속이 부글거렸다. 그녀가 엄마를 어떻게 꼬드기는지 약이 올라 참다못해 그녀를 괴롭히고 싶어졌다.

마당엔 펌프가 있었다. 펌프 안에 물을 한 바가지 넣고 펌프 자루를 움직였다. 펌프는 컥컥거리더니 물을 뿜기 시작했다. 부엌에서 주전자를 가져왔다. 펌프 주둥이에 대고 물을 받았다.

형과 동생이 저쪽에서 궁금한 표정으로 바라보고 있었다. 나는 물이 담긴 주전자를 들고 섬돌로 다가갔다. 그녀가 벗어놓은 신발에 물을 부었다.

가슴이 콩닥콩닥 뛰었다. 내 과감한 행동에 나 스스로도 놀라고 있었다. 형은 저 녀석이 왜 저러나 하는 표정으로 마루 곁에 서 있었고 동생이 형 옆에서 킥킥거리고 있었다. 내가 검지를 세워 입술에 대며 조용히 하라는 신호를 보내자 동생은 웃음을 억지로 참았다. 그녀가 나오기를 기다리며 부엌 앞에 서성이며 서 있는 시간이 길었다.

드디어 그녀가 간드러지게 웃으며 장지문을 열고 나왔다. 섬돌로 내려서며 신발을 신자마자 '앗, 차가워! 이게 뭐야~.' 소리쳤다. 나는 순간 두려움 속에서도 간파되는 것이 있었다.

'앗, 차가워.' 외칠 때는 놀람과 성남이 있었다.

'이게 뭐야~.' 할 때는 어느새 부드러운 리듬감이 실렸다. 마치 노래하듯이. 나는 그때까지 말 몇 마디에 그처럼 대립적인 감정이 뒤섞이는 것을 들은 적이 없었다. 사람의 목소리가 짧은 시간에 저리도 얄밉고 간사하게 미끄러져 나갈 수 있다는 것을 처음 알았다.

엄마는 어쩔 줄 몰라 하며 나를 책망하듯 바라보고 있었다. 그녀는 '괜찮아요. 많이 젖지도 않았어요.' 하면서 엄마에게 미소 짓더니 내게는 약간은 상한 미소를 보냈다. 그녀의 반사신경에 놀라움을 금할 수 없었다. 나에게 화를 내면 그것은 엄마에게 전달될 것이었다. 그러면 보험을 파는 그녀에게 득이 될 리 없었다. 그것마저 감안한 미소였다. 전혀 예측되지 않았을 사태 직후에 말투와 표정이 완벽하게 바뀐 것이었다.

내가 인간의 얼굴을 색다른 시각으로 보게 된 최초의 사건이었다. 아버지와 엄마, 할머니, 형, 동생, 동네 사람들의 얼굴에선 그런 표정을 본 적이 없었다. 웃기거나 슬프거나 무섭거나 할 뿐이었다. 나는 그때 차라리 보험 아줌마가 날 째려보면서 '상준이 이리 와. 이게 무슨 짓이야! 이 녀석이!' 하면서 볼기짝이라도 때렸으면 하고 바랐다. 그랬다면 그 아줌마가 좋아졌을지도 모른다. 그러나 그녀는 버터를 바른 듯한 목소리로 '신발에 물이 많이 들어가지도 않았어요.' 말하고는 허리와 엉덩이를 살랑거리며 대문을 싸악 빠져나갔다.

검은색 그랜저가 언덕 아래로 미끄러져 내려오고 있었다. 캠퍼스의 푸른 잔디밭과 운동장 사이를 빠져나와 멈춰 섰다. 내리는 사람은 정현이었다.

상준은 다시 흔들렸다. L생명에 보험 설계사로 입사해 고객들을 만날 때마다 그랬지만 이번엔 특히 심했다. 기다리는 동안 유년의 기억이 훅 지나간 것도 놀라웠다.

스마트폰에 정현을 띄워놓고는 바라만 보다가 닫은 게 몇 번인지 모른다. 결국 터치했을 땐 차라리 정현이가 전화를 받지 않기를 바랐다.

'얘야. 정 하기 싫으면 이 에미랑 시골에 가서 농사나 짓자꾸나.'

유일하게 그런 말을 해 줄 엄마마저 돌아가신 지 오래되었다. 얼마 되지 않던 밭뙈기와 시골집도 이미 날아갔다.

가슴에 쓴 물이 지나가는 동안 정현이 손을 흔들며 다가오고 있었다. 상준도 손을 흔들었다. 멋쩍었다. 정현의 손짓이 바람이나 손수건처럼 자연스럽다면 자기 손짓엔 어색함이 묻어 있었다.

'상준아. 딴 길은 없냐? 이건 너한테 안 맞아. 딴 사람에겐 몰라도 말여.'

영환의 말마저 새삼 가슴을 욱신거리게 했다.

하지만 대안이 없었다. 국어 선생을 하다가 전교조 활동을 하는 바람에 쫓겨났다. 고민 끝에 논술학원을 차렸다. 잘 되는가 싶더니 논술시장이 죽을 쑤기 시작했다. 수강생이 줄어들어 임대료 내기도 벅찼다. 적자가 늘어났다. 빌린 돈으로 꾸렸기에 늪에 잠기는 기분이었다. 영환은 학원을 접고 개인 파산을 하라고 말했다. 솔깃했다. 그러나 그렇게 하면 자기는 가벼워지는 반면 목돈을 빌려준 지인이 피해를 보게 된다. 신불자들이 출구로 삼곤 하는 그 제도마저 양심이 뭔지 거부하자 현실은 더욱 엉망이 되었다. 빚 원리금과 마이너스 대출의 상환, 생활비 조로 아무리 적게 잡아도 매달 삼백 정도의 돈이 필요했다. 늦둥이 딸이 가슴에 담겨 있어 더욱 아찔했다. 사십 대 중반에 그 정도의 경력으로 일자리 구하기는 하늘의 별 따기였다. 논술학원을 작게나마 다시 차리자니 손을 또 벌려야 하는 부담도 부담이지만 이미 정나미가 떨어져 있었다. 말이 논술이지 부조리한 현실의 근원까지 파고드는 비판에 이르기엔 한

게가 있었다. 논술을 가르치면서도 언제나 적당 선에서 말을 접어야 했다. 그 어정쩡한 능선에 다시 오르기가 싫었다. 진실에 대한 열정보다는 입시 당락을 저울질하는 아이들의 얼굴 보기도 민망했다. 그에 맞춰 쇼맨십을 다시 보이기가 싫었다. 학부모들의 영악한 눈빛도 역겨웠다.

논술 시장에 비해 보험 시장이 나은 점도 물론 있었다. 불안의 공기가 사회 곳곳에 스며있는데 국가도 회사도 말만 번드르르할 뿐 책임을 회피하는 현실에서 개인 스스로의 자기 보장은 필요하다. 그러나 먹고 살기 위해 억지로 붙들고 있는 이 일이 성격에 맞지 않아 넌덜머리가 나 있었다.

정현은 상준을 옆좌석에 태우고 그랜저를 몰았다. E대학 교문을 빠져나가 삼사십 분 달려 근사해 보이는 식당 앞에 멈췄다. 현관 안쪽도 고풍스러우면서도 세련되었다. 방으로 안내되어 앉자 잘 말린 파래 냄새가 은은하게 밀려왔다.

"이 집 연밥이 괜찮아. 먹어 봐."

정현은 소중한 도자기를 만지는 듯한 투로 말했다. 정현의 말은 언제나 상냥했고 마음 깊숙이까지 어루만져주는 배려가 있었다. 정현과 이처럼 마주 앉은 것, 만남 자체가 거의 삼십 년 만이었다.

그 긴 시간 동안 정현은 독일에서 토마스만으로 학위를 땄고 귀국해선 E대학에서 독문학을 가르쳐왔다. 정현은 삼십 년 전과 품성이나 마음 씀씀이에서 별 차이가 없어 보였다. 정현은 서울 친구 중에 유일하게 집으로 초대한 친구다. 다른 서울 친구들과는 다방이나 당구장, 술집이나 캠퍼스에서 만나는 것이 고작이었다.

영환과는 친구라고 부르지도 않는다. 그런 명칭 이전에 존재한다. 영환과는 냇물에서 벌거벗고 수영을 같이하고 모래무지, 송사리, 피라미를 같이 잡았다. 딱지치기를 하다가 싸우곤 다음 날이면 산에 올라 집게벌레를 잡고 칡뿌리를 캐 먹었다. 숨바꼭질, 개부려찌부려, 눈싸움, 눈사람 만들기, 팽이치기, 연날리기, 참외 서리를 하며 다녔다.

응암동에 있던 정현의 집 앞에 개천이 흘렀고 다리 두 개가 간격을 두고 놓여 있었다. 그의 집에 놀러 갈 때마다 고급스러운 음식을 얻어먹고는 둘이 두 개의 다리를 건너 천변을 천천히 한 바퀴 돌았다. 정현에겐 여전히 그 산책길의 향기가 풍겼다. 상준은 끊어진 철로 너머의 풍경인 듯 가슴이 아려왔다. 자리가 더욱 불편해졌다.

"아직도 책 좋아해?"

정현이 물었다. 상준은 고개를 끄덕였다.

"『침묵의 세계』라는 책이 있어."

그의 말이 연잎에서 우러나오는 향과 잘 어울렸다.

"침묵은 모든 것이 아직도 정지해 있는 존재였던 저 태고 때부터 시작된 듯하다. 그 구절이 맘에 들어 음미하다 보니 외우게 됐어. 좋지 않아?"

"좋네."

주변에선 듣기 어려운 이야기였다. 답답한 벽 너머 어느 먼 평야로 던져져 상쾌한 바람을 맞는 기분이었다.

이런 이야기를 정현과 같은 차원에서 나누면 얼마나 좋을까. 상준은 머리가 조금 지끈거렸다. 보험 영업에 뛰어든 후에 가장 견디기 힘든 것이 이것이었다. 친구와 나누는 이야기가 두 갈래로 흩어져 들어온다는 것. 하나는 액면 그대로. 둘째는 이 친구가 보험을 들어줄 것인가 아닐 것인가를 재다 보니 불순물이 섞인 채 들러온다는 것.

가벼운 분열증이 또다시 급속도로 밀려오고 있었다. 자기 몸 안에 암세포처럼 늘 자라고 있어 심지어는 고객을 만나지 않을 때도 검은 거품을 피우며 부글거리는 그것이 가슴을 휘저었다.

"저자가 막스 피카르트라는 사람인데."

정현은 말을 이어 나갔다. 다행인지 불행인지 그는 찾아온 이유를 묻지 않았다. 상준은 거기까지 신경이 쓰이자 머리가 좀 더 지끈거렸다. 작년에 대학 동창 모임에서 만났을 때 보험 영업을 한다고 말했다. 예민한 그로선 상상할 수 있을 것이다. 보험을 팔러 왔구나. 그럼에도 그는 무덤덤하게 말을 해나갔다. 한편으론 좋은 일이다. 그 옛날 두 개의 다리를 지나 개천을 따라 걸으며 대화를 나누던 평온한 산책길 같다.

그러나 그는 보험에 대해 짐짓 외면하는 것일지도 모르며 가장된 즐거움으로 도피하는 것인지도 모른다. 그의 진지한 이야기가 진심인지 가면인지, 상준은 알 수 없었다. 이 이중의 비닐에 둘러싸인 상황 자체가 못마땅했다. 이런 거추장스러운 상황을 만든 장본인, 이중적으로 정현을 재단하고 있는 자신이 혐오스러워졌다. 내가 어쩌다 이렇게 되었을까. 나는 어디서부터 잘못된 것일까. 도저히 일어설 수 없는 이 현실의 원인은 결국 나 자신인데 아무리 되짚으며 자책하고 분석해도 나아질 기미가 보이지 않았다. 우중충함이 새삼 몸의 구석구석을 쑤시는 데도 아닌 척 폼잡고 있는 이 시간, 공간을 견딜 수 없었다.

"한 인간 속에는 그가 평생 쓸 수 있는 양보다 더 많은 침묵이 들어 있다. 그것이 인간이 드러내는 모든 것을 신비롭게 만든다."

정현의 말에서 떠오르는 것이 있었다.

만 년 전의 흰 빛.

그 눈이 쌓인 그대로 하얗게 영원히 반짝이는… '만년설' 작게 읊조리기만 해도 가슴에 하얀 눈이 내리는….

어릴 적에 툇마루에서 누군가에게 들은 후론 가슴에 각인된 만년설.

기후 위기로 인해 빙하가 사라져가고 만년설도 줄어드는 현실로 인해 가슴 아플 때도 그립고 안타까운 만년설이 느닷없이 침묵과 연결된 것이었다. 마음속 동경의 세계가 또 다른 각도에서 조명을 받자 상준은 기분이 나아졌다. 침묵 역시 마음속에 있는 낯선 대지인데 그 둘이 불쑥 만나 새로운 파장을 일으키는 느낌이 좋았다.

그윽한 향이 우러나오는 연잎을 씹으며 이런 시간, 이런 대화의 지속도 가능했다. 자신의 삶은 만년설의 연장으로 나아갔으면 좋았을 것이었다. 그 길은 깊은 사색과 학문으로 이어지고 정현처럼 캠퍼스에서 멋진 강의도 할 수 있고 참신한 길을 열었을 것이었다. 아버지가 뇌졸중으로 쓰러지지만 않았더라면…, 아니 그 일과 상관없이. 내 삶은 내 삶이니까.

상준은 꺼낼까 말까 망설이던 보험 이야기를 접었다. 정현과의 이 시간. 다소 불편하고 정현의 말이 예전과 달리 다소 늘어져 조금 이상하단 느낌이 들긴 하지만 그와의 깊었던 정감을 되뇌고 그의 격조 있는 이야기에 귀를 기울일 수 있는 시간이다. 자기가 겪어온 냄새 나는 삶과 아프게 겹치는. 벼랑 끝에 몰려 아무리 절박할지라도 굶주린 사자의 이빨을 내밀 수는 없는 일이다. 그는 시간을 내주었고 좋은 차로 이 멋진 음식점까지 데려와 맛 좋은 음식을 제공하고 질 좋은 이야기를 들려주고 있다. 잊혀져 가는 세계를 환기해 주고 설렘을 선사한다.

'바닷속인데도 꼭 바람을 맞는 기분이었어.'

응암동의 천변 산책로를 함께 걷던 대학 시절, 정현이 해 준 이야기도 살폿 스쳤다. 스쿠버 다이빙, 상준으로선 생각지도 못한 세계였다. 정현이 산을 좋아하는 것은 알았지만 스쿠버 다이빙까지 하는 줄 몰랐다. 녀석의 아버지가 뭐 하시는 분인지 묻지는 않았다. 삶의 차이가 확연히 다르다는 느낌 탓도 있을 것이었다. 그가 한 말의 아름다움이 가슴에 남아 있었다.

"바닷속에도 길이 있어. 해류가 흐를 때 바위를 꽉 붙잡고 버티고 있었지. 해류가 몸에 닿을 때의 기분이 산에서 바람을 맞을 때와 진짜 똑같았어. 어찌나 신기하던지."

영환 같은 촌놈의 입에선 나올 수 없는 말이었다. 집게벌레, 칡뿌리, 수수깡, 다방구, 개부려찌부려, 지게, 써레질, 달구지, 소똥, 곰방대, 개구리 뒷다리, 버들치, 모래무지, 빠가사리, 피라미, 묵찌빠 같은 말은 나올지라도 말이다. 상준은 그때 자극된 오감이 사뭇 상기되었다.

도시적인 세련미가 넘치면서도 야성적 자연에 대한 도전적 설렘을 안겨준 친구, 서울이라는 사막에서 집에 불러줘서 그 막막한 곳에도 따스한 불빛이 존재함을 알려준, 산을 좋아하기에 토마스만의 '마의 산'이 어울려 보이던, 토마스만의 깊은 사유와 상징성, 일차 세계대전 시대를 해부하는 날카로운 비판력과 풍부한 통찰 등이 내면에 채워져 있을, 상준은 자기 딴에도 들려줄 아름다운 말이 많아… 꺼내려다가 움츠러들었다. 정작 보험 이야기를 꺼내게 된다면 페인트 모션으로 보일 것만 같아서, 결국 저 말을 하기 위해서 꺼낸 거구먼, 그렇게 여길까 봐 두려웠다.

정현과 정말 반가운 마음으로 함께 앉아 있으면서 생겨나는 그을음들, 동료 한 명은 이런 갈등을 견디지 못해 트럭 기사가 되었다. 상준은 그의 용기가 부러웠다. 물론 대부분의 보험 설계사는 그냥 직업 전사들이다. 하루하루 신계약 목표치 달성을 위해 전진한다. 우리는 할 수 있다. 우리는 위대한 자이다. 오늘도 우리는 위대한 자일 것이다. 아침마다 단체로 외치며 현장으로 나간다. 상준은 미쳐버릴 것 같았다. 더는 견디지 못해 고향 부여에 내려와 영환을 찾은 적이 있었다. 외지를 떠돌다 돌아와 쌀가게를 차린 영환은 정림사지 뒷골목에 있는 술집으로 소매를 끌었다. 막걸리를 서너 사발 들이켜고는 투정을 부렸다.

"정말 못 해 먹겠다. 영환아. 내가 사람들을 속이는 것 같고 나 자신도 속이는 것 같아서 견딜 수가 없다."

"사람들을 속이는 것 같고 너 자신도 속이는 것 같다? 뭔 말인지 알 듯 모를 듯하지만 생각해 봐라."

영환이 술 내음을 풍기며 말했다.

"검사, 국회의원, 변호사… 겉보기엔 그럴듯해 보이지만 사람들 등쳐먹는 일이 다반사고, 은행들도 멀쩡해 보이지만 카드 남발해서 서민들을 줄줄이 신용불량자로 만든 주범여. 우리나라에 번드르한 간판 내민 것치고 그런 거 아닌 게 어디 있냐? 차라리 보험 영업이 깨끗혀. 더 버텨 봐 임마. 이왕 하는 거 엉뚱한 생각 말고. 넌 너무 순수한 게 탈여. 그렇게 해서 이 세상을 어떻게 살겠냐?"

영환의 말이 저번에 한 말과 달랐지만 상준은 그 순간 보험 영업이 진짜 깨끗해 보였다. 징글징글하고 역겹게만 보이던 일이 상대화되자 어둡고 찌그러져 있던 마음에서 벗어나는 기분이 들었다.

"고등학교도 못 나와 쌀장사를 하고 있는 나에게 대학물 먹은 니가 그런 말 하면 쓰냐."

뒤이은 말에 영환에게 미안하면서도 고마운 마음이 일었다. 그러나 며칠 지나지 않아 마음속에 늘 들끓는 소리, 자기가 남을 속이는 것 같고 자기 자신도 속이는 것 같은… 그것이 다시 불거져 있었다.

대학 일 학년 때였다. 독문학 강의 시간이었다. 정현은 창가에 앉아 있었다. 사르트르에 대해 흘러갔다. 사르트르의 핵심 사상 중 하나가 자기기만이라고 교수가 말했다. '사람들은 모두 자기 자신을 속인다. 하루하루 부속품처럼 소모적으로 살아간다. 자기기만에 빠진 채 살아가는 거지, 그런데도 자기가 자기를 속인다는 사실조차 모른다. 그것을 직시하고 벗어던져 선택과 결단을 통해 책임 있는 길을 가는 것, 그것만이 자기기만이 지배하는 부조리한 세상에서의 유일한 길이다.' 가슴을 파고들었다. 그날 교수는 곰브리치(오스트리아 출신의 미술사학자)의 말도 인용했다. '자유로울 때 나는 그 모든 것을 할 수 있다. 그러나 자유롭지 못할 때 나는 그 어느 것도 할 수 없다.' 자기기만과 자유. 두 단어는 상준의 가슴에 두 개의 축으로 강하게 꽂혔다. 자기기만이 없는 곳에서, 자유가 있는 곳에서 그 모든 것을 할 수 있다. 그러나 자기기만이 있고, 자유가 없는 곳에선 아무것도 할 수 없다.

그러나 살다 보니 자기기만이 길이 되었다. 자기기만이 곧 길이다. 그것이 아니고는 단 하루도 삶을 유지할 수 없는 곳이 지상이다. 상준은 입고 있는 옷을 찢고 싶었다.

"밖에 나가 걸을까?"

정현이 부드럽게 말했다.

"좋지."

상준은 진한 슬픔을 다독이며 말했다.

"피로 사회라는 말, 들어봤니?"

연밥 전문식당에서 나와 언덕길을 앞서 걷던 정현이 빨간 단풍잎을 만지작거리며 물었다. 상준은 뜨끔했다. 예전처럼 말이 간결해졌지만 여운을 짚을 수 없었다. 나 때문에 피곤하다는 말일까. 내가 속으로 밀고 당기는 게 읽혀 반사신경적으로 튀어나온 것일까. 피곤이라는 이 시대의 압도적인 무게로 피곤한 짓거리는 그냥 덮어버리자는 저의가 숨은 전략적인 말일까. 너도 피곤하고 나도 피곤하니 피곤에 대한 담론을 이론적으로 정리하고 싶은 마음이 학자라는 직업의식 속에 생긴 것일까. 그냥 나의 오판이며 슬픔에서 우러나온 병적 감정일까. 가슴 속에 웅성거리는 이런저런 잡음들을 흘려 버렸다. 그냥 단순한 거겠지 여기기로 했다.

"응."

"저자가 한국 사람이야. 독일에서 만난 적이 있었지."

피로사회… 언젠가 무의미하고 지루한 반복에 지쳐 서점에 들렀을 때 눈을 사로잡은 책이었다. 상준은 그 책이 『위험 사회』의 후속쯤 되려니 했다. 『위험 사회』의 저자 울리히 벡과 경쟁하거나 따라잡으려는 사람의 책 정도인 듯싶었다. 『위험 사회』가 제목만으로도 우리가 사는 위험투성이의 사회를 여실히 보여주는 것처럼 『피로 사회』도 제목 자체에 내용이 들어 있어 보여 인상적이다 싶은 책이었다. 그런데 저자가 한국 사람인 줄은 몰랐다.

"저자 한병철에 따르면, 우리가 사는 21세기의 사회를 성과 사회라고 봐. 지나간 과거를 규율 사회라고 보고. 규율 사회에선 나와 타인과의 관계를 명령이나 복종 같은 부정성을 기준으로 삼는다는 거야. 공무원이나 군대 같은 거지. 그에 반해 성과 사회는 부정성이 아니라 긍정성을 기준으로 삼는다는 게 핵심이야. 현대인들은 긍정성 즉 '뭐든 할 수 있다.'는 가치에 사로잡혀 생산성을 극대화함으로써 결국은 스스로를 착취한다는 거지. 너나 할 것 없이 자기 스스로가 가해자이자 피해자가 되어 지쳐 쓰러질 때까지 스스로를 닦달하고 착취하잖아. 우리 주변, 도처에 돌아가는 꼴일 거야."

정현의 말이 다시 길어지고 있었다. 문장의 장단은 마케팅과도 관련이 깊다는 것을 상준은 그간의 경험을 통해 알고 있었다. 자기도 고객을 대할 때 일부러 말을 길게 빼야 할 때도 있었고 탁, 탁 끊어치는 게 유리할 때도 있었다. 상준은 정현의 태도도 혹시 그런 의도가 아닌가 살짝 의심이 갔다. 저잣거리의 말 이상이어야 할 학자의 말에도 계략이 도사려 있나. 대학도 시장과 진배없게 되었다더니 정말 그런가. 거기까지 생각이 미치다가 설마 정현이가, 그렇지 않겠지 마음을 다잡았다. 그러다가 불쑥,

'앗 차가워! 이게 뭐야?'

뺨을 갈기듯 스쳤다.

상준은 얼어붙는 느낌이었다. 듣자마자 소름이 돋던 말, 세상에 존재한다고 생각지도 못한 말, 간사한 미끄러짐이 말 안에 들어 있으리라곤 생각지도 못한 것, 혐오했으나 점점 파고들어 세상을 먹은 것, 공기처럼 꽉 채운, 바로 그 말의 장본인이 되어 있는 것인가. 정현이나 자기나.

상준은 다리가 후들거렸다. 그대로 그림자로 미분되고 다시 무(無)로

미분되어 사라지고 싶었다. 바닥이 꺼지는 듯한 느낌이 조금씩 물러가는 사이 '앗 차가워! 이게 뭐야?', '괜찮아요. 많이 젖지도 않았어요. 신발에 물이 많이 들어가지도 않았어요.' 그런 말을 알기 전의 집과 골목이 그려졌다. 골목엔 눈이 쌓여 있었고 눈사람이 대문마다 세워져 있었다. 눈을 뭉쳐 서로에게 던졌다. 맞아도 아프기는커녕 상쾌했다. 사방으로 에워싸여 눈 뭉치 세례를 맞을 때 몸속으로도 눈이 느껴지고 있었다. 만년 전의 흰 빛. 그 눈이 쌓인 그대로 하얗게 영원히 반짝이는… 만년설, 작게 읊조리기만 해도 가슴에 하얀 눈이 내리는… 만 년 전의 빛이 몸 안에서 하얀 불을 켰다.

유년의 시간… 규율 사회도 아니었고 성과 사회도 물론 아니었던… 사회라는 말 자체가 뭔지도 몰랐다.

어린이의 세계가 그런 반면 군청 공무원이었던 아버지는 규율 사회에 속했을 것이었다. 무거운 계단 같은 위계질서의 중간쯤에서 상명하복의 기나긴 세월을 과로에 이은 뇌졸중이 오기까지 견뎠을 것이었다. 지금의 나는… 그 순수의 골목과 규율 사회를 통과해 성과 사회, 그중에도 성과의 소용돌이 속에 돌고 돌아야 하는 어지럼증 사회에 속할 것이었다. 자기 착취는 물론이고 자기기만 속에 매일 매 순간 뻔뻔하게 살아가야 하는 부류에 속하는 것이었다. 어찌 피곤하지 않겠는가. 상준은 정현의 이야기를 재빠르게 자기 현실에 꿰어맞췄다. 이런 발 빠른 머리 회전 역시 자기 착취와 자기기만의 뻘 속에서 죽어라 생존게임을 벌이면서 터득된 진화의 산물이라 생각하자 자기 자신이 징그러워졌다.

머리 회전이 촉진되자 피로 사회는 불편 사회, 도피 사회로 확장되었다. 서로 물어뜯는 사회, 겉과 속이 다른 사회, 웃으며 죽이는 사회, 죽지 못해 사는 사회, 미친 사회, 뻔뻔한 사회, 몰염치 사회, 치욕 사회, 염증 사회, 의심 사회, 불투명 사회….

"이런 이야기는 정말 너에게 하고 싶지 않았는데…,"

한바탕 마음이 뒤흔들리다가 가라앉는 동안 상준은 아들의 대학 등록금 걱정이 슬그머니 불거져 나와 억지 미소를 띠며 입을 뗐다.

"해도 괜찮아?"

"뭐… 언데?"

정현의 목소리가 평온에서 약간 후퇴하고 있었다. 어색과 난감이 은근히 배어 있었다. 상준은 느껴지는 것이 있었다. 그러나 무엇보다도 이런 말을 꺼낸 자체, 불편함을 늘 달고 다녀야 함에 따른 염증, 이 자리 이 공간에 서 있는 자체, 그 모든 것을 일시에 반납하고 싶다는 충동에 또다시 휩싸였다. 그렇지만 마음속에 들끓는 폭우들을 일거에 지우고 먹이가 나타났을 때 굴리는 재칼의 눈빛 같은 목소리로 목에 힘을 한번 주고는,

"보험은 좀 들어있니?"

물었다.

"으~ 웅."

그는 난색을 표했다.

상준은 당혹스러웠다. 후회가 밀려왔다. 물론 보험 영업의 대상으로

만나는 사람들이 대부분 그렇게 반응한다. 그 신음 아닌 신음을 허구한 날 먹고사는 존재가 보험 설계사이다. 물론 유능한 보험 설계사들은 그런 장애물을 쉽게 툭툭 치워가며 목표를 향해 부드럽고 치열하게 나아간다.

후회감이 쓰나미처럼 덮쳐 온 데는 정현으로 하여금 그런 반응을 하도록 만든 데도 원인이 있었다. 상준은 정현을 정현으로서만 만나고 싶었다. 정현은 정말 순수하다고 여긴 친구였다. 그가 불순물 섞인 말을 하는 것을 들어본 적이 없었다. 어쩌면 그의 내면은 새벽의 청정한 공기거나 맑은 호수일지도 모른다. 상준은 L생명에 들어오면서 다짐해 둔 것을 다시 상기했다. 삶이 고꾸라지고 세상의 숱한 술들을 마셔왔지만 자기 안에도 순수가 남아 있었다. 그리고 순수를 순수로만 공유하고 싶고 앞으로도 영원히 그럴 수 있는 친구들을 대강 머릿속에 그렸다. 저절로 그려지는 그림이었다.

이야기를 많이 나눴든 아니었든, 많이 만났든 적게 만났든 그런 것이 문제가 아니었다. 단 한 번의 만남이라도 깊은 산의 솔 내음이 나는 사람이 있다. 미소에 연둣빛 싱그러움이 감돌고, 깨끗한 치아 같은 눈빛의 사람이 있다. 저절로 떠오른 그런 친구들에게 상준은 보험 이야기를 절대로 하지 않겠다고 마음먹었다. 지저분한 게임에 끌어들이고 싶지 않았다. 열 명 정도였다. 그렇게라도 해야 매일매일 사라져가는 순수를 잃지 않을 것 같았다.

L생명에 들어온 지 이 년 동안은 그 열 명 중에 단 한 명에게도 보험

이야기를 꺼내지 않았다. 형과 동생이 자진해서 들어주었고 영환도 들어주었다. 지인들과 그들이 소개해준 사람들을 통해 깨진 쪽박에 조금씩 양식이 채워졌다. 그러나 세상은 호락호락하지 않았다. 세계는 개인이 자기 안의 순수를 지키도록 내버려 두질 않는다. 삼 개월간 실적 없이 바둥대다가 자기기만과 자기 모멸의 쓰디쓴 독약을 삼키는 심정으로 그중 한 명에게 처음으로 말을 꺼냈다. 그는 보험을 들어주긴 했다. 그러나 그 과정에서 약간의 구겨짐이 생겼다. 그와 가졌던 순수의 시간, 그 전체가 붕괴된 것은 아니지만 한쪽 어딘가가 녹아내린 기분이었다. 물론 그 대가로 몸이 안 좋은 아내가 식당 서빙을 하러 나가려는 낌새를 눈치채 막을 수 있었다. 상준은 가족을 먹여 살리고 죽지 않기 위해 친구의 순수를 이용해야 하는 처지가 서러웠다. 그 친구는 여전히 곁에 어딘가에 있지만 예전의 그 위치는 아니었다.

상준은 가슴이 미어지도록 아팠다. 많이 허물어진 느낌이었다. 그래선지 남은 아홉 개의 순수가 더욱 소중해졌다. 손가락 열 개 중 하나는 잘라 팔아먹었으나 나머지 아홉 개는 지키리라 마음먹었다.

그러나 쉽지 않았다. 세상은 항상 자기의 최대치보다 조금 높은 곳에서 비웃으며 앗아가곤 했다. 아홉 개에 손을 뻗치지 않으려고 다른 곳에서 백방으로 몸부림을 쳤으나 세상을 이길 수 없었다. 무실적이 또다시 되풀이되어 최소 계약 조건을 맞추지 못하면 자르겠다는 내용증명을 L생명이 집으로 보냈다. 아내가 굳은 표정으로 손에 들고 있었다. 이혼 서류에 도장을 찍으려다가 차마 거둔 그 손에.

어릴 적의 보험 아줌마가 슬쩍 지나갔다.

전쟁통에 남편을 잃었다는 그녀가 오죽하면 그 일에 뛰어들었을까. 모험담처럼 여겨졌던 신발에 물 부은 일이 무안해지고 아줌마에게 미안한 마음이 깊어졌다.

또 다른 손가락이 필요했다. 그날도 가슴이 쓰리고 공허로 가득 찼지만 처음 같지는 않았다.

그렇게 하나, 둘 사라졌다. 정현은 남은 세 손가락 중 하나였다.

"아까 피로 사회라는 말 자기 착취와 관계있다고 했잖아?"

산책에서 연밥집으로 되돌아와 정현이 차를 몰아 시내를 달리는 동안 상준이 물었다.

"응. 그랬지."

"자기 착취란 말이 자기기만과 통할 것 같애. 그렇지 않아?"

좀 심술이 나서 꼬집듯 물었다.

"통하겠지. 사실 사람들은 자기 착취인지도 잘 모르잖아. 보이지 않는 힘에 떠밀려 가속으로 또 과잉으로 뭔가를 쫓는 거고 그러다 보면 자기 착취가 되는 거고 결국은 자기기만이 되는 거겠지. 근데 요즘 나는 자기기만에 대해 다른 생각도 하고 있어. 모든 것이 불안정하고 혼돈투성이며 생존 자체가 어려운 이 시대에 자기를 속이지 않고는 살아갈 길이 없어. 즉 자기기만은 이 가혹한 지상에서 피할 수 없는 거의 유일한 통로일 거야. 자기기만이라는 잣대로 사람들을 재단하는 것은 너무 잔인한 일일 거야. 자기기만이라는 아픈 삶의 회오리 속에서 부단한 흔들림에도 불구하고 자신의 정체성을 어떻게 견지하는가, 그 정체성이 어디를 향하는가가 중요한 거겠지."

상준은 어지러웠다. 그런 생각을 하지 않은 것이 아니다. 자기기만이라는 말로 처리되어 버리기엔 끔찍이도 혹독한 삶, 아예 처음부터 기회를 얻지 못해 더러운 게임의 룰 속에 던져진 사람들, 자기기만만이 길인 그들에게 그 길을 모독할 수는 없는 것이다. 그 길엔 관념 따위론 파악할 수 없는 진한 얼룩의 결이 있다. 정현의 말에 일리도 있어 보였지만 그 말을 둘러싼 공기 자체가 아까부터 흔들렸기에 말의 진위를 파악하기 어려웠다.

"저기에 내려주고 나는 유턴해 갈게."

가슴이 철렁했다.

"아까 내가 한 말 부담까진 느끼지 말고 혹시라도 가능한지만 생각해 줘 봐."

상준은 사라져가는 시간의 치마폭을 끌어당기는 심정으로 말했다.

"으 으응."

정현은 내뱉고는 운전만 할 뿐이었다.

상준은 겸연쩍어지면서 자기 말에 역겨움이 또 일었다. 지금껏 정현에게 한 말 중 가장 낯간지러운 말이었다. 부담까진 느끼지 말고… 그런 말이 대체 어디 있는가. 이미 부담을 준 것 아닌가. 줘 놓고 받지 말라니, 그에 섞인 구정물은 자기도 알고 정현도 알 것이다. 물론 그런 식으로도 서로에 대한 이해를 넓힐 수 있고 서로에 대해 좀 더 알게 될 수도 있을 것이다. 그러나 영환은 몰라도 정현은 아니었다. 정현은 이미 잃어버린 일곱 손가락처럼 오염된 세계에 편입시키지 않으려고 몸부림친 사람이었다. 그에게 부담을 주지 않으려 얼마나 노력했던가. 그러나 보험회사, 세상은 그 지점까지 쳐들어가도록 명령한다. 능력이 많고 그 더러운 명령을 받지 않아도 될 위치에 있다면 얼마나 좋을까… 과연 좋을까. 그곳이야말로 더러운 이곳보다도 더 한 더러움으로 둘러싸였을 수도 있었다.

세상은 정말 쉴 곳이 없다.

그리고 자살이 아니면 내일도 이런 일은 또 일어날 것이다.

상준은 정현이 내려준 곳에 서 있었다. 정현이 사라져간 곳을 보자 먼지 같은 것만 남은 것 같았다.

멍하게 서 있다가 걸었다. 터덜터덜 걷다가 집으로 가는 버스를 탔다. 정류장에서 내려 걷다가 편의점이 눈에 들어왔다. 문을 열고 들어갔다. 소주와 쥐포를 샀다. 편의점 바깥엔 작은 파라솔을 펼친 나무 탁자와 의자가 있었다. 상준은 거기에 앉아 소주 뚜껑을 비틀었다. 종이컵을 사 올까 하다가 소주 뚜껑을 뒤집었다. 소주는 얼마 담기지도 않았다. 소주병 뚜껑을 들어 홀짝 들이켰다. 석 잔째 연거푸 마시니 조금 기별이 왔다. 쥐포를 뜯어 입에 넣어 씹었다. 소주의 높이가 병의 삼분의 일 정도 지나면서부터는 병나발을 불었다. 소주병을 다 비우고 힘없이 걸어 집에 오니 아내와 아들은 안 보이고 늦둥이 딸이 반겨주었다.

"너의 만년설이 뭐니?"

상준은 취기를 핑계로 불쑥 물었다.

"아빠. 만년설은 없대. 이제 거의 다 녹았대."

"그렇지. 거의 다 녹았지. 거의 다. 그거 말고 너의 만년설. 너만의."

"아빠. 배고파."

상준은 아직 덜 녹은 만년설에 뜨거운 불덩이라도 퍼붓고 싶어졌다. 보험의 화마라도 되어야 할 것 같았다.

칭얼거리는 딸을 왼팔로 안으며 주머니에서 스마트폰을 꺼냈다.

남은 두 명 중 한 명에게 전화를 걸었다. 통화음만 길게 이어질 뿐 받지 않았다. 몇 번이고 했으나 마찬가지였다. 정현과 그 녀석이 유독 친한 사이임이 떠올랐다.

마지막 남은 한 명의 전화번호를 띄웠다. 누르고 싶은 충동을 참았다. 바라보고 바라보았다. 마지막 남은 그 번호를. 조금 전에 전화를 건 친구에게 전화가 오지 않을까 기다리며. 바라보고 또 바라보고 있었다.

24시간 김밥집

"이 시 어때요?"

진수영 시인이 대뜸 물었다. 그가 내민 종이엔 〈24시간 김밥집〉이란 제목으로 몇 줄이 적혀 있었다. 별로였다. 낯선 구석은 있어 보였다.

이번엔 까먹지 않으려고 눈을 뜨지 않은 채 몇 번이나 외웠다. 더듬더듬 손을 뻗어 머리맡에 놓아둔 볼펜을 쥐었다. 펴둔 노트에 적어나갔다. 눈을 떠 읽었다. 꿈속의 내용과 같았다.

그런데 진수영 시인이 왜 꿈에 나타났지? 잘 아는 사이도 아니고 딱한 번 만났을 뿐이었다. 그것도 이 년 전이며 대화도 거의 나누지 않았다.

그해 여름, 봉평에서 A출판사 주최로 열리는 문학 행사로 떠나는 전세 버스 안, 가는 과정에서 축포는 미리 터지기 마련이어서 시인들 특유의 입담과 술판으로 무르익어 갔다.

진수영 시인은 마치 식물 같았다. 무척 착해 보였다. 권하는 술을 한 잔도 마다하지 않고 다 받아 마셨다. 달아오르는 얼굴빛으로 보아 술을 잘하는 것 같진 않았다. 이미 주량을 넘어섰다. 얼굴이 벌겋다 못해 충혈되었고 눈빛이 혼몽했다. 그러나 그런 표정을 읽고 헤아려주는 사람은 없었다. 세상의 아픔을 자신의 아픔으로 느껴 절로 몸과 마음이 가는 사람이 시인이라는 평소의 생각이 또 한 번 무너지는 순간이었다. 얼굴이 핏빛으로 굳어가면서도 술을 꾸역꾸역 마시는 그에게 그만 마시라고 따스한 말을 해주는 시인이 한 명도 없었다.

"야, 임마. 주욱 들이켜."

최민 시인이 눈을 부라리며 말했다.

"한 잔 더 마셔."

다른 시인도 거들었다.

진수영 시인은 몸도 가누지 못하는 상태로 여기저기 불려 다녔다. 나이가 가장 어렸고 등단한 지 얼마 되지 않았기에 신선함이 풍겼다. 최근에 문학상을 받았기에 축하주라며 술이 연이어 따라졌다. 진수영은 요령껏 거절할 줄도 몰랐다. 결국 좌석에 쓰러져 잠들었다. 괴로운 잠 같았다. 횡성 부근의 고개를 지그재그로 오르는 버스가 그의 잠 속의 술을 출렁였을 것이었다. 와자하게 축제를 즐기는 시인들과 짐승처럼 고꾸라진 한 어린 시인. 그 사이를 엿보는 나를 태운 버스는 봉평에 다가가고 있었다.

진수영에게 가해진 일종의 폭력은 이박삼일 행사가 끝나고 되돌아온 서울, 무교동의 맥줏집에서도 이어졌다. 버스 안에서도 이기지 못하는 술을 억지로 마신 그는 자리에 앉자마자 기울어지며 쓰러졌다. 몸도 약해 보였다.

쓰러진 짐승 하나를 두고 잡담은 또 찰지게 흘렀다. 진수영은 잠바로 얼굴까지 파묻혀 있었기에 흐릿한 조명 아래 시체인 듯 보였다. 조명등이 애도를 위한 조등 같았다.

"이 새끼야. 일어나."

술에 떡이 된 최민 시인이 그를 또 들볶아댔다. 이박삼일의 시달림 끝에 지쳐 쓰러져 고통스러운 잠에 빠져 있는 진수영을 다루는 그의 태도는 내 눈엔 인간의 그것이 아니었다. 얼굴에 병색(病色)마저 도는 진수영을 최민은 억지로 일으켜 앉히고는 귀싸대기를 갈겼다.

"일어나 짜식아. 술 마셔."

신발을 벗어 머리를 후려갈겼다.

의식도 없는 채 쓰러져 짐승처럼 잠든 시인, 그를 개 패듯 패던 최민. 그에겐 범죄의 가속에 빠진 사람이 뭔가에 홀려 맹목적인 듯하면서도 칡넝쿨처럼 치렁치렁 얽힌 우정의 냄새도 배어 있었다. 자기 안의 어둠, 일그러진 그늘에 휘감긴 상태에서 애정을 표현해내는 지독한 고독의 풍경 같기도 했다. 어릴 적에 부모를 잃어 고아처럼 살아오면서도 시를 포기하지 않은 최민이었다.

술에 절어 악마처럼 변해가는 그. 그러면서도 결코 악마가 될 수 없는,

시를 불러일으키는 시마(詩魔)와 피범벅이 되도록 싸우고 뒹굴며 한몸이 되어가는 만신창이 시인의 몸짓이었다. 그 착잡하고 끈적끈적한 것, 그러나 그것은 최민에게는 익숙할지 몰라도 진수영에게는 감당이 되지 않을 것 같았다. 아니 어쩌면 진수영도 고통에 고통을 더하는 최민의 학대에서 그가 담아놓은 징그러운 애증의 무게를 느끼고 있었는지도 모른다. 잠결에 머리통을 퍽퍽 후갈겨 맞으면서 뭔가 모를 파토스를 음미하고 있었는지도 모른다. 봉평으로 향하는 버스 안에서의 극단의 수동성, 완전한 수용의 모습 그대로였다.

나는 컴퓨터 모니터에 빈 문서를 띄우고 앉아 있었다. 탁자에 너저분하게 널린 오퍼 시트, 선적 서류, BL, 바이어 미팅 일자가 적힌 캘린더는 한쪽으로 치워져 있었다.

"술 한잔할까?"

"그때 거기 어때?"

직장 동료들이 유혹하는 소리가 들려왔지만 참았다.

샐러리맨들이 가장 좋아하는 금요일, 〈풀향기〉 시모임이 있기도 한 날이었다.

열네 명의 〈풀향기〉 회원들. 은행원, 학원 강사, 교수, 전기공, 기자, 시인이라는 것이 돈과는 거리가 멀어 현실적 외투들을 걸치고 있지만 그 시간만큼은 시를 얘기하며 밀도 있게 즐길 수 있다. 인사동에 있는 전통찻집 '꽃담'에서의 합평에 이어 뒤풀이까지 합친 몇 시간은 일주일의 피로를 생산적으로 풀며 새로운 탄력을 자아내기에 그만이다.

나는 몇 달째 나가지 못했다. 시가 떠오르지 않았다. 그냥 참석해도 그만이지만 합평을 할 때 맛이 다르다.

빈 문서를 바라보며 마음을 잡지 못하고 있었다. 오늘 새벽에 꿈속에서 받은 것이 시 같기도 하고 아닌 것 같기도 했다. 시라고 내놓으면 망신을 당할 것도 같았다.

묘한 구석이 있는 것은 사실이었다. 얘기나 들어볼까? 호기심인지 오기인지 생겨나고 있었다.

가방에 챙겨 넣은 노트를 꺼내 펼쳤다. 워딩을 시작했다. 내 것까지 열네 장을 출력했다. 가방에 넣기 전에 눈 가까이 가져왔다.

24시간 김밥집
          - 민규연

수평선에 골똘히 잠겨 있었다.
김밥집 문을 열어
수평선 한 줄 포장해 주세요.
했다.
안주인은 나를 멀뚱하게 바라보다가
김밥 한 줄을 채로 돌돌 말아 나갔다.
칼로 썰어 검은 비닐봉지에 넣더니
수평선 여기 있어예.

빙긋 웃으며 내밀었다.

"산문적이야."

권 시인이 말문을 열었다. 은행원답지 않게 낭만과 날카로운 풍자를 겸한 사람이었다.

나는 고개를 끄덕였다. '꽃담'의 창밖이 어둑해지고 있었다.

"민규연 시인의 이번 시는 이전 것들과 달라 어떻게 볼지 당혹스러워요. 민규연 시인의 시가 맞나 싶기도 하고 솔직히 말하면 이것도 시냐는 생각도 들어요. 그렇긴 하지만 뭔지 모를 것이 숨어 있기는 해요. 은폐 속의 비약이랄까. 제목도 환기하는 바가 크고요."

학원 강사이자 예쁘장한 유 시인이 녹색 안경테를 만지작거리며 말했다. 그녀의 말에 차라리 속이 후련한 느낌이었다. 유 시인이 말을 이었다.

"수평선에는 동경이 어려 있죠. 저도 부산이 고향이라 수평선 하면 가슴이 저려와요. 그런데 이 시의 묘미는 그런 막연한 동경이 김밥집이란 현실적 공간에서 공명하는 데에 있어요."

"민규연 시인이 평소 지닌 갈증이 담겨있군요. 제겐 소통과 불소통의 관점에서 읽히는데요. 이 시의 재미는 수평선에 푹 빠진 화자가 김밥을 포장해달라고 해야 하는데 수평선을 포장해 달라고 말하는 점이에요. 웬만한 사람 같으면 이상하게 바라보거나 '뭐라구요?' 그렇게 반응했겠지요. 그러면 화자의 가슴에 담겨있는 환상은 날아가는 거죠. 냉정한 차단의 칼날이 들어오는 거죠. 불소통이 일어나는 겁니다. 그런데 김밥집 안주인은 화자의 마음을 알고 그의 말로 반응하고 있거든요. 빙긋 웃으면서 말이죠. 염화시중의 미소가 생각나는 대목인데요. 소통이 일어난 거지요."

"소통하니까 하는 말인데 나는 그 단어를 들으면 소름이 돋아. 소통과는 전혀 먼 사람들이 소통, 소통하는 게 우리 사회 아니야? 바로 그런 사람들이 세상을 좀먹고 있지. 내가 다니는 은행에 박 상무라는 사람이 있는데 그는 회식 때면 직원들 앞에서 이렇게 말해. '나는 편안한 사람이야. 그 어떤 이야기도 다 이해하는 사람이야. 그러니 꺼려하지 말고 말해.' 내가 그 부서에 초입였을 때 그런 줄 알고 박 상무께 속 마음을 그대로 말했지. 웬걸. 죽는 줄 알았어. 다음날 출근하자마자 전화가 걸려오대. 박 상무였어. 올라오래서 갔더니 눈알을 부라리며 이렇게 말하는 거야. "너 어제 나한테 뭐라고 했어? 직원들 앞에서 나 망신 주는 거야 뭐야? 난 아무리 술에 취해도 들은 말을 하나도 빼놓지 않고 다 기억하는 사람이야. 너 앞으로 조심해. 두고 보겠어!" 머리가 쭈뼛 서더라고. 자리에 되돌아오니 동료가 한마디 하더군. 박 상무한테 입조심하라고. 그리고 보니 전날 회식 때 박 상무가 들어오자마자 자리가 얼어붙는 것 같았어. 동료들이 웃는 표정을 취했어도 입은 바느질로 박은 듯했었어. 눈빛엔 두려움이 어려 있었고."

"멘탈리티가 그런 사람이 어디 한둘인가요? 고위직에 오를수록 많으니 위아래, 좌우 모두가 막혀 버린 사회가 된 거죠. 그런 사람일수록 소통이란 말을 입에 달고 사니 가슴이 이중삼중으로 뭉개지죠."

"우리 사회는 철저한 불소통의 사회인데 소통인 척하죠."

"철저한 불소통임에도 소통이라고 믿고 있는 사회라고 표현하면 어때요? 자기 최면에 걸려 있는 건 아닐까요."

유 시인이 살짝 끼어들었다. "슬픈 자기 최면이라고나 할까요. 그리고 또 하나, 소통이란 말을 액세서리처럼 사람들이 쓰고 있죠. 그것을 달아야 폼나는 것 같은 허위의식을 입고 있는 거죠. 이런 삐뚤어진 시대 풍경에 이 시는 은근히 잽을 날리고 있네요. 의외의 아름다운 소통을 보여줌으로써 불소통의 사회를 역으로 꼬집는 거죠. 그럼으로써 희망의 출구도 보여주고요. 수평선 여기 있어예. 안주인도 그 순간 하루의 피로가 조금은 씻기겠지요."

"슬픈 자기 최면이란 말이 가슴에 와닿네요. 아까 소통, 불소통을 이야기하셨는데 너무 단순화시킨 거 같군요."

국문학 교수인 장 시인이 이어 나갔다. "아. 무슨 말이냐 하면 김밥집 여자가 '에이 수평선이 아니라 김밥 말하는 거겠죠?'라고 말하든가 '이 사람 미쳤나?'라고 말하더라도 과연 불소통일까요? 소통이 일어나겠지요. 화자는 순간 자신의 환상과 착각을 정리하고 '아. 예. 김밥이군요.' 말하지 않겠어요? 달리 말하면 이 시에서 불소통은 없어요. 화자가 김밥집에 들어섰단 행동 자체가 메시지이지요. 이렇게 본다면 아까 논의된 것이 새롭게 정리되기도 하겠네요. 화자가 김밥집에 들어선 순간 소통의 공간에 들어선 것이고 거기선 두 가지 소통 차원이 존재한다고. 시적인 차원이 있고 만약에 김밥집 여자가 현실적으로 대응했다면 그건 사라지고 현실적 차원의 소통이 남는 거지요."

"재밌는 해석이네요."

"내 말이 맞다면 이 시는 묘한 것들을 감추고 있는 겁니다. 소통의 공간을 환기함으로써 불소통의 공간을 드러내고 그에 대한 비판마저 은근히 하고 있다고 볼 수 있지요. 시적 소통의 우위성을 넌지시 비추면서 현실적인 소통을 슬쩍 조롱하거나 안타까워하고 있다고 볼 수도 있지요. 물론 현실적인 소통도 중요하지요. 그마저 안 되는 것이 우리 주변에 널려 있어서 가슴이 아프죠."

장 시인은 잠시 허공을 올려보다가 말을 이었다. "김밥집이란 공간 설정이 그래서 제겐 특히 매력적이에요. 그치만 그에만 머물 수 없는 고독이 무의식에 숨어 있는 시라고도 볼 수 있지요."

그의 말에서 자극되는 바가 있었다. 장 시인이 내 마음을 더 헤아리는 듯했다. 그런데 내가 김밥집에 대해 생각이 깊었던가, 불쑥 그 생각이 들었다. 나는 꽃이나 바다, 하늘 이런 것들에 친밀성을 더 느끼지 않았던가, 권 시인이 입을 열었다.

"지금까지 소통과 불소통의 개념으로 민규연 시인의 시를 평가했다고 볼 수 있겠네. 차원을 달리 하면서 말이야. 이해와 오해의 성격으로 이해할 수도 있을 것 같아. 이해와 오해, 그 둘이 수평선이란 말을 매개로 꽤 잘 형상화된 것 같아. 수평선은 그 두 세계를 머금고 있다고 말할 수 있겠네."

"일리가 있어요. 근데요."

유 시인이 호호 웃으며 말했다. "김밥집 여자가 수평선 여기 있어예, 경상도 말로 하잖아요. 중국 교포의 말로 바꾸어도 재밌겠어요. 베트남 여자의 발음으로도. 그러면 소통의 공간, 이해의 공간이 또 달라지겠지요. 우리 사회가 어느덧 다문화 사회가 되었으니까요, 다문화. 이 시대의 또 다른 복병이죠."

"유 시인은 역시 상상력이 풍부하셔요."

전기공인 황 시인이 말을 받으며 나섰다.

"근데 수평선을 근시안적으로만 바라보는 면도 있네요."

"무슨 뜻이야?"

권 시인이 물었다.

"저는 고향이 김제라 어릴 적부터 지평선을 많이 봤어요. 근데 크면 알게 되잖아요. 지평선이든 수평선이든 그 끝에 다다르면 사라지잖아요. 저 먼 곳에 또 생길 뿐이지요. 수평선은 말하자면 신기루이며 환상에 불과한 거지요. 인식의 장난일 뿐이에요. 실제로 가보면 없는 허구이니까요. 수평선에 대한 그런 입체적인 생각마저 끌어와 이 시를 개작한다면 밀도가 더욱 깊어질 것 같아요. 소통과 불소통, 이해와 오해라는 담론에도 적응될 수 있겠다는 생각이 듭니다. 소통의 끝에 와 있는 것 같은데 아닌 듯한 느낌, 이해를 충분히 한 것 같은데 석연치 않음, 사랑이라고 여겼는데 아닌 것 같은 마음, 우리에게 늘상 일어나는 일이겠지요."

"멋진 말이에요. 연작시로 나가면 그 모두를 담을 수 있겠네요. 〈24시간 김밥집〉에 대해 더 말씀하실 분 있으면 하세요."

또 다른 얘기들이 내 마음을 여러 갈래로 여행시켰는데, 흡족하진 않았다. 시란 놈이 원래 그런 거지만 이 시는 꿈속에서 받은 것인 데다가 뭔가 석연치 않은 구석이 가슴 한편에 고물거리고 있었다.

"자, 그러면 이 시는 이 정도로 합시다. 민규연 시인. 산문적이란 지적도 있었고 평소의 시와 달라 당혹스럽다는 말도 있었어요. 다양한 장단점 속에 새로운 가능성도 열렸으니 참조해서 다시 잘 써보세요."

유 시인의 〈도라지꽃 그늘〉에 이어 황 시인의 〈울산의 주물 공장〉을 마지막으로 합평이 끝난 후에 근처의 민속주점에서 뒤풀이가 펼쳐졌다. 술잔이 오가고 웃음꽃이 피었다. "근데 말야." 권 시인이 시선을 모았다.

"『다빈치 코드』에 대한 표절 시비가 어떻게 되었더라?"

"에구. 그게 벌써 언제 얘긴데요. 미국에선 댄 브라운이 승소했어요. 영국에서는 잘 모르겠네요."

유 시인이 말했다.

"표절은 진짜 나쁜 짓이에요. 원작자의 간을 빼먹는 행위예요."

"남미 음악이나 일본 음악을 베껴 부르는 국내 가수도 많았지요. 학위 논문, 디자인, 문학 작품, 공공 미술 프로젝트, 표절 시비가 끊이지 않아요."

"전 세계가 표절 시비에 얽혀드는 감이 있어요."

내가 끼어들었다. "정보가 정보를 베끼고 사람이 사람을 베끼는 세상 아녜요? '카피 하나 부탁해.', '조간신문에 이미 났어. 그 얘긴.', '유럽에 선 이미 성공리에 있는 사업입니다. 틀림없습니다.' 전 이런 말을 들을 때마다 오싹합니다. 특히 조간신문에 났어 그 얘긴, 따위의 말요. 신문 을 읽었다는 것 그래서 알량한 정보 미리 베껴 알은 걸로 사람을 무시 하듯 힐난할 때 소름이 돋습니다. 그런 언어의 혼탁뿐 아닙니다. 시대 착오적인 쿠데타들이 지구촌 여기저기서 카피되듯 이루어지고 생명 복 제나 복제 인간 문제는 또 어떻고요. 모방 범죄도 심각하고요. 강간, 살 인, 전쟁, 독재, 인권 유린, 자살, 무능한 정책, 썩어빠진 교육이 매일매 일 카피되는 세상 아닌가요?"

"민규연 시인. 또 취하셨군. 하지만 민 시인의 말엔 늘 송곳 같은 것 이 도사려 있어. 시가 워낙 독특해서 딴 사람이 표절하래도 못 할 거야. 하하."

"난 이런 생각이 들어요."

황 시인이 목에 힘을 주며 말했다. "『다빈치 코드』에서 주장하는 내용 이 사실이라고 해봅시다. 예수가 십자가에서 죽지 않고 살아난 후 막달 라 마리아와 결혼해 프랑스로 갔다는 말 말이에요. 프랑스에서 아이를 낳아 예수의 후손들이 지금도 살아있다는 주장이 사실이라면 기독교 전체가 일그러지지요. 왜냐? 예수의 죽음과 십자가 부활은 기독교의 생 명과 마찬가지거든요. 그뿐 아니에요. 기독교의 초석이 예수이지만 바 울이 없었다면 성립 자체가 안 됩니다. 로마 시민권을 가진 바울에게 예수의 성령이 임해 예수의 복음은 유대의 땅을 넘어 로마로 가면서 오늘날의 기독교가 되잖아요. 그런데 바울이 기독교로 개종한 것은 예수에 의한 계시로 인해서지요. 구체적으로 말하면 사흘간의 죽음을 거쳐 부활해 승천한 후에 예수의 성령이 바울에게 임한 거지요. 그런데 부활 승천이 아니고 십자가에서 도망쳐 프랑스에서 육체의 몸으로 산다면 모양이 이상해지지요. 육체의 몸으로도 프랑스에서 멀리 떨어진 유대의 땅에 있는 바울에게 텔레파시처럼 계시를 주었단 말인가. 그렇게 짜 맞춘다면 말이 안 될 것은 없지만 권위가 떨어지고 우스꽝스러워지지요. 말하자면 『다빈치 코드』의 내용이 사실이라면 기독교의 근간이 와르르 무너집니다. 바울마저 무너지기에 바울이 쓴 편지들이 대부분인 신약이 무너지게 됩니다. 신약이 빠진 성경은 유대교의 성경이지 기독교의 성경일 수는 없지요. 경전 자체가 문제가 되면서 기독교 전체가 바닥이 꺼지는 거지요."

황 시인의 말이 내 안에 잠자고 있던 갈증을 깨우고 있었다. 예수가 육체적으로 살아났든 십자가에서 죽어 묻혔다가 부활 승천했든 내 관심사가 아니다. 기독교 전체가 허구 위에 쌓인 모래성이라 할지라도 별 충격이 없다. 하지만 그 어느 경우든 예수의 성령은 바울에게 임했을 것이다. 기독교인들을 핍박하며 다메섹을 걷고 있던 바울은 하늘에서 내려오는 소리에 감화되어 회심하게 된다. 전혀 다른 소리가 그 안에 있던 소리들을 잠재우며 생성된 것이다. 그의 의식뿐 아니라 무의식 깊은 곳, 몸 전체에 지진이 일어난 것이다.

무의식은 단지 내부로만 열린 창일까. 영혼의 세계와 모종의 관계가 있진 않을까. 영혼이나 샤먼, 빙의, 접신, 텔레파시 같은 말들이 과학에 밀려 구닥다리로 취급되었지만 과연 쓰레기 같은 것들인가.

그런 질문들이 내 가슴에서 사라지지 않고 해결해야 할 숙제처럼 불편하게 남아 있었다. 부완과의 괴이한 경험으로 인해 더 강해진 면도 있을 것이었다.

부완은 대학원 동창이었다. 필리핀에서 온 유학생으로 기숙사 생활을 같이했다.

그는 화산이 불을 뿜곤 하는 마을에서 태어나 자랐다고 했다. 필리핀의 오지인 그곳엔 불의 기운 때문인지 영능력자가 많다며 자기도 그런 능력을 지니고 있다고 했다. 그의 아버지는 그림을 그렸고 어머니는 음악가였다.

이십여 년 전의 어느 날 저녁. 또 다른 대학원 동창인 원태와 셋이 기숙사 복도를 걸을 때였다. 원태가 갑자기 배를 움켜쥔 채 주저앉았다. 내가 당황하는 사이 부완은 원태를 부축해 자기 방으로 이끌었다. 나도 뒤를 따랐다. 자정이 가까운 시간이었다.

부완은 창을 반쯤 열었다. 초를 찾아오더니 형광등을 끄고는 초에 불을 붙였다. 창밖의 어둑한 허공을 바라보며 나지막이 중얼거리고는 되돌아와 의자에 앉았다. 침대엔 원태가 괴로운 표정으로 앉아 있었다. 나는 약간 떨어져 앉아 있었다. 원태와 나 사이의 공간에 자기가 막 초혼한 영(靈)이 와있다고 부완이 말했다. 그 순간 내 오른쪽 허리가 서늘해졌다. 곁에 뭔가 있는 느낌이었다.

"이천 년 전에 히말라야 산지에 살던 사람인데 죽어서 영혼으로 존재하다가 지금 이 자리에 앉아 있는 거야."

부완은 말하곤 책상으로 걸어갔다. 서랍을 열어 숯을 꺼내 스티로폼 접시에 놓고 물을 부어 개었다. 개어진 숯을 손가락으로 찍어 원태의 이마에 바르고는 물었다.

"작년 여름에 종로 거리를 걸은 적이 있지?"

"맞아."

원태가 말했다. 놀라워하는 빛이 괴로워하는 표정 안에 번득였다.

"걷다가 골목 앞을 지날 때 갑자기 이유 없이 넘어질 뻔한 적 있지?"

원태는 당혹감과 두려움이 쌓인 표정으로 고개를 끄덕였다. 나도 무서움증이 일었다. 창으로 영기가 스산하게 흘러와 우리 둘레에 은은히 머무는 것 같았다.

"그때 네가 이유 없이 넘어질 뻔한 것은 그곳에 있던 영혼의 발에 걸려서 그래. 그 영혼으로선 난데없이 얻어 차인 거지. 그래서 네게 보복을 해서 네 배가 아픈 거야."

작년 여름이면 우리 셋 모두가 입학하기 전이기에 서로의 존재조차 모르던 시기였다. 그때 종로 거리에서의 시시콜콜한 일을 부완에게 미리 말한 적이 없음은 원태의 표정에서 알 수 있었다. 부완의 말이 떨어지기가 무섭게 원태는 낫기 시작했다. 금세 회복되었다며 웅크린 배를 폈다.

"그날 밤 종로 거리의 영혼을 내가 금방 위로해줬기 때문이야."

부완은 말하곤 촛불을 끄고 형광등을 켰다.

"히말라야의 그 영혼이 막 내게 다 알려줬지."

그런데 하필 진수영일까. 뒤풀이를 마치고 인사동 길을 혼자 걷는데 새벽의 꿈이 다시 스멀거렸다. 등단 육 년째인 나는 친하게 지내는 시인들이 많다. 그러나 꿈에 나타난 시인은 진수영이 유일무이하다.

봉평에서 돌아온 며칠 후 인사동의 술집에서 어느 시인의 출판기념회가 있었다. 나는 최민 시인 앞에 앉았다. 최민은 그날도 이미 과도하게 취해 있었다. 진수영에게 왜 그렇게 했냐고 물을까 하다가 의미가 없어 보여 말았다.

잠시 화장실을 다녀오는 동안 최민은 어디론가 사라져 보이지 않았다. 한참 후에 되돌아올 땐 손에 뭔가 들려 있었다. 양배추 모양의 관상용 식물이었다. 도로의 화단에 심겨 있던 것이 분명했다. 흙이 더덕더덕 붙은 그것을 뿌리째 뽑아 들고 오는 모습이 왠지 사냥에 나갔다가 돌아오는 포수처럼 신선했다.

그가 벌여온 해괴한 또라이짓들을 아는 사람들은 폭소를 터뜨렸다. 내 가슴 속에도 시원한 폭발이 일어나고 있었다. 노획물을 들고 뚜벅뚜벅 걸어오는 포수를 내 곁에 앉게 했다. 그가 잎을 뜯어 안주로 먹을 때 나도 한 죽지를 뜯어 아그작아그작 씹었다. 수렵(狩獵)이 느껴졌다. 몇몇 시인들이 합류했다. 도둑질해온 장물을 아그작아그작 먹어 치울 때의 눈빛들에 원시의 광기가 어렸다. 폭소와 건배가 이어지는 사이 한 마리 순한 채소 짐승은 산산조각나 사라졌다.

그러나 정작 최민의 얼굴엔 웃음기가 없었다. 어둑한 그림자가 덮고 있었다. 파행으로 치달으면서 마음 깊은 곳의 고뇌와 불안을 겨우 달래는 것일까. 그와 단둘이 술을 마시고 싶어졌다. 의사를 표시했더니 그는 고개를 끄덕였다. 모임이 끝난 후 근처에 있는 포장마차에 둘이 들어섰다.

진수영에게 행하던 가학. 그 속에 설핏 배어 있던 칙칙한 우정의 냄새. 내가 끼어들 수 없는 성역. 조금 전의 파행 이면의 어두운 표정이 얽혀들면서 서로 무슨 얘긴가를 나누다가 말을 던졌다.

"최민. 콤플렉스 있냐?"

"많지. 너무도."

"그래서 악마를 연출하는 거냐?"

"흐흐."

"근데 너는 굉장히 순수한 면이 있다."

"잘못 봤어. 나는 정치적이야."

술이 화들짝 깨는 느낌이었다. 포장마차의 풍경이 흔들리고 백열등이 쏠리는 것 같았다. 내 안에 개울이 파지더니 부끄러움의 물줄기가 흐르기 시작했다. 나야말로 정치적으로 행동하지 않았는가. 이 사람 저 사람 만나고, 실력 이상의 발언을 일삼고, 힘 있는 문인들 사이를 기웃거리고, 순진함을 팔지 않았는가. 정치적이라고 당당하게 말하는 이 외로운 낭인(浪人)처럼 솔직하지도 않고 이중적이지 않았는가. 사실 봉평의 문학 행사에 참석한 것에도 흑심이 있었다. 이박 삼일간 시낭송회에서 나도 한번 낭송을 했고 이효석 박물관도 관람하고 소금처럼 흐드러진 메밀꽃밭에서 카메라 앞에 어울려 포즈를 취했다. 나머지 시간은 문학행사가 대개 그렇듯 계속 술이었다. 그 와중에 나는 A출판사의 편집장에게 친한 척 다가가며 눈도장을 찍었다. 세 번째 시집을 A출판사에서 내고 싶었다.

스스로를 솔직하게 까발리는 최민은 나의 이런 응큼함을 잠재우고 있었다. 그날 밤 무교동의 맥주집에서 최민이 퍼붓던 짐승 같은 가학의 애정을 아무 저항 없이 받아들이며 음미하는 듯한 진수영. 그 둘 사이엔 폭력이라고 단정 지을 수 없는 뭔가가 있을 것 같다는 감각이 더욱 강해지고 있었다. 진수영이 식물적이라고 한다면 최민은 동물적이었다.

진수영을 못살게 굴고 두들겨 패면서 이 외로운 낭인은 진수영에게서 오히려 위로받는지도 모른다. 누군가를, 특히 저항도 분노도 없는 존재를 때릴수록 절로 미안해지는 마음이 들듯. 그 둘은 아마 서로가 서로를 필요로 했을 것 같다.

최민과 진수영. 그 둘 간의 체온은 내가 무슨 수를 쓰더라도 뚫고 들어갈 수 없는 낯선 섬이다. 나는 진수영에게 진득한 우정을 주지도 못했고 두들겨 패지도 못했고 두들겨 패도 되는 관계를 맺지 못했다. 부러움과 질투마저 올라오고 있었다.

나 역시 맞고 싶은 건지도 모른다. 실컷 두들겨 맞아서 내 안에 이질적으로 분열된 세계들이 서로 혼융되거나 아니면 차라리 파괴되기를 원하는 건지도 모른다. 부완과의 그날 밤 이후 내게 더욱 깊게 스며든 또 다른 세계. 나 자신을 뒤흔들어서 나를 하나로 통합시키고 싶은 강박이 심한 건지도 모른다. 무지막지한 폭력의 따스함을 바랐는지도 모른다.

여느 모임에서처럼 문학 모임에도 한 패거리로 뭉친 사람들, 나처럼 적당히 어울리며 변두리에서 비겁하게 계산하며 머뭇거리는 사람, 단순히 놀고 싶어 하는 사람, 그리고 진수영이 있었다. 진수영은 나의 잃어버린 얼굴인지도 모른다.

삼 주가 흘렀다.

바이어에게 오퍼 메일을 보낸 후 '꽃담'으로 향했다. 이번엔 시를 준비하지 않았다. 회사에서 그리 멀지 않은 곳에 교보서점이 있었다. 시간이 좀 남아 들어섰다. 문학 코너로 자연스럽게 발길이 옮겨졌다. 문예지 『수유문학』을 뒤적거리다가 나는 돌처럼 굳었다.

24시간 김밥집
           - 진수영

수평선에 골똘히 잠겨 있었다.
김밥집 문을 열어
수평선 한 줄 포장해 주세요.

했다.

안주인은 나를 멀뚱하게 바라보다가

김밥 한 줄을 채로 돌돌 말아 나갔다.

칼로 썰어 검은 비닐봉지에 넣더니

수평선 여기 있구만유.

씨익 웃으며 내밀었다.

진수영, 개 같은 새끼! 내 시를 표절하다니! 가슴에서 식칼이 뚫고 나오는 것 같았다. 당장에 달려가서 찔러 죽이고 싶었다.

마음을 다잡아 『수유문학』 7월호의 첫 페이지를 펼쳤다. 발행일이 이틀밖에 지나지 않았다. 내가 〈풀향기〉에 〈24시간 김밥집〉을 내놓은 것이 삼 주 전이었다. 원고 수령부터 출판까지의 일정을 머릿속에 굴려 보았다. 시간은 적당한 것 같았다. 회원들 얼굴 하나하나가 차르르 지나갔다. 누군가를 통해 흘러갔는지 기분이 더러웠다.

간신히 열을 가라앉히고 나서 시에 다시 눈길을 주었다. 도무지 이해가 되지 않았다. 그 시를 포함해 7편이 진수영 시인의 특집으로 꾸며져 있었다. 금문으로 찍은 문자처럼 절대성을 확보하고 있는 시들을 심장을 도둑맞은 기분으로 한 글자 한 글자 또박또박 읽어나갔다.

책에서 눈을 떼고 천장을 올려보았다. 심호흡을 해 벌떡벌떡 뛰는 심장을 추스른 다음 다시 문예지에 눈을 박았다. 냉정한 마음을 유지하려 애쓰며 다시 읽었다.

세 번째 읽으니 전체적으로 들어오는 것이 있었다. 일곱 편 모두 자아와 세계와의 관계 탐구라는 주제로 묶인 것 같았다. 〈24시간 김밥집〉은 전체를 위해선 꼭 필요한 열쇠였다. 일곱 편 중에 딱 중간에 넣은 것도 의도적으로 보였다.

〈24시간 김밥집〉은 이승과 저승 간의 관계 탐구로도 흘러가고 있었다. 네 번째 시에서 그 점이 두드러지는데 거기서 진수영은 죽은 어머니를 그리워한다. 그렇게 본다면 〈24시간 김밥집〉은 이런 해석도 가능하다. 시의 화자는 이승과 저승 사이의 어떤 영역을 그리워하고 있다. 그는 배도 고프고 외롭고 누군가를 못 잊어 한다. 문을 열자 어떤 존재가 자기의 언어를 버리고 화자의 언어로 대답해준다. 그녀는 김밥을 채로 돌돌 만다. 진수영은 네 번째 시에서 돌아가신 어머니가 시골방에 앉아 김밥을 채로 돌돌 말 때의 표정을 묘사하고 있다. 진수영은 자신의 어머니 고향이 충북 단양이라는 말도 했었다. 수평선 여기 있구만유. 김밥집 안주인의 목소리는 충청도 사투리이다. 내가 쓴 것엔 '수평선 여기 있어예.'인데, 나는 착란에 가까운 상태가 되어갔다.

삼 주 전의 꿈속에 나타난 진수영은 내 무의식의 흔적이 아니라 진수영 본인이란 말인가. 진수영의 몸에서 빠져나와 나에게 빙의된 영혼인가. 그의 무의식의 영적 텔레파시인가. 아니면 그가 실제로 자기 집에서 〈24시간 김밥집〉을 쓰는 모습을 내 영혼이 내 몸을 몰래 빠져나가 목격한 것인가. 혼돈의 늪이 걷잡을 수 없이 나를 삼키고 있었다.

내가 주전자가 되어 내가 나를 따른다.

그 문장이 떠오르자 더욱 혼란스러워졌다.

오육 년 전쯤 그날의 꿈에도 시가 흘러갔다. 진짜 멋졌다. 최고의 시를 얻은 기분이었다. 꿈에서 받은 것을 잊어먹지 않기 위해 눈을 꼬옥 감은 채 노트에 조심스럽게 옮겨 적었다. 눈을 뜨자 어안이 벙벙해졌다. 빼어났던 시는 어디론가 사라지고 저 생뚱맞은 문장이 적혀 있는 것이었다.

가만, 그 문장의 분위기와 〈24시간 김밥집〉이 닮은 점이 있다. 주전자에서도 두 개의 세계가 서로 조응되기도 하고 하나가 되기도 한다. 〈24시간 김밥집〉이 두 개의 세계로 이루어져 있다면 〈주전자〉에 관한 문장은 두 개의 세계의 조화로 빚어져 있다. 다시 말하면 그 둘은 서로 보완적이며 긴밀한 상호작용을 한다. 그렇다면 〈24시간 김밥집〉은 나의 무의식에서 솟아 나온 나의 것일 것이다.

나는 주전자에 대한 문장을 염두에 두며 〈24시간 김밥집〉을 읽어나갔다. 그러고 보니 내가 쓴 〈24시간 김밥집〉이 이전보다 더 깊게 이해되며 가슴을 더 시원하게 긁어주는 맛이 있었다. 〈풀향기〉 회원들의 합평에서 미처 채워지지 않았던 가슴이 뿌듯 차오르는 듯했다. 마음이 편해지며 내 시 〈24시간 김밥집〉이 항구에 제대로 정박하는 느낌이었다. 깊은 밤, 허기지고 외로워 무의식의 문을 열고 들어가자 영혼 세계의 어떤 여인이 내 마음을 절로 알아 채로 돌돌 말아 고스란히 화답하는 느낌으로 다가왔다. 그 여인은 또 다른 나 같았다.

〈수유문학〉을 덮었다. 스마트폰 액정화면을 보니 〈풀향기〉 모임으로 떠나야 할 시간이었다. 육 년 동안이나 가족처럼 지내온 〈풀향기〉, 그 자리가 느닷없이 회오리바람으로 돌변한 것 같았다.

'민규연 시인. 당신 그렇게 안 봤는데, 표절했잖아! 어떻게 그럴 수가 있지!'

나를 바라볼 눈빛들에 맹독이 들끓을 것 같았다.

표절은 내게 자살 행위이다. 내 삶이 이율배반적으로 흘러가는 면이 있다 할지라도 표절할 바에야 차라리 자살하겠다는 것이 평소 나의 신조다. 진정한 것들이 사라지고 어중간한 것들이 이미지와 화장빨, 간판을 내세우며 진짜인 척하는 시대에 진정한 창의성을 가지고 관통하는 것이다. 소통이란 팻말을 들고 다니며 소통을 윤간하는 시대에 소통의 붉은 심장을 보여주는 것, 세계의 모순을 뚫고 우주의 경이로운 광맥 속으로 오로지 독창성 하나만 가지고 파고드는 것, 하꼬방 같은 무역회사에서 진급이 밀린 채 붙박여 있을지라도 시인으로서의 나는 그 하나만을 위해 무모하게 달려왔다. 세계 전체가 표절에 빠지더라도 나만큼은 독창성을 생명으로 삼는 시인으로 살겠다. 나의 신념이며 일관된 태도, 정체성이었다.

그런데 내가 표절한 것이 아니라면 진수영이 표절한 것이 된다. 진수영이 표절할 이유가 있을까? 없을 것 같다. 없다. 그 역시 독특한 시를 쓰는 것으로 평가받고 있다. 내 시를 표절했다면 금방 들통날 텐데 그

어리석은 짓을 할 이유가 없다.

그럼 대체 뭐란 말인가. 다음 달이면 A출판사로부터 나의 세 번째 시집이 나온다. 〈24시간 김밥집〉도 거기에 수록된다. 〈24시간 김밥집〉. 이 시의 작가는 과연 누구란 말인가. 나인가 진수영인가. 둘 다인가. 또 다른 무엇인가.

가슴이 터져버릴 것만 같았다. 주머니에서 스마트폰을 꺼냈다.

"진수영 시인. 민규연이오."

"안녕하세요."

"한번 만납시다."

"네."

"오늘 밤 열 시 어때요? 무교동의 맥주집. 이 년 전에 봉평 문학 행사에 다녀오면서 뒤풀이 한 장소예요. 주소 찍어줄게요."

"네."

칼을 가지고 나와, 나도 가지고 나갈 테니. 누가 진짜인지 겨뤄보자.

속에서 부글거렸지만 내뱉지는 않았다. 전화를 끊고 주소를 검색해 보냈다.

진수영의 목소리는 냉정을 가장한 것 같은 목소리가 아니었다. 진실해 보였다. 쓰러질 듯한 걸음으로 서점을 빠져나왔다. 진수영 시인과 민규연 시인의 표절 시비. 다음 달이면 문단이건 신문이건 SNS건 더욱 뜨겁게 달궈질 것이다.

'꽃담'으로 걸어가기가 두려웠다. 발걸음이 너무도 무거웠다. 그러나

가지 않으면 더 이상해진다. 사막의 오아시스 같던 공간이 법정 건물처럼 여겨졌다. 표절인데 표절하지 않았다. 말도 안 되는 말이 자살 충동을 일으킬 정도로 날 괴롭히고 있었다.

〈24시간 김밥집〉. 이 시의 작가는 과연 누구인가. 나인가 진수영인가. 둘 다인가. 또 다른 무엇인가.

알쏭달쏭한 그 문장은 과연 어디에서 비롯된 것인가. 나 같은 서민들이 평소에 이용하는 식당 24시간 김밥집이 하필 요상한 문장을 끌고 내게 왔는가.

과학이든 뇌과학이든 뭐든 발전하여 모든 것에 대한 답을 주는 듯 폼 잡는 이 시대는 이 질문에 무슨 말을 할 것인가. 이 사소한 질문에 답을 할 수 있는가? 할 수 없다면 이 작은 것 하나에 시원한 해갈을 줄 수 없는 것이 첨단이라고 호들갑 떠는 우리 시대인가?

죽음의 문제에 밝지 않다면 삶의 문제에 대한 그 어떤 탐구도 근원적으로 미진할 수 있다. 죽음은 삶의 윤활유이며 방부제이다. 우리가 사는 현대 문명은 죽음을 추방한 문명이다. 내 삶의 해방구이자 편안한 옷 같은 풀향기가 거미줄이 되어 나를 감아쥐어 갔다.

모독 교환 사회

학교마다 있기 마련인 졸업 앨범이 내가 나온 대학엔 없었다. 졸업 앨범이 없는 것을 전통으로 삼기까지 했다. 별나고 해괴했다. 마음에 들었다.

나는 우리나라 정치판을 한번 휘감았다가 말아먹은 386세대의 시작인 80학번보다 하나 빠른 79학번이다. Z대 인문대학 불문학과를 졸업했다. 경영대나 로스쿨, 전자공학이나 분자생물학에 밀려 미미해지고 멸종동물처럼 취급받기는 하지만 사십여 년 전만 해도 인문대학은 대학의 맏형이자 초석인 양 은은한 빛을 머금고 있었다. 고풍스런 건물들 사이에 작은 연못이 있었는데 우리 인문대생들은 두이노의 연못이라고 불렀다. 인문대 동기들은 180명 남짓이었다. 그러나 내가 기억하는 얼굴들은 그 별난 전통 덕에 불문과 이십 명을 포함한 삼십 명 정도가 고작이다.

"정호야. 졸업 앨범이 왜 없는지 아냐?"

얼굴도 기억나지 않는 인문대 선배가 물었다. 얼굴엔 진한 자긍심이 어려 있었다. 그 말을 훈장처럼 자랑스럽게 여기는 듯했으며 질문을 던지는 것 자체를 흡족해하는 얼굴이었다. 전통은 그렇게 선배에게서 후배로, 단단하면서도 돈독한 빛을 띠며 이어져 왔을 것이었다.

맨 처음 그 전통을 만든 사람이 누구인지 아는 사람은 없었다. 누구냐고 묻는 사람도 없었다. 그따위 생뚱맞고 변변치 않은 것이 하필 우리의 전통이냐고 따지는 사람도 없었다. 단지 먹먹한 느낌을 주며 가슴을 훅 건드리는 그 전통은 입에서 입으로 전해져 내려옴에 따라 말에 힘이 붙고 빛이 한결 도드라졌을 것이었다. 그 말을 하는 선배와 후배 사이엔 시대를 초월한 빛, 시대와는 무관한 진실의 바통이 이어지는 듯 훈훈한 온기가 있었다. 이제는 아득하기만 한 1979년도 당시엔 그런 정서가 물씬했다. 정직하고 진솔한 말 한마디에 후배는 감화를 받고 그 말을 일 년 열두 달, 나 같은 놈은 평생, 가슴에 간직하는 친밀함과 연대가 있었다. 지금 그 시절을 생각하면 그 질문을 던지던 선배, 곁에서 같이 들으며 귀중한 선물이라도 받은 듯 만족해하던 동기생의 이름과 얼굴도 그 전통으로 인해 어둠 속으로 사라졌다. 그 말의 주변에 번지던 온화하고 짙은 온기만은 선명하다. 촛불이라도 되듯 그 말을 주고받는 사람들의 얼굴은 환했다.

"졸업 앨범이 왜 없다고 생각해?"

구석으로 좀 더 몰린 나는 대답할 말을 찾지 못하고 있었다. 기다렸다는 듯 선배가 굵직한 말투로 "입학생들보다 졸업생들이 턱없이 적어서 그래." 할 때의 얼굴은 역사적 사명감마저 담겨 근엄하고 묵직하기까지 했다.

"독재와 불의에 저항하다가 감옥에 갇히거나 죽어 졸업을 못 하는 선배들이 많잖아. 졸업 못 한 사람들이 무수히 많으니 졸업 앨범이란 게 의미가 없지. 의롭게 사라져간 선배들을 기리기 위해서이기도 하고."

그런 의미의 전파 속에 시대적 소명을 감당할 수 있을까 하는 두려움과 공포, 불빛 같은 것이 두이노의 연못가에서 함께 듣는 동기생들의 얼굴에 경건히 배어 있었다. 곁에 앉아 있던 인우의 얼굴에도 그런 두려움이 나와는 또 다른 음영 속에 드리워져 있었다.

인우는 어땠는지 몰라도 나는 그 전통이 그렇게 사회적, 역사적 함의를 담으며 구체화되자 맥이 빠지는 기분이었다. 그러나 인우나 그 누구와도 그 기분을 공유하지 않았다. 주변에 있던 열댓 명의 동기생도 나와 같은 느낌을 가졌는지 아닌지 알지 못한다. 내게 분명 일어난 허탈감. 어쩌면 그것은 나 같은 분열증적 징후가 강한 놈의 안테나에나 잡히는 것이어서 그 시대를 포함한 지금까지 그 어느 누구도 생각조차 못 했을지도 모른다. 스쳤다 하더라도 이내 허공에 던져버렸을지도 모른다. 그 허탈감 탓인지도 모른다. 졸업 앨범이 없다는 생뚱맞은 전통은 사회 역사적 의미를 넘어서 내 가슴에 지울 수 없는 낙인을 찍고 말았다.

인우의 자취방은 좁은 골목길을 한참이나 지나 있었다. 허름한 구멍가게 앞에서 꺾여 들어갔던 것밖에 기억이 나지 않는다. 강산이 네 번이나 바뀌어버린 그 시절은 흑백사진 같기만 하다. 페퍼포그나 최루탄, 어느 열사의 투신 같은 것들로만 그 시대의 풍모를 그리는 것은 지나치게 단순화하고 왜곡하는 것 같아 싫다. 사십 년 전, 두이노의 연못엔 푸른 물결이 잔잔하게 어른거렸으며 니체나 맑스, 헤겔이나 레닌을 들먹이던 묵직한 목소리도 불온하게 번졌다.

  불문과 강의실 유리창을 통해 내다보면 도서관을 드나드는 학우들이 눈에 뜨이고 장발에 청바지, 청자 담배를 피우며 흐느적거리던 청춘의 영혼들이 보였다. 386세대들이 이 땅의 패권을 거머쥔 것은 그로부터 몇 차례의 사회 역사적 지진들을 거친 후의 일이다. 당시엔 정치 이전의 낭만적인 열기가 지배적이었다. 그러나 이따위 피상적인 분석이 나의 관심사는 아니다. 분열증적 징후가 있다고 뒤늦게 자가 진단을 내린 나로서 그 시대의 풍경을 그리는 것은 한계가 뻔하며 언어도단이다.

  대학 시절의 나는 어울리는 친구들이 몇 없었다. 시골 출신의 열패감 때문은 아닐 것이다. 서너 명하고만 시간을 나누곤 했다. 도서관은 안달이 날 정도로 끌릴 때 아니면 가지 않았다. 그러나 나는 도서관에 매일 드나드는 느낌이었으며 나 자신이 도서관보다 깊다는 생각을 지니고 있었다. 도서관 안의 무수한 콘텐츠들을 내 안의 어둠의 탕기 속에서 질펀하게 끓여대고 있었다. 열병이며 질병이었다. 나는 도서관보다 더 진지했고 더 아팠다. 더 심각했다. 도서관에서 마음을 식힐 여유조차 없었다. 내 가슴엔 수천의 그로테스크한 도서관들이 들끓고 있었다.

인우에게도 어떤 서늘한 그늘이 담겨있다고 느끼곤 했다. 많은 동기생들이 독재 타도와 민주화를 위해 뜨겁게 달아오르곤 했다. 인우와 나는 내면이 이미 암울하게 물들었는지 태생적으로 그랬는지 그들에게 공감하면서도 의외로 낯선 구석을 지니고 있었다.

대학 이 학년의 겨울 어느 날 인우와 나는 포장마차에서 소주잔을 기울였다. 카바이드 불빛 아래 취해가다가 김기현 선생님 이야기가 나왔다. 지식 쪼가리들을 다 토해봐도 풀리지 않는 갈증이 있었던 것 같다. 불안으로 치닫곤 하는 가슴들을 의지하고 싶었는지도 모르겠다. 함석헌이나 리영희, 김대중 선생 등이 정치 역사적 큰 방향을 제시했지만 내면적이고 문학적인 차원에선 김기현 선생의 비중이 제법 컸던 시절이었다. 그런 분이 곁에 있다는 것이 행운이자 든든한 방파제를 둔 기분이었다. 후덕했으며 제자들에 대한 사랑의 진가가 더욱 드러난 것은 죽음에 이르기까지의 과정이다. 암과의 투쟁 속에 병상에 누워서도 매일 독서를 하며 일기를 썼다. 책으로 간행되어 나온 그 일기를 읽으면 얼마나 치열하고 진지하게 인문학을 사랑했는지 뭉클해진다. 반포에는 그분이 즐겨 가시던 반포치킨이라는 맥주집이 있었다. 제자의 취기 어린 전화에 껄껄 웃으시며 그리로 오라고 했다. 인우와 함께 타고 가는 택시 차창 밖으로 하얀 눈이 내리고 있었다.

"선생님, 바둑 좋아하시지요?"

반포치킨의 주황빛 조명 아래 나는 삐딱하게 앉아 있다가 불쑥 말을 꺼냈다. 준비된 질문도 아니었다. 순간 솟구치는 울분 같은 것이었다.

파울 첼란의 시에 대해 인우와 이야기를 주고받던 선생님은 빙그레 웃으면서 내 쪽으로 얼굴을 돌렸다.

"응. 좋아하지. 근데 갑자기 바둑 얘기는 왜?"

"바둑에 고수와 하수가 있잖습니까. 그런데 하수의 돌은 고수의 돌보다 무조건 약한가요?"

혀가 꼬부라진 채 대들듯 물었다. 선생님은 물끄러미 나를 바라보았다. 나는 다시 힘을 주어 물었다.

"바둑판에 깔린 하수의 많은 돌 중 적어도 어느 하나는 고수의 돌보다 강한 것이 있지 않을까요? 단 하나라도요. 단 하나라도."

억지스러움을 한 번 더 쥐어짜는 기분으로 몰고 나갔다. 답답한 부글거림 속에 불끈 솟아오른 것을 질문이라고 내뱉은 것이다. 선생님은 무시하지도 않고 핀잔을 주지도 않았다. 사려 깊은 얼굴에 애정이 머금어진 눈빛을 하고 있었다. 마음이 조금은 누그러졌다.

선생님이 어떤 논리로 그 생뚱맞은 질문을 벗어났는지 정확히 기억나진 않는다. 구조주의에 대해 말씀하신 것 같다. 내 질문의 배경에 그런 시스템이 어렴풋이 드리워져 있는 것 같다고 하신 듯하다. 바둑이라는 체계, 고수와 하수 간의 위계질서를 염두에 둔 말씀 같다는 생각은 당시에도 설핏 들었다. 그런 시스템에 대해 못 견뎌 하는 신음 같은 것이 보인다고 말씀하신 것도 같다. 터질 듯한 나의 울분 덩어리를 지적 렌즈를 통해 해석하고 그 너머를 보여주려는 노고를 베풀어주셨다는 느낌만큼은 확실하다. 그처럼 뚱딴지같은 것을 선생님은 인문학적인 좌

표 내에 위치시켜 그에 맞는 조명을 비춰주고 있었다. 울분과 광기에 쌓인 무의식의 한 조각이 햇살을 받는 기분, 사랑을 받는 기분이 울컥한 심정 속에서도 들었다. 하지만 나는 그러한 배려의 허리를 끊으려는 듯 더 밀고 들어갔다.

"하수들의 돌 수백 개 아니 수천수만 개 중의 어느 하나만큼은 고수의 돌보다 뛰어난 돌이 있지 않을까요? 고수가 상상도 못 할 돌이요."

나는 당시의 시대 상황만큼이나 질식할 듯한 마음을 쥐어짜는 기분으로 한마디 더 내뱉은 다음 나도 모르는 사이 언어의 회오리 속으로 빨려 들어갔다. 또 다른 생각들이 머릿속에 번쩍이면서 선생님을 공격하는 말로 급회전하고 있었다.

"선생님은 그래도 성공하신 분이잖아요"

나는 선생님을 어느새 고수의 비겁한 돌의 위치에 올려놓고 있었다. 그리고 하수로서의 나의 가슴 속엔 고수의 모든 빛나는 돌들을 깨부수고 남을 기상천외의 돌이라도 마련되어 있는 양 오만한 미소마저 띠고 있었다.

"성공?"

선생님은 의아해하는 표정으로 물었다.

"예. 성공요."

얼굴이 편해 보이지 않았다. 순간적으로 흔들리는 느낌도 있었다. 맥주잔을 한번 기울이고는 되물으셨다.

"커다란 실패와 작은 성공. 그중 어떤 것이 더 가치가 있을까?"

그 말 역시 졸업 앨범이 없는 것이 전통이라는 말처럼 사십 년이 지난 지금도 내 가슴에 화인처럼 박혀 있다. 하수의 바둑돌 운운하는 것이 감히 스승을 위시한 그 모든 것들에 대해 나의 우위를 점하려는 오만과 마조히스트적인 파열음이었다면 커다란 실패와 작은 성공 운운하는 말은 나를 근본적으로 압도하는 힘이 있었다. 나는 뿌리째 흔들리고 있었다.

"시인 김수영 아나?"

"네."

"그는 커다란 실패라고 할 수 있지."

거대한 그림자가 지상에 내려앉는 느낌이었다.

"그에 비하면 나는 작은 성공이라고 말할 수 있을 거야. 그런데 커다란 실패가 뿜어내는 빛, 그 빛은 말야…."

선생님은 말을 멈췄다. 침묵에서 은은한 자장이 흘러나오고 있었다. 마냥 깊어지고 진해져 갔다. 물론 나는 선생님의 침묵의 깊이를 다 헤아리진 못했다. 부조리하고 광폭한 시대. 도시 하나가 피로 물들며 그 검은 여운이 깨어있는 사람들의 가슴 속으로 저미게 번져가던. 그런 시대의 아픔 속에 인문학적인 시선을 예리하게 뜨고 있는 분. 제자의 삐딱한 광기마저 지성과 사랑의 햇살로 보듬어 주는… 그 후 졸업해서 선생님을 뵙지 못하다가 마지막 만난 것은 그분의 영정 앞에서였다. 공교롭게도 1990년. 386세대마저도 새로운 세대에 밀려 자리를 내주던 시절이었다.

커다란 실패에 대한 작은 성공으로서의 콤플렉스, 김수영에 대해 평론가로서의 콤플렉스를 지니고 있다는 느낌은 그날 밤 하염없는 침묵 속에서 내가 받은 것의 극히 일부분일 뿐이었다. 커다란 실패가 뿜어내는 빛. 그것을 다 알 순 없었다. 그 말 뒤로 반포치킨, 창밖으로 하얀 눈이 내리던 밤이었다.

눈이 펑펑 내리는 어둑한 골목길을 인우는 앞장서서 걷고 있었다. 그의 손에 들린 소주 세 병과 오징어가 든 검은 비닐봉지에도 눈이 떨어지고 있었다. 추위 속에 눈길을 한참이나 걸어 구멍가게 앞에서 꺾어 들어가자 그의 자취방이 나타났다.

"들어봐. 라흐마니노프의 피아노 협주곡 3번이야."

인우는 불을 켜지도 않은 채 희미한 가로등 불빛에 의지해 턴테이블에 LP판을 올려놓았다. 라흐마니노프. 그 이름을 그때 처음 들었다. 이름만으로도 아주 고적하고 장중했다.

"파울 첼란의 시 독일어로 읽어줄까?"

겹겹의 여운에 잠겨가던 내게 인우가 물었다. 나는 고개를 끄덕였다. 인우는 라흐마니노프의 선율에 맞춰 천천히 읽어나갔다.

새벽의 검은 우유, 우리는 그걸 저녁마다 마신다.

우리는 날마다 아침마다 그걸 마신다. 우리는 밤마다 그걸 마신다.

우리는 마시고 또 마신다.

우리는 공중에 무덤 하나를 판다. 그곳에선 좁지 않게 누울 수 있다.

두이노의 연못가에서 인우가 이 시를 처음 보여줬을 때 첫 행에서 감전되는 듯했다. 새벽의 검은 우유, 우리는 그걸 저녁마다 마신다. 비록 번역본이었지만 가슴을 깊숙이 파고들었다. 시를 좋아해 불문과에 들어왔어도 이렇게 기막힌 은유는 처음이었다. 새벽의 검은 우유. 뜻을 몰라도 마음을 뒤흔들어댔다.

"파울 첼란은 루마니아 출신의 유태인 시인이지. 그의 어머니는 아우슈비츠에서 독가스에 의해 죽었어. 새벽의 검은 우유는 일단 그 독가스를 의미해. 물론 그것은 일차적인 해석이고 파울 첼란의 무의식 속에선 더 심오한 이미지들과 얽혀 있겠지."

막연한 비장미로만 와닿던 내게 인우가 들려준 말은 구체적인 송곳을 들이댐으로써 껍질을 부수고 있었다. 인우는 점점 더 파고들어 왔다.

"아우슈비츠 이후에도 서정시는 가능한가? 비평가인 아도르노가 그런 질문을 던졌잖아. 현대 서구문학에서 아주 중요하고 유명한 명제지. 파시즘과 권력의 횡포에 의한 인간 살육. 박정희와 전두환 정권을 포함해 파시즘의 원조인 히틀러와 그 시대, 세상의 폭력들에 관한 이야기야. 권력이 미치광이가 되어 순박한 국민들을 조롱하고 도륙하는 시대에 아름다움을 찬미하는 서정시가 도대체 무슨 의미가 있냐는 절망의 선언이잖아. 우리나라로 치면 독재로 죄 없는 사람들이 감옥에 들어가고 사형에 처해지는데 꽃이나 바람을 노래하는 현실 도피적인 시가 무슨 의미를 지닐 수 있냐는 문제지. 아도르노의 그 질문에 대해 세계의 지식인들 그 누구도 자신 있게 말할 수가 없었지. 시가 붕괴된 거야. 인류역

사상 처음으로. 시라는 것이 설 자리조차 없도록 현실은 짐승 이하의 세계로 전락했다는 처절한 절망이며 출구 없음의 선언이지."

인우가 파울 첼란의 시를 독일어로 읽어나가는 사이 이미 그로부터 들은 의미들이 깃들여지면서 내 마음은 점점 더 심연으로 깊어지고 있었다. 인우는 낭송을 마치고 말했다.

"아까 니가 바둑 이야기 꺼내기 전에 말이야."

"응."

"선생님과 파울 첼란 이야기를 나눌 때 너는 어땠는지 모르지만 나는 전율한 것이 있었어. 그래서 너하고 얘길 더 나누고 싶어서 내 자취방으로 가자고 했던 거야."

인우가 술을 따르며 말했다.

"뭔데?"

"아도르노가 한 말 있잖아. 아우슈비츠 이후에도 서정시는 가능한가라는 질문. 어떤 시 하나로 인해 아도르노 자신이 자기가 한 그 말을 철회했다고 했잖아. 선생님이."

"그랬지."

"그 시가 바로 이 시라는 거야. 방금 내가 읽은 시. 〈죽음의 푸가〉라는 시."

"아, 그게 바로 이거였나?"

"응. 이 시였어. 난 거기까진 몰랐거든. 나도 그냥 이 시가 좋았는데, 그리고 아도르노의 그 말도 좋았는데 그 둘이 이렇게 연결되는 건 오늘 처음 알았어."

인우의 목소리가 어둠 속에 조용히 떨리고 있었다.

그 기억 역시 내 안에 고스란히 있다. 시 하나의 의미에 감격하며 라흐마니노프의 선율에 그윽하게 잠기던 인우.

인우 역시 당시의 숱한 인문대생들처럼 그해 겨울방학을 지나 봄의 캠퍼스에서 잠시 보이다가 사라졌다. 감옥에 갔다느니 군대에 끌려갔다느니 하는 이야기들이 풍문처럼 나돌았다. 그는 나의 몇 안 되는 대학 친구 중 하나였기에 단절이 깊어질수록 그 독한 어둠을 배경으로 그 영혼의 향기는 깊어져만 갔다. 지금은 살아있는지, 살아있다 하더라도 어디서 무엇을 하는지 도무지 알 수 없는 인우. 나는 그날 밤 그의 자취방에서 짙은 영혼의 교감을 했으면서도 서로 어떻게 교감이 되었는지는 한 번도 이야기를 나눈 적이 없었다.

소통보다는 부재로 인한 그 향기가 더욱 깊은 것인지도 모른다. 내 안의 짙어지는 고독 속에서 마냥 발효되면서 더욱 깊어지고 풍요로워지고 아름다워진 그 향기가 더욱 소중해져 그와의 만남이 중요하지 않을지도 모른다. 시대는 암흑처럼 어두웠고 전갈의 발톱 같은 것들이 시시각각 압박해 들어왔어도 두이노의 연못가엔 그런 귀중한 별빛들이 찰랑대고 있었다.

스크린도어가 열립니다.

선명한 톤의 마이크 목소리가 몽상에서 깨어나게 했다. 무심코 눈을 뜨자 안개꽃, 장미꽃 다발을 안고 있던 여대생은 맞은편에 그대로 앉아 있었다. 나를 몽상에 빠뜨린 졸업 꽃다발과 어우러진 모습 그대로, 그녀가 머리를 살폿 기댄 창유리 너머 삼성역이란 글자가 눈에 들어왔다.

하필 졸업식날 모임 날짜를 잡았는지 지하철 바깥도 분주했다. 인파 사이를 헤치며 걷는데 윙, 스마트폰이 울렸다. 꺼내 카톡을 열자 "정호형. 어디예요?"라고 적혀 있었다.

"곧 가. 십 분만 기다려."

급히 써 보내고는 걸어 나갔다.

졸업 꽃다발들이 여기저기 흘러가고 있었다. 코엑스로 빨려 들어가는 젊은 인파는 화려하고 건강했다.

시공간의 혼란을 느끼며 재촉해 걷는 발길에 설렘이 일었다. 다름 아닌 숭인회 모임 아닌가. 내가 졸업한 숭암고등학교 출신의 Z대 인문대 모임. 열댓 명 되는 회원들 대부분이 문사철에 관심이 깊은 것은 물론 묘한 내면들을 지니고 있다. 시골에 있는 고교이다 보니 서로에 대해 전화번호와 주소는 물론 가족들에 대해서까지 얼추 안다. 그러니까 Z대 인문대엔 졸업 앨범이 없지만 이 소모임만큼은 졸업 앨범이 있는 셈이다. 이 모임에서도 사라져 이름만 남은 선배도 있다. 그를 위한다면 이런 농담도 결례가 될 테지만 말이다. 그렇게 머리가 돌아가자 모처럼 잠긴 과거의 물결이 새삼 짙푸르렀으며 일상에 마모되어 가던 내 가슴에도 오랜만에 신선한 바람이 돌았다.

3번 출구로 나가 골목으로 접어들자 모임 장소인 숯불갈비집이 눈에 들어왔다. 그 한구석에 자리 잡은 숭인회에 끼어 앉는데 후배 녀석의 말이 들려왔다.

"직관이라는 것이 아직도 존재하나?"

간만에 듣는 말이라 반가웠다.

"중심과 주변이라는 관념이 철학사엔 늘 존재해왔지. 직관이라는 것은 철학사에서 중심 위치를 차지해왔지만 지금 시대엔 주변부로 밀려난 지 오래야. 지금 십 대, 이십 대는 직관이란 말 자체를 거의 안 써."

"스펙이니 알바 따위의 말들에 밀려버린 거지. 거대 담론이 사라진 후의 세태라고 봐야겠지. 아이들의 입장에서 봐도 취업난이니 등록금이니 현실적인 문제들로 골치 아픈데 거기에다가 생각하라고 뒤흔드는 것도 안쓰러워 못할 지경이네."

술이 땡겼다.

"그런 마당에 인문학이 뜨는 것 보면 이상해요. 앞뒤가 안 맞잖아요? 형이 금방 말했듯이 인문학의 기초가 무너진 상태인데도 인문학이 무섭게 뜨고 있잖아요. 『시 읽는 CEO』, 『인문학을 알아야 경영을 잘한다』 이런 책들도 좀 잘 팔려요?"

"상술이지. 인문학에 뭔가 폼나는 게 있어 보이니까 경영자들은 그 냄새를 피우고 싶은 거지. 그걸 알아챈 출판사들이 사냥개마냥 덤비는 거고. 개자식들."

"그것만은 아냐. 지금 세계를 봐. 기존의 패러다임들 전부가 박살난 상황이야. 그 어느 것도 맞아떨어지는 게 없지. 그 절대 위기 속에서 인문학의 가치가 재발견된 거고 그런 배경하에 결합된 걸로 볼 수도 있지."

"그런 면도 있죠. 그래도 이율배반적이에요. 인문학은 늘 소외되어 있고 지금도 실상은 그런데도 그 허기진 배에서 나오는 향기를 또 한 번 빨아먹는 작태죠."

잔을 주거니 받거니 하며 얘기가 흐르는 동안에 두이노의 연못이 또다시 스멀거리고 있었다. 푸른 물결이 잔잔히 어른거리는 가운데 우리들의 두런거리던 목소리들은 감시받고, 거미줄 같은 것이 척척 눌어붙는 듯해 두려움과 공포, 알 수 없는 불빛 속에 증폭되었다. 우리들의 목소리의 울림은 컸고 서로의 미세한 흔들림, 불안, 요동치는 맥박이 강하게 전해졌다. 근데 오늘따라 이들의 이야기가 쟁반에 놓인 예쁜 과일처럼 보이는 것이었다. 알 수 없는 허전함이 밀려와 나도 모르는 사이에 세희 형에게 눈길이 가고 있었다. 그는 식탁 가운데에 침묵 속에 앉아 있었다.

인우가 나의 어둠의 동반자였다면 세희 형은 빛 같은 존재였다. 인우가 라흐마니노프 한 음악가에게 매료되어 사로잡혀 있었다면 세희 형은 바흐, 헨델, 모차르트, 슈만… 서양 음악사의 계보를 따라 음악을 들으며 음악을 사랑하는 사람이었다.

무거운 가슴을 짓누른 채 도서관 옆 잔디에 누워있을 때면 두꺼운 책을 겨드랑이에 끼고 도서관에 드나드는 세희 형을 볼 수 있었다. 그 모습은 비상하려는 학을 떠올리게 했다. Z대의 모토인 '베리 탁스 룩스 메아' 즉 진리는 나의 빛에 가장 합당한 사람 같아 보였다.

"정호. 니체에 대해선 어떻게 생각하나?"

일 학년 말쯤에 세희 형은 내게 물은 적이 있었다. 나는 할 말이 없었다. 인문대생이라면 누구나 읽는 니체를 읽지 않았기에. 그러나 니체를 송두리째 알고도 남을 것 같은 마음이 내 안에 언어로 형상화되지 않은 채 부글거리고 있었다. 나는 니체를 읽지 않았다. 아니 읽고 싶지 않았다. 니체와 겨루고 싶었다. 하이데거도 읽지 않았다. 하이데거와 겨루고 싶었다. 그때 세희 형은 말했다. 니체를 읽고는 세상에 대한 눈을 뜨게 되었다고. 그리고 일 년쯤 지난 후 다시 말했다. 마르크스를 읽고는 세상에 대한 새로운 눈을 뜨게 되었다고. 그는 세상에 대해 새로운 눈을 계속 뜨는 사람이었다. 그러한 참신함과 미래지향적인, 빛의 에토스 같은 것이 그의 발길을 이끄는 힘이었다.

숭암고 시절에도 그는 천재라는 소문이 나 있었다. 그리스 철학에서 시작해 서양의 뛰어난 철학자들이 그의 명료한 뇌에 의해 이해되고, 분석되고, 정리되었을 것이다. 그는 결국 칸트를 전공했다. 나는 그것이 처음엔 이해가 되지 않았다. 그는 칸트와는 전혀 다른 사유 방식을 가진 니체에 심취해 있었으며 그 후 마르크스에게 깨어진 후 좌파 혁명 사상에 지배당하고 있었다. 니체적인 사상과 마르크스적인 사상 사이에 고뇌와 방황이 깊었다고 몇 년 전에 술회한 적이 있었다.

그러나 나는 그가 방황이라는 말을 쓸 때 안전핀 같은 것이 박혀 있다는 생각을 지울 수 없었다. 물론 세희 형은 극심하게 흔들렸고 모질게 아팠을 것이다. 어쩌면 그의 방황이 진취적이며 생산적일 것이다. 그러나 방황에 대해서는, 검은 우유의 악몽을 벗어나지 못해 센강에 투신할 수밖에 없었던 파울 첼란의 방황 같은 극단적인 이미지만을 가지고 있는 나로서는 세희 형의 그것이 낯간지러웠다.

칸트를 전공한 것이 그에게 맞는 옷일 것도 같았다. 모진 고뇌 속에 대륙의 합리론과 영국의 경험론을 종합한 칸트처럼 그 모든 것을 나름대로 정리하고 새로운 자신의 철학을 마련하기 위해서라도 칸트에 몰입해 그에 대한 재사유를 하고 싶었는지도 모른다. 아무튼 칸트에 대해 세계 석학들도 놀랄 만한 논문을 쓴 결과 세계칸트협회에서도 저명인사가 되었다. 우리나라 지식계를 주름잡는 주요 인물 중 한 명이 되어 있었다. 주요 논객으로 활동하고 있다. 팟캐스트에도 진출해 대중들에게 영향을 주고 있으며 트위터에서 활약하는 모습도 종종 보도되고 있었다.

"한 달 전에 대학에 간 적이 있었는데 말이에요."

이율배반 어쩌구 하던 후배 녀석의 말로 인해 나는 현실로 되돌아왔다.

"인문대학 게시판에 이런 문구가 붙어 있더라고요. 〈인터넷 졸업 앨범 사진 준비하세요〉라고."

다소 허하게 취해가는 머릿속에 전등불이 휘릭 켜졌다. 졸업 앨범이라고! 인터넷 졸업 앨범! 전통은 어디 가고!

"인문대 총동문 모임도 활성화되려 하고 있다지."

곧바로 이어지는 말에 맥이 빠졌다. 어떤 공백이 분명히 있는데 아무도 그것을 눈치채지 못하고 있었다. 인터넷 졸업 앨범 운운과 총동문 운운 사이의 공백에 대해 누구도 실마리조차 알아채지 못한 것 같았다. 공백이 안 느껴져요? 아니 하나도 안 느껴진단 말이에요? 나는 수류탄이라도 던지듯 내뱉을까 하다가 참았다. 내가 소중히 여기는 이 모임에서조차도 거기까지의 감수성은 기대하기 어렵다는 절망감이 직관적으로 와닿았다. 소주 두 잔을 연거푸 들이켰다.

인문대학의 모임이 활성화된다면… 아름다운 그물이 짜지긴 할 것이다. 각종 친목회, 경영 조찬회, 정치 모임… 그런 모임들에선 맡기 어려울 향기가 흐를 것이다. 시와 철학. 수메르 문화와 고대 문명들. 러시아 문학과 남미 문학. 언어의 기원과 신비. 루소의 자유의지와 니체의 권력의지. 파놉티콘과 권력의 형태들. 유목민과 리좀. 불의에 저항하는 자유의 몸부림들. 엄두조차 내기 어려운 물결들이 퍼져나갈 것이다. 생사조차 모르는 인문대 동기들. 세상과의 대결을 자기 방식으로 해나가던 독특한 매력의 친구들. 기억으로만, 이미지로만 존재하는 얼굴들. 그들의 현재 모습을 보게 되면 세월의 두터운 층, 인류의 대지가 느껴질 것 같았다. 어쩌면 인우를 만날 수도….

인우와 셋이서 어울리곤 했던 녀석은 MBC의 피디가 되었다. 〈우리나라 인문대 79학번들, 지금은 어디서 무엇을 하고 있나?〉라는 테마로 다큐멘터리를 만들 생각을 했었다. 그 말을 듣는 순간 내 가슴엔 박하향이 돌았다. 인우를 포함한 인문대 동기생들을 향해 밀려드는 그리움에 가습이 저렸다. 그 아이디어는 내 상상력을 자극해 〈세계의 인문대 79학번들, 지금 어디서 무엇을 하고 있나?〉로 확장되었다. 러시아와 남미와 아프리카, 유럽, 아시아… 지구 전체를 아우를 그 아름다운 띠는 적도처럼 뜨겁고 풍요로울 것이다. 물론 인문학을 악용한 저질들도 허다하다. 그렇지만 세상의 아픔 속을 흐르는 고아한 빛도 강렬하다. 그러한 희망의 시금석이 시작되려는 것이다. 그러나 동시에 내 가슴 속엔, 마치 빅토리아 폭포가 마냥 넓어지던 물살을 끌어안고 추락하듯, 인문대를 졸업한 지 사십 년이 되도록 풀리지 않은 갈증, 풀리기는커녕 깊어져만 가는 그것 역시 커졌다.

대학 입학 이전부터 나의 삶을 지배하고, 무의식 깊은 곳에서 나에게 명령하고, 함부로 길들지 못하게 방해하고, 나를 꼿꼿이 고개 들게 하는 그 힘이 새삼 솟구치고 있었다. '거대한 실패가 뿜어내는 빛, 그 빛은 말야….' 선생님은 죽음에 이르기까지도 그 말에서 해방되지 못했을 것이다. 나는 어떠한가? 내 삶이 실패투성이이고 재앙으로도 치달았지만 그 말에 부합되기나 할 것인가? 그 말을 감당할 수 있을까? 부끄럽지 않은가? 세상이 얼마나 어두운데.

한 시대를 풍미한 지식인이 죽음에 이르도록 해결하지 못한 문제, 그 날 밤 주황빛 조명의 반포치킨, 어설픈 광기 어린 나의 질문을 잠재우던 말, '거대한 실패가 뿜어내는 빛, 그 빛은 말야.' 다음에 이어지던 깊디깊은 침묵. 간이 썩어들어가는 고통 속에 뼈만 남은 몰골로 김기현 선생님이 임종했다는 말을 들었을 때 나는 이상하게도 그날 밤의 침묵이 가슴을 파고들었다.

성공으로만 치닫는 사회, 온갖 성공 신화들이 난무하고 성공만이 최고의 미덕인 양 찬사를 받는 가벼움, 그에 저항해 그 커다랗게 보이는 성공들을 작은 성공이라고 일축해 자리매김을 시켜줌과 동시에 성공의 잣대로는 결코 볼 수 없는 차원을 열어준. 왠지 거룩한 순장의 냄새가 나고 대의를 위해 희생의 삶을 선택하는 숭고함이 어려 있으며 문명사의 수의를 드리운 듯한. 인류 역사 속에 묻혀버린 어둠들의 목소리에 힘을 실어주는 듯한. 지금의 시대는 거대한 실패는 물론 실패의 가치조차 상실했기에 실패만이 갖는 눈물겨운 정서뿐 아니라 그 거대한 실패가 뿜어내는 진정한 빛을 상실한 시대라는 전언, 그마저 품고 있던 침묵. 그런 느낌은 선생님에게도 있었고 나에게도 있었다. 물론 시대는 바뀌었다. 그 시절이 닫힌 시대라고 친다면 지금은 열린 시대라고 말할 수 있을 것이다. 그렇게 간단하게 말할 수는 없지만 틀린 말은 아닐 것이다.

따라서 그 시대의 절절함이 지금에 와선 웃음거리밖에 안 될 수도 있다. 그러나 화려하게 열렸어도 뭔가 속이 비고 그래서 더 가속으로 달릴 수밖에 없는 이 허전한 탈진의 시대에 거대한 실패가 뿜어내는 빛의 심오함은 더 빛나는 것 아닌가. 모든 것이 넘치는 이 부유 속의 빈곤의 시대에 부재로서 빛나는 것의 가치는 더욱 소중한 것 아닌가. 시대착오적인 망언일까. 이 시대는 정상적으로 잘 돌아가는 것일까. 모든 사람들이 SNS 덕분에 시인이 된 지금이 유토피아인 걸까. 그래서 과거에 어둠을 밝혔던 불빛들을 그대로 사장시키고 현재의 추세를 그냥 밀고 가면 되는 것일까. 그렇다면 세계 도처에서 매일 쏟아져나오는 고통과 비명들은 무엇인가. 열렸다고 하지만 이 시대 역시 닫혀 있으며 어딘가 심하게 병든 환자라는 말 아닌가. 또한 과거 역시 닫혀 있는 것뿐일까. 그 시대 역시 열린 틈은 없는가. 열림과 닫힘이 흑백논리일까. 아닐 것이다.

물론 사십 년 전의 나는 19살이기에 그 시절이 웅장하고 묵직하게 보였을 것이다. 그리고 지금은 나이가 드니 지금 시대에 대한 비판도 설 것이다. 지금 19살 젊은이들에게 과거의 아프기에 아름답고 멋진 추억들에 대한 설명이 가능할까. 가능해야 하는 것이 바람직할 것이다. 그러나 지금 세대는 인류역사상 그 자연스럽고 가능한 것이 불가능하다시피 하다. 그렇다면 현대 사회 또한 중증 아닐까. 환자라면 처방이 필요하다. 그 처방약을 어디에서 구할 것인가. 과거는 패러다임이 절대 다르기에 거기에서 쓰이던 약은 무용지물인 것인가. 새로운 약을 발명해야 한단 말인가.

물론 전혀 새로운 약도 필요할 테지만 과거의 불빛도 유용할 것이다. 그 과거 역시 수많은 시간대의 지층들을 통과해온 현재적인 존재일 수 있기에. 시대착오적이어서 문제라면 이 시대에 적절히 맞도록 변용시킬 연금술이 필요한 것 아닌가. 그런 성찰들이 절박하게 필요한 것이고 지식인들은 머리를 짜 모아 이 시대에 적절하도록 재탄생시켜 아픈 시대, 아픈 사람들의 가슴에 선물해야 하는 것 아닌가. 그런 생각 속에 불현듯 인우가 보고 싶어졌다. 인우와 함께라면 이런 이야기를 더 깊게 몰고 갈 수 있을 것 같았다. 간절히 간절히 그가 그리웠다. 그러나 동시에, 인우를 침묵 속에서만 만나고 싶었다. 부재 속에, 불소통의 향기 속에, 영원히 그를 구속하고, 영원히 그를 소유하고 싶었다. 인우를 신화 속에서 만나고 싶었다. 인우의 신화와 나의 신화가 만나고 싶었다. 아니 어쩌면 인우도 변질되어 버렸다면… 나는 불 꺼진 항구보다 더 어둑해진 위장에 독한 소주를 한잔 더 털어 넣으며 내뱉었다.

"졸업 앨범, 졸업 앨범 말야. 그거 꼭 있어야 하나?"

"서로 만나고 연락하면 좋지."

"네트워크 사회인데 당근, 있어야지."

긍정 일변도의 얼굴들이 캄캄한 물결 저편에서 어른거렸다. 어지러웠다. 내 질문은 그런 것이 아니었다. 졸업 앨범이 없던 시대. 없음으로써 빛나던 시대. 그것을 가능케 하는 심연에 관한 것이었다. 최소한.

그 심연이 증발된 느낌이었다.

가슴 전부가 검은 칠로 도배 당한 기분이 되어, 식탁 가운데에 우두커니 침묵을 지키며 앉아 있는 세희 형에게 물었다.

"형. 졸업 앨범이 꼭 있어야 하나요?"

"좋잖아. 이젠 모일 때가 되었고."

당혹감이 극대화되었다. 무서웠다. 그 자리에, 우주에 단 혼자 있는 느낌이었다. 주변이 모두 허공 같았다. 허공끼리 술을 마시고 술잔을 주고받고 있었다.

'졸업 앨범. 그 상징성에 대해선 깊은 생각을 해 봐야 하는 거 아냐?'라고 누군가 한 명쯤은 말할 줄 알았다. 그 위험한 밀도의 정서를 누군가 한 명쯤은 나처럼 그리워하고 없음으로써 빛나는 것, 그 가치를 시대의 변덕스런 흐름 속에 질기도록 끌어안은 채 고뇌하는 사람이 있을 줄 알았다. 모든 것이 변하고 모든 사람이 변하더라도 그 암흑에서 쥐고 있던 끈을 단초로 삼아 그때의 사회와 지금의 사회, 그 둘을 아주 깊은 곳에서 아우르며 거기에서 우러나오는 심오의 빛으로 이 사회를 근원적으로 진단하고 치유하는 질긴 사유를 누군가 한 명쯤은 할 줄 알았다. 그런데 한 명도 없는 것이다. "졸업 앨범이 왜 없는지 아냐?" 선배의 그 묵직한 목소리에 모두가 숙연하게 물들어 있었는데 어느 사이에. 단 한 명도. 세희 형마저도. 이 사회의 지식인들 중의 중심에 있다는 사람이.

"자. 이제 자리를 옮겨 이차로 가자. 저 앞에 호프집이 있네, 노래방도 가고."

내 마음을 끌곤 하던 말이 달갑지 않았다. 함께 있다는 것이 소름 끼쳤다.

"난 빠질게."

"아니 정호가 웬일이야. 늘 끝까지 남더니. 한잔 더하고 가."

"싫어. 갈게."

내뱉고는 찬 바람 속을 걸어 나갔다. 가슴 속에 생겨난 간극이 메꿔지질 않았다. 내가 이상한가? 세상이 돌연 더 무서워졌다. 세상도 알고 인문학도 안다고 자부하던 이 무리에게도 도사린 꽉 막힌 벽에 질식할 것 같았다. 특별한 정을 주던 이 모임과도 결별하는 느낌이었다. 삼성역으로 터덜터덜 걸어갔다. 계단을 내려서 플랫폼을 따라 비틀거리며 걷다가 발길을 돌렸다. 지하도를 빠져나가 호프집을 향해 걸어갔다.

"세희 형!"

호프잔을 치켜들며 와자하게 웃고 떠들던 숭인회 회원들이 되돌아온 나를 쳐다보았다. 세희 형도 쳐다보았다. 나는 그의 앞에 앉아 있는 후배를 옆자리로 밀치고 그 자리에 앉았다.

"물어볼 게 있어서요."

"응. 그래. 뭔데? 니가 자리를 떠서 의아했잖아. 말해봐."

"서점에 가면 뭘 느껴요?"

"무슨 소리야? 생뚱맞게. 넌 원래 엉뚱하지만."

"느끼는 거 없어요?"

"왜 없겠니. 그 모든 인류문화의 보고들이 날 흥분시키지. 탐구해도 끝이 없는 세계. 철학만 해도 무궁무진한데 저 눈부신 세계들의 총체는 과연 무엇일까. 그 빛의 열망이 아직도 내 안에 꿈틀거리는 것을 느끼지."

"기분 나쁜 것은 없어요?"

"기분? 뭐 별로. 왜 너는?"

"전 기분이 나빠요."

"무슨 말이야?"

"서점의 책들이 왜 그리 반말이 많아요.『절대로 포기하지 마라』,『혼자 밥먹지 마라』,『인생을 걸어라』,『너부터 바꿔라』,『순간에 진실하라』,

『사유의 바다에 빠져라』,『팔고 또 팔아라』등등 책들의 제목이요. 언제부터 책의 제목이 반말투성이가 됐지요? 그런 말을 듣는데도 기분이 안 나빠요?"

"생각해 본 적이 없는데…."

"내용도 별로 없는 책들이잖아요. 물론 좋은 책들도 있지만 처세술에다가 인문학적인 양념 몇 줌 뿌려놓은 상술적인 책들이 넘치잖아요. 반말로 가는 것은 일종의 자극이겠죠. 충격을 주고 이미지를 각인시키려는 전략이겠지요. 근데 왜 우리가 반말을 들어야 하지요? 별 깊이도 없는 책들에게. 게다가 반말 듣는 것에 대해서 이상하게 생각하는 사람들이 아무도 없어요. 그냥 당연히 듣고 있어요. 저는 서점에 가면 부아가 끓어올라요. 왜 반말야? 지가 뭔데. 인간이라는 소우주. 아무리 좋은 책이라 할지라도 따라갈 수 없는 무궁무진의 깊이와 잠재력을 품고 있는 인간에게. 그 정도의 책들이. 그런데도 사람들은 그 반말하는 책을 기분 나쁘게 생각도 하지 않고 사죠. 그것을 또 선물하지요. 선물받는 사람은 고맙다고 좋아하죠. 반말의 교환이 일어난 거지요. 모독의 교환이라고요. 사람들은 서로 모독을 교환하면서도 그것을 생각지도 않아요."

"너무 예민한 거 아냐?"

"사람들의 촉수를 건드리는 문제라고요. 누구나 건드려져요. 느끼거나 느끼지 못할 뿐이에요. 은근슬쩍 느낌이 오더라도 내색조차 못 하는 사회예요. 아니 그걸 느낄 감수성조차 사라진 사회예요. 열린 사회라구요? 인간의 욕망들이 자유롭게 발산되고 소통과 활기의 기회들이 넘치는 시대라구요? 열려 있으면 그에 맞는 바람, 꽃향기, 사람 내음, 사랑이 느껴져야지 거품만 부글거리잖아요. 당연히 질문을 던져야지요. 왜 반말야? 왜 니네들 잔머리에 우리가 놀아나야 해? 우리가 니네 자극의 살집이야? 왜 맨날 꽂고 또 꽂아. 저는 서점이 기억의 창고가 아니라 망각의 헛간 같아요. 망각을 시키면서 그중 한 곳만 계속 자극해 매출의 구멍을 만들죠. 반말이란 신화는 그것을 밀도 있게 만드는 거고요. 사람들은 그 거대한 음모의 냄새조차 느끼지 못하죠."

"듣고 보니 그럴듯하네."

"아니, 형. 형은 그런 말 하면 안 되죠. 형은 그런 것을 제가 느끼는 이상으로 느껴야 하는 위치에 있는 사람이에요. 저는 소시민에다가 그저 술이나 처먹는 놈예요. 아직도 책을 읽으며 잡글 메모나 하는 불온한 몽상가예요. 삶이 무너지는 통에 노가다에 나가 기술을 좀 익혀 집수리 일꾼을 돕는 데모도로 겨우 먹고 살면서 말예요. 그러나 형은 달라요. 지식인들 중에서도 대표적인 사람이에요. 특히 인문학자로서 이 사회를 어지러운 혼돈 속에서 지켜야 할 소명이 있는 사람이에요. 물론 이 시대엔 지식인과 대중 사이의 관계가 현저히 얇아지고 서로 뒤집히기도 하지만요. 책만 들입다 판다고 되는 일이 아니에요. 이 시대의 공기, 우리 사회에 음험하게 퍼지고 있는 세뇌의 내음들을 동물적으로 맡아야 해요. 그 내음들을 더 큰 이론을 창출해 그 속에 녹여 철학적 항거를 해야 하는 거죠. 화려하지만 속은 비어 있어 그 공허감을 벗어나려 엑소도스의 광란이 일어나는 이 시대의 한복판에서."

"뜨끔한데."

"형은 진짜 모르네요."

"뭘?"

"서점마저 그렇다고요. 책을 파는 서점마저. 서점조차 그렇다면 물건들을 파는 시장, 기계들을 파는 시장, 인력을 파는 시장, 시간을 상품화해 파는 시장들… 그 모든 시장들은 오죽하겠냐고요? 시장들로 도배된 세상, 시장뿐인 이 세상에서 말예요."

"아 그 많은 것들을 함축하는 말이었군. 그러니까 시장이 과잉되어 버린 사회에서 서점이란 것은 그에 저항하는 담론의 상징인데 그마저 시장에게 먹혀버렸다는 뜻이군. 정호, 역시 살아 있네. 넌 진짜 아까와. 상징성이 풍부하군."

"또 하나 물어볼게요."

"그래. 잠깐 니가 말한 거 메모 좀 하고."

메모란 말에 가슴이 아팠다. 메모란 후행적이다. 이따위 후행 지식인이 선행으로만 치달아도 치유하기 어려운 중증에 빠진 이 사회를 어떻게 선도한단 말인가.

"거대한 실패가 뿜어내는 빛에 대해선 어떻게 생각하세요?"

"아직도 거기에 사로잡혀 있나?"

"그 의미를 되새기는 거죠. 지금 변해버린 세계에서도 유의미하다면 새롭게 조명해야만 하고요."

"저번에도 말했지만 너무 관념적인 말이야. 그런 막연한 관념으로 세상에 대한 대안을 삼기엔 너무 나이브하고 위험해.”

“그럼 구체적으로 뭘 어떻게 하면 되는 거죠?”

“철학이 무슨 힘이 있나? 이 세상에.”

“철학이 무력하다는 자체가 힘이 아닌가요? 거대한 실패는 거대한 무력에서 나올 수도 있지요. 권력이란 것도 실은 무력이나 허무를 바탕에 둔 것이지요. 그 바탕을 근원적으로 파헤쳐 권력마저 반성하게 할 수 있는, 적어도 권력의 둘레라도 조금씩 반성케 한다면 세상은 또다시 변할 수 있겠지요. 거대한 실패가 뿜어내는 빛은 그 순간 가치를 발휘하는 거고요.”

“너는 너무 낭만적이야.”

“형은 옛날보다 작아졌네요.”

“그런지도.”

“형. 다시 물을게요. 거대한 실패가 뿜어내는 빛에 대해 생각해 본 적 있어요?”

“음. 프로이드의 죽음의 충동을 말할 수 있겠지.”

“그리고요?”

“니체의 디오니소스와도 관계지을 수 있겠네. 빛의 시각과는 달리 어둠과 비극을 응시하는 축제의 시각.”

내겐 아무런 마음의 움직임이나 자극이 없었다. 실망스러웠다. 아니 느끼했다. 세희 형은 단 한 번도 실패의 삶을 살아보지 못한 사람이다. 성공의 길로만 간 사람이다. 그런 사람에게서 어찌 그윽한 뒷박 냄새가 날 수 있겠는가. 그럴진대 거대한 실패에 대해선 말을 말자. 물론 실패를 삶의 알리바이로 삼아 술안주로 써먹으면서 인생을 축내는 사람들과는 감히 비교할 수 없는 사람이다. 이 시대에 수두룩한, 겉과 속이 다른 폴리페서들이나 밥그릇 싸움이나 하는 쓰레기 교수들과도 질적으로 다른 사람이다. 그런 사람이라면 내가 이렇게 되돌아와 얼굴을 마주할 필요도 없다. 그러나 세희 형은 내가 던진 질문을 확장하거나 심화하기는커녕 라면 국물 쫄아붙듯 만들고 있었다.

김기현 선생님은 쫄아붙은 라면 국물 같은 나의 말을 당대의 첨단 지적 렌즈를 통해 조명하고 확장시켜 주었다. 그 너머의 본질적인 질문으로 압도시켰다. 그 질문엔 당신도 대상으로 포함해 스스로를 고문하고 있었다. 자신마저 질문의 포로로 삼아 진실의 음성을 온몸으로 들으며 사유하려 한 위대한 사상가나 작가들과 기꺼이 일체감을 이루려 생의 막바지까지 몸부림쳤다. 그 묵직한 깊이의 거울에 비추어볼 때 세희 형은 거울이기는커녕 그 표면 어딘가 묻은 먼지 같아 보였다.

물론 세희 형의 가슴 속에 들어있을 깊은 생각의 창고들을 나는 다 알 수가 없다. 그렇지만 뿌리가 약한 존재들이 자극적인 이미지들을 통해 다른 존재들을 현혹해 더러운 먹이 사슬로 끌어들이고, 그 속에서 허구한 날 일어나는 모독의 교환이 선물인 양 고맙게 여겨지는 사회. 그에 대한 촉수조차 내밀지 못하는 지식인 곽세희를 생각하자 답답함이 몰려왔다.

나의 평생의 화두가 된 것에 대해 그 심저까지 파고들어 철저한 인식과 파괴, 재사유의 길에 동참하는 가치에 대한 감수성의 부족을 생각하자 답답함이 더 커졌다. 나는 곽세희, 이 고달픈 시대의 지식인 중 리더라고 자칭타칭 일컬어지는 그에게 더 이상 질문을 하고 싶은 마음이 사라졌다. 그리고 슬퍼졌다. 되돌아온 것이 후회되며 그 자리를 다시 떠나고 싶어서 일어섰다. 차라리 혼자 술이나 푸며 고장난 시계처럼 돌아가는 내면의 광기의 휘파람 소리에 귀를 기울이는 것이 나을 것 같았다.

나는 호프집 문을 열고 나왔다. 숭인회 회원들의 웅성거리는 소리가 뒤따라왔다. 가슴 속의 부글거림이 더욱 커졌다. 시대의 뒷전으로 밀려 퇴물처럼 되고 말았지만 시대의 멱살을 잡고 시대의 면전에 하고 싶은 말이 있었다.

나는 뒤돌아서 걸어 호프집 문을 거칠게 열고 다시 들어갔다.

곽세희 앞에 섰다. 삐딱하게 취한 내게 이 시대의 지식인들이 곽세희에게 오버랩되고 있었다. 맥락을 잇지도 못하면서 잇고 있다고 착각하는 그들에게 분노마저 들끓었다. 침묵에 잠겨버린 과거의 웅혼한 불꽃들의 전통이 나 자신마저 파괴할 듯 부글거렸다.

"상속의 자격을 갖추고 있다고 생각하십니까?"

철학의 권총에 질문이라는 총알을 장전해 발사하는 기분으로 거칠게 내뱉으며 마냥 서 있었다.

나비의 춤 같은 길을 향하여

작가께 드리는 편지

소 종 민

문학평론가

아침부터 냉장고를 열어 맥주 한 캔을 땄지요. 두 개, 벌써 세 개째. 아내와 딸은 아직 기상하지 않았고 아침밥도 아직 먼 아침에 내가 깡통 맥주를 따 입에 털어 넣는 것은 아무래도 형의 소설들을 과몰입하여 읽은 탓일 겁니다.

책으로 엮이기 전 원고 상태의 글을 읽고 몇 마디 붙이는 일은 이제 그만하겠다고 수년 전에 결심해 놓고도 아는 형을 통해 온 형의 소설을 또 읽게 되었지요. 원고를 다 읽은 이 아침에 깡통 맥주를 세 통이나 마시고 형께 편지를 씁니다.

난 애주가는 아닙니다. 나에게 술은 어쩔 수 없는 몇 모금일 경우가 많습니다. 대개는 머릿속이 복잡할 때 그걸 딱 멈추기 위해 마시는 스톱워치일 때도 있지요. 지금이 딱 그렇습니다.

꿈꾸는 사람들

작품집 잘 읽었습니다. 쓰느라 애쓰셨습니다. 책엔 여덟 편의 소설이 담겼더군요. 모든 작품의 화자이자 중심인물은 '나'였고요. 자전(自傳)에서 멀지 않은 내용일 거라고 짐작해 봅니다. 마르셀 프루스트의 『잃어버린 시간을 찾아서』는 상당 부분 자전적인 스토리입니다. 프루스트의 이 소설을 '오토픽션'(auto-fiction)이라고 부르기도 하더군요. 논픽션은 아닌, 자서전도 아닌 어느 지점이겠지요. 『수평선 여기 있어요』를 다 읽고 드는 생각인데, 이 소설집 역시 그렇겠다 싶었습니다. 어쩌면, 세상 모든 이야기라는 게 '나'에서 비롯되어 '나'로 매듭짓는 거라고 말할 수도 있겠지요.

소설의 중심인물들은, 마흔다섯 살 도비공(「먹물 잡부의 눈길」), 데이 트레이더(「십 분 날렸다」), 보험설계사(「절대로」, 「만년설」), 초인격심리학자(「빨간 농장」), 정수기 판매원(「그놈의 스토리」), 오퍼상(「24시간 김밥집」), 일용잡부(「모독 교환 사회」)입니다. 작품에서 이들은 모두 1인칭 '나'로서 상황을 이야기하고 사건을 이끌어 갑니다. 이 '나'들은 각기 다른 일을 하고 있지만, 이들은 모두 출구 없는 현실의 장벽에 부딪혀 곤란을 겪는 인물들입니다. '자전소설'인 만큼 이들은 작가의 분신들로 여겨집니다. 이들이 어떻게 해서 그 일들을 하게 되었는지는 상세히 밝혀져 있진 않습니다. 이들은 직장과 현장에서 동료와 친구를 만납니다. 그리고 그들에게서 상처를 받습니다. '나'의 의지와 꿈은 그 사람들에게 중요하지 않습니다. '내'가 생각하는 만큼 그들은 '나'를 생각하지 않습니다. '나'는 그저 세상과 사람들과 현재가 아름답기만을 바랄 뿐인데 말입니다.

어찌 보면, '나'들은 '꿈'을 내려놓지 못하는, '꿈'을 꾸는 사람이어서 세상과 불화하는지도 모르겠습니다. '나'들에게 현실을 꿈에 가까워지도록 변화시킬 힘은 부족해 보입니다. 현실 세계의 균열된 틈에다 자신의 꿈을 식재(植栽)할 의지 역시 약해 보입니다. 세상살이가 고단하면 고단할수록 '나'들은 그저 꿈과 현실이 함께 공존하던 '그날'로 돌아갈 뿐입니다. 이들은 자주 몽현(夢縣), 즉 꿈-세계에 내걸린 상태가 됩니다. 세상과의 충돌을 피하는 것일 수도 있습니다. 아니면 통증을 잊으려고 마약처럼 꿈을 불러들인 것 같기도 합니다. 한편, 정신을 방전시켜 무아지경에 이를 때도 있습니다. 마치 접신(接神)한 것으로 보이기도 합니다. 어떻든 그렇게나마 한구석에 넋을 내려놓으면, '나'들은 생기 있어 집니다. 가수면(假睡眠) 상태라야 가장 생기있어지는 이 사태를, 어떻게 이해해야 할까요.

「먹물 잡부의 눈길」에서 '나'는 나이 마흔다섯에 도비공, 즉 건물 해체 잡부가 된 사람입니다. 이 '나'는 작업 도중에 자주 상념에 빠지는 버릇이 있습니다. 해머로 콘크리트 바닥을 깨거나 골조만 남은 건물 옥상에 올라가거나 할 때, 상념에 빠지는 거죠.

건물이 해체될수록 잠자리가 늘어나는 것에선 야릇한 기분이 들었다. 마치 건물이 해체되어야 할 철학의 그 무엇처럼 여겨지기도 했다. (…) 나는 바닥을 내려보다가 해머를 거머쥐었다. 단단한 콘크리트를 내리치다 보니 지독한 뭔가와 대결하는 기분이었다. 손에 들린 해머가 니체의 망치 같았다. 콘크리트 바닥은 어떤 바탕, 오류의 기원, 뒤집어진 위상이었다. 노동과 자본의 뒤틀린 관계, 문제투성이의 현대 사회를 산출한 잘못된 설계 도면이었다. 콘크리트 바닥이 그렇게 보이자 그 위에 세워진 오층 건물은 플라톤을 필두로 해 데카르트, 헤겔 등등의 철학자들이 고집스럽게 지은 건물로 다시 상상의 옷을 입고 있었다. 서양 철학사 같았다. 우리나라의 잘못된 구조 같기도 했다. 해머질 하는 손에 힘을 더 주었다.

(「먹물 잡부의 눈길」에서)

도비공이 되기 전 '나'는 철학 강사였습니다. '나'는 건물을 해체하다가 형이상학 체계를 해체하는 듯한 쾌감에 빠집니다. 해머를 내리치며 콘크리트를 깨는 '나'는 숭고한 기분마저 듭니다. 그러다 해머를 잘못 내리쳐 손등을 다칩니다. 그러나 '나'는 이 통증과 상처에 '나는 살아 있다'는 뿌듯함을 느낍니다. 그럴 수 있지만, 그렇다 해도 비약이라고 생각합니다. 해머로 콘크리트를 깨는 작업을 하는 이에게 잡념은 금물입니다. 일하다가 딴생각을 하면 다치기 십상이고 작업도 제대로 끝마치기 힘들 수 있습니다. 더구나 작업을 맡긴 고용주는 '저 사람, 안 되겠군. 다음엔 부르지 말아야겠어' 하고 생각하지 않을까요. 그런 입장에서는,

'나'는 너무나 안이하고 쓸모없는 잡부일 뿐입니다.

그렇지만 오죽하면 철학 강사 일을 접고 나이 마흔다섯에 도비공이 되었을까 싶기도 합니다. 아마 '나'는 철학 강사로서도 맞지 않는 사람이었을지 모릅니다. 교직 사회의 무미건조한 시스템을 견디지 못한 채 박봉의 강사로 연명하다가 적빈의 처지로 추락한 인문학 전공자일 테죠. 투잡, 쓰리잡으로 간신히 버텨보아도 생존 현실의 두꺼운 장벽 앞에 '철학하는 삶'이 얼마나 무력한지도 절감했을 겁니다. 이런저런 일로 전전하다가 끝내 막장에 온 것이겠지요. 그런데도 상념에 빠지는 버릇은 고쳐지지 않습니다.

후반부에 이르러 급기야 '나'는 진정한 지식인, 진정한 철학자의 부재를 한탄하며, 도탄에 빠진 세계를 구원할 진정한 철학의 도래를 꿈꿉니다. 사회 가장 밑바닥에서 가장 높은 정신을 지향하고 있습니다. 스콜라 체계에서 철학이 불가능하다면 사회의 막장에서는 가능하다고 생각한 것일까요. 수단 없는 '나'는 최고의 목적을 꿈꿉니다. '철학-하기'를 포기하지 않는 것인데, 이 무모한 고집스러움을 뭐라고 비판할 순 없을 것 같습니다. 돈키호테적 광기는 그 자체로 아름다운 점이 있으니까 말이죠. 하지만 '나'는 철학자들이 제 일을 하지 않는다고 푸념할 뿐, 자신이 '철학'의 제 일을 떠맡겠다는 결단은 하지 않습니다.

자신이 바닥에 와 있다는 절망의 이면에는 어떤 은밀한 쾌락이 깔려 있는 건 아닐까요. 해머와 같은 사유 도구를 이용하여 자기 자신을 해체하지 않고서, 타인에 의해 제공되는 '햇빛과 바람'이 무슨 의미가 있을는지요. 그리고 '나'는 너무도 손쉽게 '우리'의 문제로 비약하곤 합니다. '우리의 지혜'를 얻으려면 우선 '나'부터 해체되어야 하지 않을까요. 생존 투쟁의 현장에서 '철학'을 발견하기 위해서는 '나'는 자기 연민을 넘어 자기 부정으로, 자기 해체로 나아가는 과정이 필수적입니다. 그래야만 '나'의 철학을 시작할 수 있겠죠. 자기 해체로써만 '철학과 삶의 자리'를 일치시킬 수 있겠습니다. 그런데 '나'는 물러서 있기만 합니다.

부정적인 것에 머무르기

위 단편 「먹물 잡부의 눈길」은 지식계와 노동계, 물리적 체계(콘크리트 건축물)와 정신적 체계(철학사)를 대비시켜 이야기를 끌고 나갑니다. 이 같은 대립항은 여기 실린 모든 단편에서 발견되지요. 예를 들어, 주식 · 화폐거래시장과 같은 수량적 사회체제에 맞선 초월적 존재에 관한 절대적 믿음의 질서(「십 분 남았다」)라든가, 적응의 기술을 체득한 이들과 사회부적응 상태를 벗어나지 못하는 '나'(「절대로」 · 「모독 교환 사회」), 존재를 건 결단에 관한 한없는 유보와 지연(「그놈의 스토리」), 헛된 말들의 성채에 둘러싸여 생존을 목적으로 한 행동들(「만년설」), 원본과 복제품을 구분하는 문제(「24시간 김밥집」), 마음의 생성을 방해하는 시간의 폭력성(「빨간 농장」) 등으로 정리할 수 있습니다.

각 단편의 주제로 삼아도 무방한 이 대립항들은 공히 '나'를 매개로 만들어지며, 이때의 '나'들은 대개 이상주의자입니다. 모든 단편에서 '나'

는 세상을 부유하며 뿌리내리지 못합니다. '나'는 오늘도 보험과 정수기를 팔지 못합니다. '나'는 기분이 좋지 않으며, 화도 납니다. '나'는 괜히 친구와 동료와 선배에게 시비를 걸고 다툽니다. 그러면서도 늘 '나'는 뒤로 물러서 있습니다. 옛날엔 그러지 않았던 친구들과 선배들이 지금은 너무 변해 있다고 투덜거릴 뿐입니다. 아직 변하지 못한 '나'는 이들에게 언제나 외면당하고 무시당합니다. '나'는 시대착오적인 사람으로 평가받고 있죠. 그렇지만, '나'는 자기 자신만큼은 '그날', '그곳'을 잊거나 잃지 않았다고 강변합니다. 문제가 있다면, 그것은 당신들이 변해서고, 사회가, 현실이 타락했기 때문이라고 '나'는 소리 높여 주장합니다.

그러나, 정작 더 큰 문제는 '나'들은 변한 친구들과 선배들에게, 지금 함께 살아가는 이 사회와 지금의 현실에 '애착'을 갖고 있다는 점입니다. 어제는 이들을 강하게 부정했지만, 오늘은 체념합니다. 체념은 점차 부분 긍정으로 바뀌고, 부분 긍정은 어느새 부정의 근거마저 희미하게 만듭니다. 그들과 다투기까지 하며 애써 부정한 일은 기억하지만, 그들을 부정한 이유는 잘 기억나지 않습니다. (일부러 기억하지 않으려 애쓰는 것 같기도 합니다) '나'는 너무 급하게 부정한 후에는 계속 자신의 태도를 철회하면서 그들을 봐주는 게 아닐까요. '나'는 원치 않게도 너무 오랫동안 혼자로 남습니다. 너무 오래 외로운 '나'는 정신마저 흐려지는 것 같습니다. 부정에 맞선 '나'의 싸움은 1회로 끝났습니다. 2회전, 3회전을 준비하진 않죠. 싸움이 불가피한데도 무장하지 않습니다. 대립은 짓되 싸움은 피한다고나 할까요.

자기기만이라는 말로 처리되어 버리기엔 끔찍히도 혹독한 삶, 아예 처음부터 기회를 얻지 못해 더러운 게임의 룰 속에 던져진 사람들, 자기기만이 길인 그들에게 그 길을 모독할 수는 없는 것이다. 그 길엔 관념 따위론 파악할 수 없는 진한 얼룩의 결이 있다.

(「만년설」에서)

'자기기만'에 빠진 그들을 '모독'할 수 없다고, 부정할 수 없다고 '나'는 생각합니다. 그들이 고의적으로 '자기기만'에 빠진 것은 아니다. 그들 나름으로 절박했으며, 삶의 길을 바르게 걸을 수 없었을 거라고 '나'는 그들을 대신하여 변호합니다. 그러나, 이처럼 부정해야 할 것을 부정하지 않고, 부정의 편에 선 그들을 오히려 충심으로 헤아리는 '나'의 태도는 결국 모든 이야기가 막다른 골목에 이르도록 만듭니다. 스스로 출구를 봉쇄하지요.

차이 없는 반복을 스스로 초래하므로, "정신은 오직 갈기갈기 찢기다시피 한 내적 자기분열을 통해서만 그의 진리를 획득한다"든가, "정신이란… 부정적인 것을 정면으로 바라보면서 바로 그 부정적인 것에 의지하여 그 속에 머무를 수 있는 힘"이라든가, "바로 그 속에 머무는 것이야말로 부정적인 것이 존재로 전화되도록 하는 마력… 곧, 주체"(헤겔의 『정신현상학』 서설에서)니 하는 말이, 이명훈 소설의 중심인물들, 즉 '나'들에겐 조금도 가닿지 못할 공허한 충고일 수밖에 없습니다.

이들은 '변증법적 과정'을 통과한 주체가 되길 꺼리는 듯합니다. 무한 반복의 딜레마에 자진해서 포획되는 수인(囚人)들처럼 말이죠. 더욱 문제적인 건, 이들이 부정과 긍정의 선택지에서 판단을 보류하고선 갑자기 (근거 없이) 관찰자의 위치로 빠져나와 긍정과 부정의 편을 저울질한다는 점입니다. 실제로는 죄수이면서, 관념으로는 재판관의 자리에 서는 셈입니다. 사건의 주체가 갑자기 '사건'의 외부로 빠져나와 사건을 평가합니다. 사건-내-주체에서 사건-밖-대상으로 탈주하는 것입니다. 그래야 균형 있는 판단이 가능하다는 듯 말입니다.

예를 들어, 「먹물 잡부의 눈길」에서 건물 해체 작업에 편입된 '내'가 건물 해체과정을 형이상학적 체계의 붕괴로 유비(類比)시키는 장면이라든가 「그놈의 스토리」 마지막 대목에서, 한지영에게 끝내 전화하지 않고는 사흘 뒤에 '사건'을 무화(無化)시키며 소설, 이야기, 철학 그리고 자신의 낯선 경험들 따위에 몰입하는 장면에서 그렇습니다. 막장에서의 치열한 노동과정과 미술관에서의 신선한 만남 모두 '사건-내-주체'의 갑작스런 이탈로 인해 의미를 잃어버립니다. 그 결과, 이야기는 굴곡을 잃고 평평해지며, 답답해집니다.

작중인물들이 이토록 애써 '사건-밖-대상'으로 탈주해버리는 이유는 무엇일까요. '공정이라는 착각'은 어디에서 연유한 것이며, '부정적인 것'을 정면으로 바라보면서 그에 머물러 주체로 상승하지 못하게 하는 것은 무엇입니까. 이들이 현실과 불화하고, 꿈과 현실이 나누어지지 않았던 '그날'로 매번 회귀하는 까닭은 무엇인가요.

답은 분명합니다. 지옥과 같은 현재 때문이겠죠. 상대적으로 이들의 과거는 유토피아였습니다. 현재는 속물성의 세계일 뿐이고, 그 시절은 진실한 시간의 세계였습니다. '그날'의 시간은 천천히 흘렀으며, 어떤 때는 제자리에 오래 머물기도 했습니다. 지금-시간은 폭력적이며, 나날이 가속되고 있을 뿐입니다. '철학과 삶의 자리'가 현재에서는 점점 더 벌어지기만 하고, 그런데도 몸은 현재에 묶여 있고, 그럴수록 정신은 예외 없이 '그날'로 향합니다.

그 두 개의 세계

단편 「십 분 남았다」에서의 '나'는 데이 트레이딩(day trading)을 하는 사람, 즉 데이 트레이더(day trader)입니다. 데이 트레이딩은 당일매매를 뜻합니다. 분 단위, 초 단위로 주가의 흐름을 지켜보면서 주가의 상승·하락에 따라 투자하면서, 하루 안에 매수와 매도를 마치는 주식 매매 유형입니다. 거래 실패는 투자 손실을 뜻하고, 손실분에 대한 경제적·법적 책임으로 이어질 수도 있습니다. 피 말리는 주식시장 한복판에서 '나'는 고갈되어 갑니다. '나'는 도망가듯 네팔의 사원으로 몸을 피합니다. 20년 전 알았던 림부를 다시 만나고, 20여 년 전 신림동에서 함께 자취하던 '그'를 생각합니다. 카트만두에서 살아있는 여신 쿠마리를 접견합니다. 그런데, '나'는 다시 돌아와 모니터 앞에 앉아 있습니다.

부스에 앉아 좀이 쑤시는 사이 그 두 개의 세계가 충돌을 해대고 있었다.

오후 3시면 그중 하나의 세계의 상징인 객장이 문을 닫고, 붉은빛의 성스런 나라에선 신의 문이 열린다.

오후 3시는 내 심장을 말려버린 시간이기도 하고, 죽어가는 그 심장을 낯선 경외의 손길이 치유해준 시간이기도 하다.

오후 3시는 무수한 사람들의 운명이 어이없이 엇갈리는 시간이다.

오후 3시 정각에 나는 차가운 슬픔의 도시에서 탈출하듯 떠나 뜨끈뜨 끈한 피의 문 앞에 서 있었다.

(「십 분 남았다」에서)

'나'는 모순된 사람입니다. 신성의 공포에 전율하고, 시적 광기에 심취하고, 다정한 여인을 안을 수 있으면서도 다시 '시간을 쪼개 팔아먹는 파렴치한'으로 돌아와 앉아 있습니다. 이상합니다. '나'는 일부러 이 모순의 상태를 즐기는 느낌이 듭니다. 작가께 묻고 싶습니다. 왜 '나'는 어떠한 선택지도 열려 있지 않은, 앞뒤 꽉 막힌 세계의 바닥으로 다시 들어오는 걸까요. 자신의 사랑과 관심사를 따라가지 않고, 지옥의 한복판으로 왜 다시 걸어 들어가는 걸까요. 자기학대의 쾌락을 즐기는 것인가요. 넋은 거기에 있고 몸은 왜 여기에 있습니까. '나'는 분열되어 있고, 그 분열을 감당할 수 있다고 자신하는 것 같습니다.

광기에 휩싸여 실종된 친구(시를 좋아하는 수학도인 '그')를 '나'는 진심으로 애도할 수 있을까요. 그와 '나'는 전혀 다른 사람입니다. 아니, 그와 함께 지내던 그때의 '나'는 현재의 '나'조차 다른 사람입니다. 동의하십니까. 다른 작품에서도 '나'들은 이와 비슷한 행보를 보입니다. '나'들은 감옥에 스스로 걸어 들어가는 수인(囚人) 같습니다. '나'들은 능동과 수동의 경계가 무너져버린 존재자들 같습니다. 능동적이어야 할 때 정확히 수동적이고, 수동적이어야 할 때 정확히 능동적입니다. '나'들은 자신도 모르게 물구나무 상태에 있습니다. 머리는 땅에 붙어 있고, 발과 다리는 하늘을 향해 떠 있습니다.

"아니. 형. 형은 그런 말 하면 안 되죠. 형은 그런 것을 제가 느끼는 이상으로 느껴야 하는 위치에 있는 사람이에요. 저는 소시민에다 그저 술이나 처먹는 놈예요. 아직도 책을 읽으며 잡글 메모나 하는 불온한 몽상가예요. 삶이 무너지는 통에 노가다에 나가 기술을 좀 익혀 집수리 일꾼을 돕는 데모도로 겨우 먹고 살면서 말예요. 그러나 형은 달라요. 지식인들 중에서도 대표적인 사람이에요. 특히 인문학자로서 이 사회를 어지러운 혼돈 속에서 지켜야 할 소명이 있는 사람이에요. 물론 이 시대엔 지식인과 대중 사이의 관계가 현저히 얇아지고 서로 뒤집히기도 하지만요. 책만 들입다 판다고 되는 일이 아니에요. 이 시대의 공기, 우리 사회에 음험하게 퍼지고 있는 세뇌의 내음들을 동물적으로 맡아야 해요. 그 내음들을 더 큰 이론을 창출해 그 속에 녹여 철학적 항거를 해야 하는 거죠. 화려하지만 속은 비어 있어 그 공허감을 벗어나려 엑소도스의 광란이 일어나는 이 시대의 한복판에서."

(「모독 교환 사회」에서)

「모독 교환 사회」끝 대목에서, '나(정호)'는 지식인 곽세희를 몰아붙입니다. 학창시절, 곽세희는 니체와 마르크스 사이에서 고뇌하던 천재였고, 현재는 칸트를 전공한 철학자가 되어 있습니다. 곽세희는 '나'에게 빛과 같은 존재였죠. 어릴 적 '나'는 친구 인우와 함께 파울 첼란을 읽으며 어둠을 헤매고 있었습니다. 그런 '나'에게 빛이었던 선배 곽세희가 지금 너무나 닳아 보였습니다. 너무나 무뎌진 그의 모습에 '나'는 분노가 일어난 것이었죠. 그런데, 이 또한 이상합니다. '나'는 곽세희에게 큰소리로 지식인으로서의 사명과 자세를 훈계합니다. '나'는 자신의 욕망을 곽세희에게 투사하고, 이상적 지식인의 상을 곽세희라는 현존에 강제로 씌우려는 것 아닌가요. '나'의 폭발을 어떻게 설명할 수 있을까요.

욕망의 대상이 실재와 어긋날 때 우리는 혼돈에 빠지고, 불쾌해집니다. 그 어긋남을 참기 힘들어집니다. 대리욕망을 더 이상 맛볼 수 없다는 자각은 곧바로 대상에 대한 실망감으로 이어진 거죠. 고귀했던 대상이 천박한 대상으로 변해버린 셈입니다. 하지만 문제는 '나'에게 있습니다. 주체로서의 미약함이 대상을 더 크게 만든 결과이기 때문입니다. 그동안 곽세희는 '나'에게 이미지로만 존재했을 뿐, 실재의 곽세희와는 관련이 거의 없다고 볼 수 있습니다. 결과적으로 이 소설에서 '나(정호)'는 비겁한 사람입니다. '내'가 반성적 주체였다면, 곽세희에게 가한 훈계는 자기 자신에게 향했을 겁니다. 당연히 곽세희에겐 별로 할 말이 없게 되겠죠. 작가께선 어떻게 생각하십니까.

'나'(강우진)와 한지영의 우연한 만남을 그린 「그놈의 스토리」 끝부분에는 '이야기란 무엇인가'에 관한 고민이 들어있습니다. '나'는 정수기 판매원이지만 미술·음악·영화·문학에 관심이 많고 또 문학을 해보려는 사람입니다. '나'의 후배 택수는 등단한 소설가입니다. 가끔 만나 술자리를 갖는데 그는 '나'한테 들은 이야기를 소설로 써서 지면에 발표하기도 합니다. 그의 이런 행각에 대해 '나'는 의문을 갖습니다.

소설가라는 녀석이 창의성이 그렇게 없나? 아니 모방하거나 저잣거리에서 주워들어 포장을 기막히게 하는 게 소설일까? 대체 소설이 뭐지? 소설가가 곁에 있어도 아직까지 물어본 적이 없네. 어떤 이야기들은 생명체처럼 계속 살아 움직이고 왜 어떤 이야기들은 사장되어 버릴까? (…) 어떤 이야기는 사람을 타락시킨다고 낙인이 찍힘에도 결국은 진실된 철학이라고 여겨질까? (…) 내 가슴에 왜 이리 이야기들이 웅성웅성하는 걸까? 내겐 철학보다 이야기꾼의 끼가 더 강한 것일까? 철학을 하고 싶었던 꿈이 좌절되자 그 습지에서 이야기가 발아하기 시작한 것일까? 대체 이야기가 뭐지? 난 말 없는 아이였는데 내 안의 낯선 이야기들은 어디서, 어떻게, 왜 생겨나 계속 생성되어 번지는 걸까? (…) 이야기란 도대체 뭐지?

(「그놈의 스토리」에서)

저 역시도 이야기란 도대체 무언지, 궁금합니다. 우리는 왜 끊임없이 이야기하고, 말을 넘어 글로 쓰기까지 하는 걸까요? 우리는 무엇을 이야기하고, 무엇을 쓰는 걸까요? 인용한 위 소설은 이렇게 질문만 던져놓고 끝납니다. 좀 아쉬웠습니다. 작가에게서 넌지시라도 답을 듣고 싶었나 봅니다. 상식적인 말이지만, 이야기는 말로 하는 거고, 소설은 글로 씌어지는 것입니다. 이야기는 굳이 책이 필요 없습니다. 말하는 사람 하나, 듣는 사람 하나만 있으면 됩니다. 소설은 책이 있어야만 여러 사람에게 전달될 수 있습니다. 그런데 문제는 이 소설을 누가 읽는지 바로 알 수는 없습니다.

'나'의 가슴속에 낯선 이야기들이 웅성거리며 밖으로 나가고 싶어 합니다. 아까 오토픽션이라는 낱말을 꺼낸 이유는 세상을 살면서 마음 안에 응축된 느낌과 생각이 책을 매개로 밖으로 나온 것이라는 말을 하고 싶었기 때문입니다. '나'는 '소설이란, 이야기란 무엇인가'를 궁금해하지만, 이미 답은 소설 안에 들어있습니다. 한지영에게 전화하지 못하는 '나(강우진)'의 상태를 독자는 알고 있습니다. 작가는 그 상태를 글로 드러낼 뿐, 그 상태가 무엇인지 독자는 저마다 압니다. '나'와 한지영, '나'와 택수의 관계가 지니는 의미를 파악하려면, 또 왜 '나'는 한지영의 관계를 매듭짓지 않고서 엉뚱하게도 소설이란 무엇인지 궁금해하는지, 왜 그런 건지를 '내' 스스로 알고자 한다면, '나'는 독자로 변신해야 합니다. 자기 작품을 자신이 읽는 위치에 서야 합니다. 그래야만 의미를 알 수 있습니다.

자신의 환부와 비밀과 고유함을 밖으로 꺼내놓는 작가에게 사후 책임은 없습니다. 꺼내놓는 것으로, 글 써서 책 내는 것으로 끝입니다. 이제 책과 글은 독자의 것입니다. 작가는 글과 책의 생성과정에서만 존재합니다. 나아가 말로 하는 이야기는 '뜻'이 담기기 마련이지만, 글로 쓰는 소설은 꼭 교훈이나 지혜가 필요하진 않습니다. 작가께서 펴낸 이 책은 바깥세상으로 나아가는 과정 자체에서 이미 목적을 달성했습니다. 수많은 독자의 손에 이 책이 들려 작가에게도 두둑한 금액이 전달된다면 더 좋겠지만, 작가의 마음 깊이 패어 있는 상흔들과 아름다운 기억의 편린들이 바깥세상을 만나는 일 자체가 이미 좋은 성취 아닐까요. 비움이 있으면 자유롭고 그 자유 안에서 또 새로운 것들이, 되도록 아름다운 것들이 채워질 테니까요. 모두 각기 고독한 이 시대에 교훈이나 지혜는 또 각자 알아서 챙길 것입니다.

파괴의 시간을 끝없이 지연시키기

독자들이 얼핏 이 소설들을 좌절과 도피의 행려(行旅)로만 여긴다면, 그건 표면적 이해에 불과하다고 하겠습니다. 이 소설들의 작중인물들이 보이는 주저(躊躇)와 미련(未練)과 방황(彷徨)은 사실 세상 맨바닥의 '어떤 본질'을 만나기 위한 몸부림입니다.

가령 「만년설」에서, '나'(상준)는 생계노동의 극단과 순수의 파괴 사이에서 처절하게 번뇌하며 선택의 시간을 한없이 지연시킵니다.

"너의 만년설이 뭐니?"

상준은 취기를 핑계로 불쑥 물었다.

"아빠. 만년설은 없대. 이제 거의 다 녹았대."

"그렇지. 거의 다 녹았지. 거의 다. 그거 말고 너의 만년설. 너만의."

"아빠. 배고파."

상준은 아직 덜 녹은 만년설에 뜨거운 불덩이라도 퍼붓고 싶어졌다. 보험의 화마라도 되어야 할 것 같았다.

칭얼거리는 딸을 왼팔로 안으며 주머니에서 스마트폰을 꺼냈다.

남은 두 명 중 한 명에게 전화를 걸었다. 통화음만 길게 이어질 뿐 받지 않았다. 몇 번이고 했으나 마찬가지였다. 정현과 그 녀석이 유독 친한 사이임이 떠올랐다.

마지막 남은 한 명의 전화번호를 띄웠다. 누르고 싶은 충동을 참았다. 바라보고 바라보았다. 마지막 남은 그 번호를. 조금 전에 전화를 건 친구에게 전화가 오지 않을까 기다리며. 바라보고 또 바라보고 있었다.

(「만년설」에서)

순수의 파괴는 보험시장으로 비유되는 사회와 세계와 문명이 초래한 것입니다. 이 소설은 '만년설'이라는 제목으로 자연의 훼손 역시 환기합니다. 끝 대목에서 '나'는 딸의 허기에 맞닥뜨립니다. 이 절대적 요구와 순수를 지키려는 의지 사이에서 '나'는 선택의 시간이 지연되길, 미력하게나마 기대합니다. 그렇게 선택되지 않기를 바라고 있습니다. 마치 허

먼 멜빌의 '필경사 바틀비'처럼 말이죠. 전화를 바라보고 또 바라보는 것으로 소설은 끝나지만, 선택은 끝까지 이루어지지 않았습니다. 이 장면을 읽는 순간, 독자들은 정지된 시간 속으로, 양자택일 없는 특별한 공간으로 진입합니다.

소설 「절대로」에서, '나'는 바닥까지 내려앉은 삶에서 출구를 모색하다가 보험 고객으로 삼은 친구의 배신에 욕설을 퍼붓습니다. 하지만 '나'는 속수무책 죄책감에 빠져 2주일 넘도록 내내 친구에게 사과합니다. 선배는 오로지 '내'가 백 프로 잘못한 것일 뿐, 친구의 그런 선택에는 잘못이 없다고 말합니다. '나'는 선배가 그렇게 말하는 취지를 잘 알고, 반성하는 마음도 그대로지만, 그래도 '백 프로, 너가 잘못한 것'이라는 말에는 동감하지 못합니다.

소설의 작중인물들은 대개 삶의 바닥까지 내려와 빚에 쫓기고, 을의 처지에서 벗어날 수 없는 절망적 상황 속에 있음에도 세속의 세계와는 다른 날개를 갖고 태어난 듯합니다. 이들은 이미 바닥에 와 있음에도 더 깊은 바닥으로 몸을 던지는 능동적 결정도 이따금 감행합니다. 절망이나 고통 그 자체를 넘어 문학적 글쓰기를 사유 공간 이상으로 보기도 하고, 그 어떤 상황 속에서도 세계 너머의 보이지 않는 본질을 향해 물불 가리지 않고 달려가기도 합니다. 그런 그에게 충돌지점들이 발생합니다. '백 프로'라는 말이 당연시되는 것에 대한 충돌이 그러합니다.

"그건 임마. 니가 백 프로 잘못한 거지."

이야기를 듣자마자 혁기 형이 말했다.

나는 더 이상 할 말이 떠오르지 않았다. 혁기 형으로부터도 멀어진 느낌이었다. 뭔가 서운해서 말은 주억거려 보았다.

"그래도 약속을 지가 했잖아요. 나는 그에 따라 행동한 거고."

"니가 잘못 알아들은 거야. 말은 그렇게 했더라도 그게 약속인지 적당한 구실인지 구별할 줄 알아야지. 이건 니가 백 프로 잘못한 거야."

"그렇다고 전화도 안 받고 문자에 답도 없어요? 내가 미안하다고 수없이 사과했는데도."

"잘 됐다고 볼 수도 있겠지. 그는 니가 어리게 보일 거야. 게임 상대가 못 되는 거지. 니가 안중에도 없을걸."

섬뜩했다. 방망이로 얻어맞은 것 같았다. 혁기 형의 말은 충분히 인정되고도 남는다. 내가 수없이 미안하다는 문자를 날렸고 무기력해진 가슴엔 미안함, 자책 말고도 수없는 상념들이 떠돌았다. 그럼에 내가 백 프로 잘못했다는 말은 도저히 인정되지 않았다. 아니 백 프로라는 말 자체를 감당할 수 없었다. 백 프로라는 말에 깃들인 완고한 경직과 난공불락의 절벽을 견딜 수 없었다. 수상한 음모와 거대한 협잡의 내음을 견딜 수 없었다. 진실이 아님에도 절대화된 허구, 그럼에도 무조건 따르는 허연 눈동자들의 맹목이 끔찍했다. 그러나 그 말에 대해 따지고 들면 혁기 형은 훈계조로 나올 것이 뻔했다.

(「절대로」에서)

「모독 교환 사회」에서, 별문제 없는 지식인 곽세희와의 충돌도 비슷한 맥락이죠. 고귀한 가치인 우정마저 계약으로 만들어버리는 세계, 특히 신자유주의 문명 속에서 우정에 대한 믿음을 미련할 정도로 끝까지 유지하려 하며, 간혹 충돌에서 비켜나기도 합니다. 본질은 육화된 추상과 같은 것이어서 시인, 작가, 철학자들도 멀리서만 보고 싶지 손으로 만지기를 꺼릴 수도 있습니다. 아니 접근을 할 수 없는 일이고 반복된 좌절을 겪을 수도 있습니다.

이 여덟 개의 단편을 통해 '본질'을 만나는 시도를 한 것이라면, 작가께서는 '본질'을 만나신 건가요? 작가께서 세상살이의 가장 밑바닥에 거리낌 없이 걸어 들어가 그 안에 몸과 마음을 흠뻑 적신 경험들이 마침내 조금씩 조금씩 '문학'으로 상승하고 있다고 여겨집니다. 소설 속 여덟 '나'는 여덟 나한(羅漢)이 되어 저와 같은 독자들을 이끌고 진실의 마당으로 데려갑니다. 어쩌면 작가의 작품 첫 장을 연 순간부터 이미 진실 또는 본질에 닿은 것일 수도 있겠습니다.

나비 춤추는 날

이야기가 길어지고 좀 뜨거워졌습니다. 적절히 차분하게 담아내지 못해 송구스러울 따름입니다. 그렇지만 작가께서 그려낸 시간의 폭력성, 생성으로서의 시간(「빨간 농장」)에 대해서, 그리고 여러 작품에서 확인되는 속물성과 진실성의 관계에 대해서, 유토피아 또는 지옥에 대해서, 적응과 부적응의 문제, 진화와 도태의 관계 등에 대해서도 더 말해보고 싶습니다. 나아가 작품 외적인 형식 문제, 한 예를 들어 진술과 묘사의 균형 문제에 대해서도 깊은 의견 나눠보았으면 합니다.

이 편지글에선 몇몇 인물에 초점을 맞추었습니다. 인물에 주목하게 된 이유는 작가께서 그려낸 인물들의 모습에서 저의 모습을 발견하기 때문입니다. 이들의 모순됨과 비겁함, 망설임, 물러섬 또한 저의 그것과 다르지 않습니다. 그래서 애정이 갑니다. 이들을, 그리고 저를 어떻게 할 것이냐. 새로운 과제를 받은 것 같습니다. 한 명의 독자로서 이 책을 건네준 작가께 감사 말씀을 전합니다. 다하지 못한 말을 이어갈 기회가 또 오리라 기대해 봅니다.

한마디 더 보태며 글을 마치려 합니다. 단편 「절대로」의 첫머리에 이런 문장이 있었습니다.

무(無) 내지 허(虛), 공(空)이 바탕이 된다. 그러한 바퀴 중에 뒤에서 혹은 아래에서의 저력이 근원적이다. 그러한 터전에서 좌우의 균형을 통해 나비의 춤 같은 길을 지상에 만들어 나간다.

(「절대로」에서)

저력(底力)은 '나'의 모순과 비겁을 정면으로 마주하여 '나'의 부정과 해체 작업을 꾸준히 반복할 때 쌓일 것입니다. 소설집 『수평선 여기 있어요』는 이명훈 작가께서 여러 '나'들을 내포 화자로 삼아 자기 직시, 자기 부정의 경험을 쌓는 작업으로 여겨집니다. 수평선 너머, 나비 한 마리가 뒤에서, 아래에서, 양 날개로 허공을 날며 춤추는 날을 고대해 봅니다.(*)

수평선 여기 있어요

초판 1쇄 발행일 | 2023년 11월 15일

지은이 | 이명훈
펴낸곳 | 북마크
펴낸이 | 정기국
디자인 | 서용석
관리 | 안영미

주소 | 서울시 성동구 마조로 22-2, 한양대동문회관 413호
전화 | (02) 325-3691
팩스 | (02) 6442 3690
등록 | 제 303-2005-34호(2005.8.30)

ISBN | 979-11-981763-3-2 (03810)
값 | 16,000원

• 제가 문학을 할 수 있도록 지켜봐주시는 분들에게 깊은 감사를 드립니다.
  이 작품은 '글을낳는집'에서 주로 퇴고되었으며 2023년도 충북문화재단 창작지원금을 받아
  제작되었습니다.